U0045754
作者†秋
Illustration†
しずまよしのり
魔王學院的不適任者 9
— MAOH GAKUIN NO FUTEKIGOUSHA
~史上最強的魔王始祖，
轉生就讀子孫們的學校~
Kadokawa Fantastic Novels

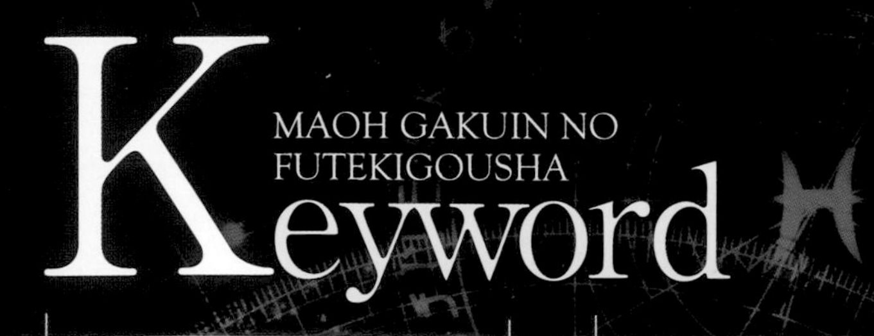

魔王城德魯佐蓋多

現在作為魔王學院的校舍利用，兩千年前是阿諾斯的居城。其實是過去被阿諾斯殞落下來的破壞神之力，被封印成城堡後的模樣。

創星艾里亞魯

創造神米里狄亞所留下，封有阿諾斯記憶的星星。總共存在五顆，最後一顆以還沒觀看的狀態託付給了莎夏。至於米里狄亞為何持有與阿諾斯記憶有關的鑰匙，尚未明瞭。

黑穹

在距離地上十分遙遠，比雲層、比天空還高的高空之上，充滿著黑暗與星光的空間。是地上生命所不可能踏入的場所，飄浮著「神界之門」，可通往眾神的蒼穹。

神界之門

存在於黑穹，是能通往眾神的蒼穹之門。神族過去會經由這道門降臨到地上，但由於阿諾斯在門上建造了魔王城德魯佐蓋多，如今已不再使用了。

神族

每一尊神都具備著某種「秩序」的權能，是非常強大的種族。大多時候都不具備類似情感的感情，當中也有例外，有著人心的神族存在。

神代學府艾貝拉斯特安傑塔

存在於地底的聖都蓋艾拉黑斯塔，龍人所謂是由神所賜予的聖城。城內安置著許多石碑，學府的學生們每天都在致力於解讀石碑上的內容。

紅茶精靈蒂爾姆克

只要往裡頭注入熱水就會變成紅茶，有著茶杯外型的精靈。在緊張時喝紅茶，會是清爽的香氣，抱持著敵意或懷疑時會變甜，在心情平靜時會是酸味、甜味與辣味絕妙地混合起來的至高美味。

「大概是睡昏頭喝錯了吧。」

一直、一直呢。
一直在這裡，等著大家過來喔。』

魔王學院的不適任者 9

MAOH GAKUIN NO FUTEKIGOUSHA

～史上最強的魔王始祖，
轉生就讀子孫們的學校～

作者†秋
Illustration†しずまよしのり

Kadokawa Fantastic Novels

魔王學院的不適任者

登場人物介紹

創造神米里狄亞

創造出這個世界的原始之神。在兩千年前，贊同魔王希望和平的意志，提供了協助。

破壞神 阿貝魯猊攸

創造神的妹妹，掌管破壞的秩序。現在作為魔王城德魯佐蓋多被封印著。

安妮斯歐娜

在神界之門對面等待著他們的神祕少女。

潔西雅・碧安卡

「根源母胎」所產下的一萬名潔西雅當中最為年輕的個體。

辛・雷谷利亞

兩千年前以「暴虐魔王」的右臂隨侍在側的魔族最強劍士。

耶魯多梅朵・帝提強

君臨「神話時代」的大魔族，通稱「熾死王」。

諾諾・伊諾塔

希亞・敏仙

西姆卡・霍拉

卡莎・庫魯諾亞

謝莉亞・尼傑姆

Maoh Gakuin no Futekigousha
Characters introduction

【魔王學院】

阿諾斯・波魯迪戈烏多

泰然且狂妄，具備絕對的力量與自信，人稱「暴虐魔王」而恐懼的男人轉生後的姿態。

米夏・涅庫羅

阿諾斯的同學，沉默寡言且個性老實，是他轉生後最初交到的朋友。

莎夏・涅庫羅

充滿了自信且略帶攻擊性的少女，但很重視妹妹與夥伴，是米夏的雙胞胎姊姊。

雷伊・格蘭茲多利

過去曾多次與魔王展開死鬥的勇者轉生後的姿態。

米莎・雷谷利亞

大精靈蕾諾與魔王的右臂辛兩人之間誕下的半靈半魔少女。

艾蓮歐諾露・碧安卡

充滿母性，很會照顧人，是阿諾斯的部下之一。

【阿諾斯粉絲社】

由醉心於阿諾斯並追隨著他的人們組成的愛與瘋狂的集團。

愛蓮・米海斯

潔西卡・亞涅特

麥雅・賽姆特

§序章 【～神的轉生～】

兩千年前。魔王城德魯佐蓋多。

黑夜已深，萬籟俱寂。王座上坐著城主——魔王阿諾斯。他托著臉頰，就像在沉思一樣地望著黑暗。

光點翩翩飄落。他抬頭看向採光窗，白銀光芒從那裡灑落進來。

在被黑暗籠罩的夜空之中，直到方才應該都還不存在的「創造之月」——亞蒂艾路托諾亞閃耀著淡淡光芒。翩翩地、翩翩地——一片像是雪晶的花瓣穿過採光窗，進到城內，在魔王眼前悄悄地飄落下來。

伴隨著白銀閃光，雪月花形成人的輪廓。於是，長髮少女——創造神米里狄亞在地上顯現了。祂以靜謐的眼眸直直看向魔王阿諾斯。

「在等我？」

「我想說祢應該會來吧。」

阿諾斯起身，朝著米里狄亞緩緩走去。

「我讓毀滅的元凶——破壞神阿貝魯猊攸殞落了。」

米里狄亞靜靜地點了點頭，就像在說祂已經知道了一樣。

「這座城？」

「是祂的末路。」

創造神以兩隻眼看著城堡。就像俯瞰世界一樣，她的神眼（眼睛）應該看到了魔王城德魯佐蓋多的一切。

「——阿貝魯猊攸……」

話語從祂的口中溫柔地脫口而出。

「說了什麼？」

在這瞬間，阿諾斯闔上了眼。破壞神的話語掠過腦海。

「說祂不想成為絕望。」

祂的聲音裡，確實有著神族理當沒有的悲傷，所以在魔王心中留下了深刻的印象。他睜開眼，直直注視著創造神，向祂說道：

「說祂受夠了當個一直注視著毀滅的秩序。」

「你救了祂。」

阿諾斯自嘲般的笑了。

「還很難說吧。我就只是看這個一切都會脆弱地毀滅、消失的世界不順眼罷了。為了讓迪魯海德成為我期望中的國家，破壞神——『破滅太陽』莎潔盧多納貝會很礙事。」

阿諾斯伸出手後，德魯佐蓋多的立體魔法陣就啟動了。伴隨著無數浮現出來的魔法文字，影劍出現在魔法陣中，將劍柄朝向了他的手。

魔王握住了劍柄，影子反轉，現出理滅劍貝努茲多諾亞。

「我沒有救祂，就只是把問題往後推延罷了。」

米里狄亞朝著露出凌厲眼神的阿諾斯說道：

「你作為活在這個世界上的一個生命，盡全力地奮戰過了。」

儘管表情沒變，但小小的神以感覺很溫柔的表情說道：

「之後是創造神這個秩序的職責。」

「沒必要這麼固執。都到這個地步了，我就奉陪到底吧。」

米里狄亞靜靜地左右搖了搖頭，長髮緩緩搖動。

「沒問題。」

米里狄亞溫柔地承受了阿諾斯的視線。

「……唔，既然祢說不需要我協助的話，就再好也不過了。祢打算怎麼做？」

「我有主意。而且……」

米里狄亞以溫柔的聲音說道：

「這是祂所希望的事。」

「祢明白嗎？」

米里狄亞漾起淺淺的微笑。

「你送來的信上有寫。」

「這樣啊。」

阿諾斯微微抬起理滅劍的劍尖。

「在這裡。」

創造神這麼說完，輕輕碰觸著自己的胸口。

「只要我想，祢就會毀滅喔。」

阿諾斯向面無表情的創造神說道。

「不怕嗎？」

「神是秩序，不會害怕。」

米里狄亞把手從胸前放開，就像邀請似的向前伸出。

「來吧。」

貝努茲多諾亞的劍尖朝向米里狄亞。保持著夜晚的寂靜，魔王沒發出腳步聲地緩緩走出，接著對準創造神的右胸，刺進了毀滅常理的魔劍。那把劍沒有流出鮮血，卻斬斷了神，斬斷了祂最重要的事物。理滅劍在毀滅著秩序。

「『轉生（shirika）』。」

阿諾斯畫出巨大魔法陣，將拔出的理滅劍伸到魔法陣之上。城內開始冒出無數的漆黑粒子。那是從破壞神阿貝魯猊攸身上切離開來的意識碎片。這一顆顆的粒子，漸漸充滿著王座之間。

阿諾斯以「破滅魔眼」注視著在「轉生」魔法陣中徬徨的根源。

「米里狄亞，我就實現祢的願望。破壞神阿貝魯猊攸會作為魔族轉生，祂將不會受到秩

序的束縛，擺脫神的職責，這樣也能讓意念解放開來吧。」

「成為你的親族？」

米里狄亞問道。

「阿貝魯猊攸跟我同樣擁有『破滅魔眼』。從我的血中誕生的遙遠後代子孫，將會顯現出這個魔眼的部分力量吧。就以這雙魔眼（眼睛）作為聯繫，以理滅劍讓祂產生那具肉身是附身對象的錯覺。」

就算轉生，神也依舊是神。這個秩序正被魔王阿諾斯，以及貝努茲多諾亞毀滅著。

「要好好善待祂。」

「我？對阿貝魯猊攸？」

米里狄亞點了點頭。

「既然難得轉生了，最好還是切斷與前世的關聯。尤其是祂曾經身為破壞神的過去。」

「就算遺忘記憶，也不會遺忘意念。」

創造神以帶著確信的語氣說道。

「即使這是世界的常理，要是會礙事的話，我就毀滅掉吧。」

米里狄亞微笑起來，就像在說這世上也有事物是魔王阿諾斯所無法毀滅的一樣。

「追尋著意念，就一定會想起來。」

祂的眼瞳發出銀色光輝。

「回想起你。」

「為何祢會這麼想？」
米里狄亞彷彿帶著憐愛，然後還有點高興似的回答：
「因為祢愛上你了。」
「那還真是光榮啊。」
阿諾斯自嘲似的說道。
「不過是銘印現象罷了。就只是最初為阿貝魯猊攸帶來感情的人，還有讓祂從破壞的秩序之中解放的人，都碰巧是我而已。祂在和平的世界裡，心靈會變得更加自由吧。」
阿諾斯將視線從米里狄亞身上移開，仰望起高聳的天花板。或許他的這句話，是在說給阿貝魯猊攸聽的也說不定。
「不論是荒亂的世界、被迫背負的破滅秩序，還是所犯下的罪，束縛祂心靈的一切枷鎖都被我奪走了。」
阿諾斯揚起微笑說道。
「這若是祂的願望，那只要再次戀愛就好。以毫無枷鎖的自由心靈，去和真正所愛之人相遇。」
創造神默默佇立著。阿諾斯一將視線移回來，祂就開口說道：
「締結盟約吧。」
「喔？」
創造神的提議，讓魔王露出了好奇的表情。

「要是你轉生的話，要第一個去見祂。」

「然後？」

「若祂愛上你，就收下祂。」

一臉認真地說出這種話的嬌小神明太好笑了，讓阿諾斯大笑起來。

「咯哈哈，居然要我收下祂，收下那個野ㄚ頭啊。祢這話還真有趣呢。」

阿諾斯接著從喉嚨發出咯咯笑聲。米里狄亞淡淡說道：

「神不懂笑話。」

「我會考慮的。」

阿諾斯看向了「轉生」的魔法。神族的轉生，和魔族與人類的情況不同。況且還要與秩序分離的話，就更不用說了吧。

米里狄亞眼中浮現疑問，探頭望向阿諾斯的臉。

「先決定名字吧。」

「阿貝魯猊攸會作為我的子孫誕生。既然失去了神的秩序，哪怕是祢也很難找到祂。除了『破滅魔眼』之外，就算事先標上其他記號，也不會有損失吧。」

阿貝魯猊攸會作為阿諾斯以魔法產生的魔族子孫誕生。要影響子孫們的根源，讓這個指示在潛意識裡代代傳承下去，若只是決定名字這點小事，應該辦得到吧。

「要是想不到的話，就由我決定了喔。」

「莎夏。」

米里狄亞說道：

「莎夏如何？」

「好名字。」

阿諾斯的回答，讓創造神朝他微笑起來。

「謝謝。」

阿諾斯轉頭向祂問道：

「祢打算怎麼做？」

米里狄亞一時回答不上來。在想了一會兒後，祂便以溫柔的表情說道：

「我會在某處關注著這個世界，還有你。」

§1　【吞星魔女】

我感到「沙……沙……」就像混著雜訊一樣的耳鳴。陽光照在眼皮上。鈍痛撼動著腦內，淺眠的意識漸漸取回了輪廓。

「——小諾，差不多要吃早餐了喔～」

遠方傳來媽媽的聲音，讓我睜開了眼。眼前有個眨著眼睛的少女。她端坐在床邊擺放的椅子上，輕飄飄的豎捲髮隨風飄揚，大腿上還有一本翻開的書。她淺淺微笑起來。

「早安。」

淡淡地打了招呼，米夏便把書闔上。

「我睡過頭了嗎？」

「稍微。」

我再度「沙……」地感到了耳鳴。看來我竟然累積了一點疲勞啊。

我一緩緩起身，米夏就畫出魔法陣。她把手伸進中央拿出水瓶與杯子，「咕嚕咕嚕」地倒了一杯冰水遞給了我。

「我正想要來杯水。」

米夏開心地微笑起來。喉嚨獲得滋潤後，我站了起來，讓畫出的魔法陣穿過自己的身體，將睡衣換成平時穿的衣服。

「小米——小諾起床了嗎～？」

媽媽的聲音再度傳來。

「我剛起來。準備早餐時，也順便幫我準備午餐。」

我以魔力讓聲音傳到一樓媽媽的位置。

「好的——！畢竟小諾正在發育呢！」

隨後便聽到充滿精神的聲音。

「米夏是什麼時候來的？」

一聽到我這麼問，她就困惑地微歪著頭。

「兩個小時前左右？」

看來讓她等很久了。

「抱歉。就算叫醒我也無所謂喔。」

米夏忙不迭地左右搖頭。

「你看起來睡得很舒服嘛。」

讓她操心了啊。

「亞露卡娜與莎夏呢？」

「亞露卡娜去了蓋迪希歐拉。」

這麼說來，她有說過要去看看情況呢。

唔，雖然她早上通常爬不起來，但會睡到中午還真罕見。

「莎夏還在睡。」

「去叫她起床吧。」

我畫出「轉移」的魔法陣。就在這時——

「阿諾斯——你過來一下！有緊急事態！」

一樓傳來吵雜的叫喊。是爸爸。我一看向米夏，她就困惑地微歪著頭。哎，她不會知道吧。到底是有什麼緊急事態啊？

「等我一下。」

「嗯。」

我離開房間，跟米夏一起走下一樓。一來到鐵匠鋪、鑑定鋪的店鋪處，就看到爸爸一隻腳踩在椅子上，肩膀上扛著打鐵用的大鎚，擺出了裝模作樣的姿勢。一點也不像是緊急事態。

「爸爸，怎麼了嗎？」

「姿勢……」

爸爸用一臉就像全世界的絕望都聚集在這裡的表情說道：

「姿勢決定不了啊！」

這就是在兩千年前奮戰過，卻沒有在歷史上留名的英雄現在的模樣。

「看起來跟平時一樣啊？」

語罷，爸爸就一面左右搖著食指，一面「嘖、嘖、嘖」地說道：

「聽好，阿諾斯。是男人的話，就不能老是一個樣子，必須要時常超越極限啊。一直超越極限的結果，就是現在的爸爸喔。」

他說著莫名其妙的話。我看向米夏後，她就困惑地微歪著頭。

「臨欲滅時光明更盛，以更盛之光克服燈滅？」

唔，沒想到就連爸爸的姿勢都能通用這個道理啊。也就是說，當爸爸的羞恥心接近社會性毀滅時，羞恥心就會更加閃耀，進而克服社會性毀滅嗎？

既然如此——

「應該是不夠大膽吧？」

語罷，爸爸就露出恍然大悟的表情。

「……不夠……大膽……！」

爸爸把眼睛睜到極限，顯得十分震驚的樣子。

「……是、這樣啊……原來是這樣啊……」

爸爸就像領悟到了什麼一樣地說道：

「……我明白了。阿諾斯，我終於明白了啊。明白爸爸究竟是缺少了什麼。至今以來，從來就沒人說過爸爸不夠大膽。不如說，爸爸只有大膽這個優點，總有人稱讚我大膽過頭了。」

唔，總覺得這不是在稱讚啊？

「不過，爸爸我在有了孩子、責任增加之後，不知不覺地保守了起來……」

真想不到，他至今竟然都還沒大膽起來啊。

「阿諾斯，沒想到居然是你告訴了我這件事。所謂的要向兒子學習，就是在指這一回事啊！」

爸爸輕笑一聲後說道。跟往常一樣，他就只是想這麼說而已。

「很好！就來試看看吧！再跨出一步，不對，是三步！爸爸要回想起當年的自己，然後試著踏入更高的境界喔喔喔！」

爸爸垂直立起大鎚，只靠著細細的握把部分作為支撐，就像要趴在上頭一樣地把身體放上去，並將雙手雙腳伸直。那個模樣，簡直就像個街頭藝人——

「感謝啦，兒子！」

竟然漂亮地保持住平衡了。

「話說回來，為什麼要決定姿勢啊？」

爸爸一面像是在空中游泳一樣地保持平衡，一面裝模作樣地說道：

「驚訝吧，阿諾斯。爸爸收弟子了。他今天會來工作室，所以我想在一開始讓他好好瞧瞧爸爸帥氣的模樣啊。」

只能祈禱在好好瞧過之後，那個弟子不會轉身離去了。

「小諾，早安！」

媽媽穿著圍裙，帶著滿面笑容出現了。

「小米也要一塊兒吃吧？」

米夏朝我看來。我大致明白她想說的事。

「也能準備莎夏的份嗎？我這就去把她帶來。」

「小莎也要一起吃啊？就交給我吧。因為小諾很疲憊，所以媽媽我卯足了勁喔！就儘管吃，打起精神吧！」

媽媽笑吟吟地說完後，就再度回到廚房去了。

「那爸爸，我會在餐點準備好之前回來。」

「喔，你就去吧！爸爸就在這裡邁向新的世——」

就在我要與米夏一起以「轉移」離開之前，垂直立起的大鎚失去平衡倒下，爸爸就這樣往地板撲去。只不過，爸爸正朝著我露齒一笑，豎起大拇指。他完全沒有護住身體，下場可想而知。

摔得滿地的劈里啪啦聲響逐漸遠去，眼前出現了附有頂篷的床鋪。是涅庫羅家的莎夏房間。

「沒問題？」

是在說爸爸吧。

「沒什麼，老樣子了。」

我在這樣回答之後就往床鋪上看去，不過莎夏不在床上。床旁的小桌上，擺著喝到一半的玻璃杯。是莎夏起床後喝的吧。

「錯過了啊……不對。」

玻璃杯飄出獨特的香味刺激鼻子。在發出魔力後，玻璃杯就隔空飛到我的手上。

「怎麼了？」

「是酒。」

米夏微微瞪圓了眼。

「跟水搞錯了？」

「大概是睡昏頭喝錯了吧。現在就算在哪裡醉醺醺地徘徊也——」

我試著用魔眼看了涅庫羅家一帶後，發現莎夏意外地就在附近。

「在這裡。」

我一指過去，米夏便小碎步地繞到床鋪另一側。莎夏就躺在地板上。不知為何，她把臉鑽進床鋪底下，只有腳稍微露出來。

「起床了，莎夏。」

我抓住莎夏的腳，把人從床鋪底下慢慢拖出來。抱著酒瓶的金髮少女出現了。

「空的。」

米夏淡淡地說道。是全被喝光了吧，酒瓶裡就連一滴酒也沒剩。

「難怪醒不過來啊。」

我邊這麼說，邊在莎夏身上畫出「解毒」的魔法陣。在酒精被消除之前，她突然睜大眼睛，以「破滅魔眼」破壞掉魔法陣。

「……妳在做什麼？」

「喂，魔王大人。」

她口齒伶俐地說道。

「酒量太好也很無聊呢。要是能喝得更醉就好了。」

「是啊。」

我隨口回應，施展「解毒」的魔法。只是，莎夏立刻以「破滅魔眼」將魔法毀滅了。

「喂，今天也來比賽吧。」

莎夏一站起身，就優雅地微笑起來。

「妳突然間是在說什麼啊？」

「你要是贏了的話，今天就給你一束頭髮喔。」

「頭髮？」

「沒錯。你想要我的身體吧？好喔。不過，要等你贏過我。要等魔王大人贏了之後才給你呢。」

米夏困惑地微歪著頭，感到不解似的喃喃低語：

「罕見的醉法。」

看來她喝了很多啊。

「要是我贏了的話——」

莎夏用食指輕輕碰觸我的嘴唇。

「我要收下你的嘴唇喔。我會對你施展戀愛的魔法。你要對我絕對服從，不論再瑣碎的事情都不許頂嘴喔。」

總覺得初次見面時，她好像也說了類似的話啊。

「你要成為我的魔王大人。沒意見吧？」

「真拿妳沒辦法。」

我伸手抓住莎夏的肩膀，將她抱入懷中。

「呀……」

莎夏儘管滿臉通紅，也還是以「破滅魔眼」朝我看來。要是一般人的話，就會輕易突破反魔法，讓人暈倒過去吧。

「嗚、嗚……別、別隨便碰我啦……會毀滅的！會毀滅的啦……」

「這種程度就被毀滅的話，誰受得了啊。」

在足以讓額頭碰觸額頭的近距離下，我也使出「破滅魔眼」抵銷莎夏的「破滅魔眼」。

「要比的是瞪眼。只要撇開視線就算輸了喔。」

「這我很擅長呢。因為我光是看著，世上的一切就會毀滅。不論是魔族、人類、精靈，哪怕是神都會毀滅，所以誰也不會跟我對上眼。」

「咯哈哈，口氣很大呢。那就開始吧。」

我以「破滅魔眼」狠狠地瞪向莎夏。莎夏輕輕微笑，回瞪著我。在直直互瞪了數秒後，莎夏把手輕輕放在我的臉頰上。

「這手是什麼意思？」

「沒……沒什麼意思……」

莎夏一面說著，一面硬是要撥開我的頭，想讓我別開眼睛。我更加使勁發動「破滅魔眼」，窺看著莎夏的眼眸。就這樣靠著魔眼的力量壓制過去，逼她別開視線。

「我、我知道了啦……」

「知道什麼？」

「嗯……就是……」

她滿臉通紅，認命似的把眼睛從我身上移開。

「……別、別一直盯著我看啦……笨蛋……」

「是我贏了呢。」

我在開口的同時，對她施展了「解毒」，消除酒精，讓她從酒醉中清醒過來。

「咦？」

就像忽然注意到了什麼，莎夏望向我，然後朝米夏看去。

不過，她一副魂不守舍的樣子。

「莎夏？」

莎夏沒有理會米夏的呼喚，茫然地看著我們兩人。淚水從她的眼中潸然落下。

「太好了，米里狄亞、阿諾斯。」

她應該已經從酒醉中清醒過來，卻說出這種話。

「就跟約定好的一樣，三人再度相遇了呢。」

「約定？」

米夏在一旁疑惑地低語。

「唔，原來如此。」

我用魔眼（眼睛）直直凝視著莎夏的臉。

「莎夏，嘴巴張開。」

「咦……？你說嘴、嘴巴？才剛見面，你是要做什麼……？魔王大人還真是蠻橫呢。」

「好啦，快張開。妳的身體是屬於我的吧？」

「……今、今天，明明就只有說頭髮……」

莎夏害羞地朝我看來，並微微地把嘴張開。隨後，我就在喉嚨深處看到發出蒼白光芒的魔力。

「真是的。雖說是喝醉了，但妳這是吞了什麼啊？」

我把嘴唇靠近莎夏張開的嘴巴，倏地吸了一口氣。

「……啊……嗚………」

莎夏發出不成話語的呻吟聲，從口中溢出蒼白光芒。

「唔。」

蒼白光芒最終變成小石頭般的大小，宛如星光一樣地閃爍起來。

「艾里亞魯？」

「是啊。」

艾里亞魯才在眼前發出強烈閃光，就漸漸地失去光芒，最後消失無蹤。

「也就是她在睡昏頭、喝醉酒，把艾里亞魯跟酒一起誤吞之後，在睡夢中看見艾里亞魯讓她看到的過去吧。」

莎夏茫然的視線，漸漸地恢復焦點。

「……艾里亞魯的……夢…………？」

莎夏看著我，就像自問似的說道。

「清醒了嗎？」

在發呆了一會兒後，莎夏微微點了點頭。

「那個，嗯……我睡過頭了呢……抱歉……」

「無妨。」

「……總覺得作了奇怪的夢……我好像吞下艾里亞魯，讓兩千年前的過去流入了我的體內……」

「妳吞下艾里亞魯可不是夢喔。儘管不知道妳看到了什麼，但拜此所賜，艾里亞魯完全消失了。」

「咦……？」

莎夏驚訝似的回看著我。

「……那不是夢……？」

「十之八九不是呢。」

「剛剛的是……艾里亞魯讓我看見的過去……嗎……？」

莎夏用一副非常複雜的表情，就像回想起方才所看到的夢境般喃喃低語。

「阿諾斯……」

帶著難以置信的表情，莎夏說道：

「我是破壞神阿貝魯猊攸喔。」

§2　【追尋意念要靠一杯酒】

米夏瞪圓了眼。大半情況都不會動搖的她，很難得地真的嚇到了的樣子。

「在艾里亞魯的夢中看到的？」

米夏一問，莎夏就點了點頭。

「阿諾斯在與創造神米里狄亞對話喔。說破壞神阿貝魯猊攸討厭作為破壞的秩序，希望能夠轉生。在阿諾斯將理滅劍刺向米里狄亞後，一如阿貝魯猊攸的願望，破壞神的意識就從德魯佐蓋多上被切離開來了。」

米夏感到困惑似的歪著頭。

「用理滅劍刺米里狄亞？」

「嗯──儘管不知道為什麼，但就是這麼做了。是對創造神的秩序做了什麼嗎？」

莎夏以若有所思的表情說道。

「總之，破壞神阿貝魯猊攸從破壞的秩序上被切離開來了。說是因為她有著『破滅魔眼』，所以就以此作為聯繫，讓她轉生成為阿諾斯的子孫……」

「唔，無法說這不可能啊。」

要是過去的我這麼說了，那就是有找到能這麼做的方法吧。

「為了能再度相遇，米里狄亞幫轉生後的阿貝魯猊攸取了名字喔。就叫『莎夏』。」

擁有「破滅魔眼」的我的子孫，名字叫做莎夏啊。

「確實就只有妳了。」

「莎夏是破壞神……」

喃喃低語後，米夏直盯著莎夏的臉。

「破壞神是好孩子？」

「……意外地，這就是答案也說不定。」

「答案？」

莎夏問道。

「天父神諾司加里亞讓『破滅太陽』莎潔盧多納貝復活，在天空閃耀著。但是毀滅之光——黑陽不會傷害我的部下與迪魯海德的民眾。我當時有著這種確信。」

我窺看著金髮少女的臉，以及她的根源深淵。依舊是毫無頭緒。不過，我們說不定早在兩千年前就相遇過了。

「如果是因為那就是妳的話，我就可以理解了。」

也就是說，破壞神阿貝魯猊攸現在被一分為二了。她的秩序成為了魔王城德魯佐蓋多，而她的心成為了名為莎夏的魔族。

「……我一點也沒有真實感耶。」

「沒有記憶的話，就會這樣吧。」

「也就是說，曾經是破壞神阿貝魯猊攸的我，就像米里狄亞一樣，是阿諾斯的同伴吧……？」

「恐怕是這樣。只不過，這如果是創星讓妳看見的過去，有件事也讓人無法理解。」

「什麼事？」

「為何米里狄亞要從我身上奪走這份記憶？」

「啊……」

就像理解了一樣，莎夏叫了出來。米里狄亞從我身上奪走破壞神阿貝魯猊攸的記憶，將其留在創星之中。跟父親那時候不同，我不覺得她有奪走這份記憶的必要。既然如此，她為何要奪走？

「……是為什麼啊？」

「妳還有看到什麼嗎？」

米夏一問，莎夏就歪頭苦惱起來。

「嗯——因為是夢，所以我記憶有點模糊……記得好像是說，這只是把問題往後推延罷了……」

「是什麼問題？」

「這就想不起來了……」

聽到自己的發言，莎夏忽然想到了什麼。

「……想不、起來……？」

她猛然把頭抬起。

「米里狄亞有說喔。說我會回想起來。回想起我是阿貝魯猊攸的事。」

「要怎麼做？」

「……那個……記得她是說我愛——」

莎夏想起什麼事，當場僵住了。她的臉頰，漸漸地飛紅起來

「愛？」

米夏不解地低語著。

「沒、沒什麼啦！對了，是意念！是意念喔！她說就算會遺忘記憶，也不會遺忘意念。好像是說了追尋意念，就會回想起來喔。」

追尋意念，回想起記憶嗎？

「那麼，會有這麼剛好的事嗎？」

「沒辦法？」

米夏問道。

「很難講。因為神族的轉生，似乎跟其他種族不同啊。只不過，也能認為這不是字面上的意思，而是某種比喻吧。」

「記憶真的有留下來？」

「沒錯。可以認定阿貝魯猊攸是以類似創星的方式，把自己的記憶留在某處了吧。將不想遺忘的記憶，留在能以她的意念作為線索找到的地方。」

在我看向莎夏後，她就像逃避似的別開了視線。

「為何要別開視線？」

「沒、沒有為什麼啦！」

要是沒什麼的話，就沒必要別開視線了吧。

「兩千年前，妳曾是阿貝魯猊攸時，有留下什麼意念嗎？」

「……要說有沒有留下的話，是有留下來吧……？」

「是什麼？」

「什麼都沒留下啦！」

唔，看來記憶有點混亂嗎？

「那就算了。既然如此，就喚醒妳的意念吧。」

莎夏抱住自己的身體警戒起來。

「……有、有這種魔法嗎？」

「沒有。在轉生時遺忘的記憶，就算施展『追憶』也無法取回。而意念是比記憶還要曖昧的東西，所以用魔法是無法順利取回的。」

「不過，那你是要怎麼做啊？」

莎夏感到困惑似的問道。

「妳還記得在邀請地底人民前來迪魯海德，並召開酒宴接待他們時的事情嗎？」

「咦？啊……當時的事，我完全記不得了呢……」

莎夏就像是對自己的醜態感到羞恥般的說道。

「當時妳說了莫名其妙的話，不過現在想想，那或許是在說兩千年前發生的事。」

「咦……？」

莎夏很驚訝似的叫道。

「或許是這樣。」

米夏表示同意。

「但就算你說我有這麼說過，我也完全想不起來說了什麼喔？也就是要試著用『追憶』強制回想起當時的事嗎？」

「這主意不錯，但就算回想起當時說了什麼也沒用。只不過，要怎樣強行讓妳回想起兩千年前的意念，這件事給了我一個線索。」

我當場畫出魔法陣。

「喂……這是……？」

「是酒。」

經由「食物生產」的魔法，上等葡萄酒出現在魔法陣上。我讓創造出來的玻璃杯飄上空中，咕嚕咕嚕地倒了一杯酒。

「喝吧。然後回想起來。」

「你是笨蛋嗎！」

「如果是在看了兩千年前事情的現在，說不定就能輕易追尋到意念。畢竟妳當時也是在看到娜芙妲與迪德里希締結的神姻盟約後，像是回想起什麼事情一樣呢。」

我一把玻璃杯推過去，莎夏就用雙手捧起杯子。

「……要喝的話，我會試看看啦……」

莎夏盯著玻璃杯裡的紅色液體。

「不過才一杯，喝得醉嗎？」

她一面從喉嚨發出「咕嚕咕嚕」的聲音，一面將葡萄酒一飲而盡了。

「『轉移』！」

莎夏突然對米夏畫起魔法陣，要將她傳送到某個地方。米夏眨了眨眼。

「……去看看比較好？」

「是啊。說不定會成為某種線索。」

「轉移」的魔法完成，米夏就這樣順從地轉移離開了。莎夏看向她消失的空間。

「奇怪？米夏到哪裡去了？」

明明是自己把人傳走的。

「在這裡。」

房門「喀嚓」一聲開啟，米夏走進了房間。還真是被傳送到非常近的距離啊。

「太好了。那就快走吧。」

莎夏牽起米夏的手。

「去哪裡？」

「德魯佐蓋多。想要三個人一起看看我變成城堡的樣子呢。」

米夏朝我看來。

「就暫時陪她一下吧。亂槍打鳥，說不定就會中了。」

「嗯。」

莎夏朝我伸手。她害羞地說道：

「我就送你一程吧。」

「還真是感謝啊。」

在三人把手牽在一起後，我們就轉移離開了。我們來到魔王城德魯佐蓋多的城內，剛好是在競技場的入口附近。

「在這裡喔。」

莎夏邁開步伐，我們追隨在她的身後。她一面忙碌地東張西望一面走著，卻突然間停下了腳步。

「嗚……」

莎夏轉身過來，怨恨地瞪著我。

「怎麼了？」

「這是我嗎？」

莎夏指向魔王城。

「這就是我嗎？」

「哎，是啊。」

「簡直就像城堡耶。」

是城堡沒錯。

「要是再美麗、可愛一點就好了……像是粉紅色之類的……總覺得好不吉祥……」

「別擔心，這麼優秀的城堡，這世上可沒有第二座了喔。」

「真的嗎？」

莎夏開心地綻開笑容。

「是啊，是絕對不會被攻陷的最強城堡。」

莎夏呵呵笑了。

「除了我的魔王大人呢。」

「也可以這麼說呢。」

語罷，莎夏就一副樂不可支的樣子再度踏出一步。才剛這麼想，她就轉過身，一邊倒退著往前面走，一邊向我問道：

「喂，可以去那裡嗎？」

「就去妳想去的地方吧。」

「那就走吧。」

莎夏再度轉向前方，朝著位在附近的塔衝過去。那裡就連門也不是，就只是面牆壁。

「莎夏，危險。」

「不要緊的喔。因為這裡可以通過。是只有我知道的祕密入口喔。」

無視米夏的擔心，莎夏筆直朝著牆壁衝過去。魔王城德魯佐蓋多是破壞神阿貝魯猊攸改變形態後的模樣。既然如此，就算隱藏著只有本人能通過的入口也不足為奇。我和米莎用視線追逐著莎夏的動作，並在魔眼上注入魔力。她加強步伐的力道，毫不遲疑地撞向塔壁。

莎夏砰地狠狠撞到了頭，當場倒下。

「嗚……阿諾斯…………祕密入口反抗我啦……」

實在讓人難以想像她就只是喝醉了，還是在追尋著破壞神阿貝魯猊攸的意念。

「好乖好乖。」

米夏蹲了下來，溫柔地摸著莎夏的頭。她開心地微笑起來。

「謝謝妳，米里狄亞。」

米夏眨了眨眼，眼睛往上看著我。

「米里狄亞？」

「……或許也有這種事吧。」

畢竟莎夏是阿貝魯猊攸呢。只不過，米夏是在這個時代，經由「分離融合轉生（deino jikusesu）」的魔法產生的擬似人格，神會轉生到這種存在上嗎？

「總覺得那個人差不多要來了喔。」

莎夏說道。

「那個人？」

「嗯，那個人。名字是叫什麼來著啊？」

米夏微歪著頭。莎夏猛然站起，又再度踏出腳步。

「祕密入口原來是在這裡啊。」

她這麼說完，很普通地打開了塔門。室內全是書籍。在擺放得很擁擠的書架上，塞滿著大量的書。莎夏毫不遲疑地走上階梯，我們追隨在她的身後，來到了最上層的六樓。

「誰會在？」

「嗯——雖然想不起來，但大概去了就知道吧。」

走完階梯，我們抵達了最上層。那裡有著——

「奇怪……沒有人耶……」

不論往哪裡看，都看不見人的身影。即使是在追尋著意念，說的也不一定是現在的事呢。

「……嗯——真奇怪呢……明明就想說會來……」

「明白了什麼嗎？」

米夏問道。

「天知道呢。光只有這樣還很難——」

我一住口，米夏就感到疑惑地朝我看來。我豎起食指，要她安靜下來。

「叩」地，我聽到踏上階梯的腳步聲，而且朝著這裡越來越近。依據腳步聲的數量，有兩個人啊。腳步漸漸地加快。到最後，那兩個人就在塔內跑了起來。很快就會抵達最上層這裡了吧。

米夏與莎夏注視著階梯的方向。猛然間，兩道人影衝了進來。

「讓你久等了喔！」

「……被……叫來了……！」

兩人的視線與我們相對。

「哇！是阿諾斯弟弟他們喔！」

「……把我們……叫來了嗎……？」

來的竟然是艾蓮歐諾露與潔西雅。

§3　【潔西雅的夢】

四雙眼睛視線交錯。在疑雲重重之中，一名醉鬼彷彿發出了萬丈光芒，得意洋洋地大聲喊道：

「我想起來了，是艾蓮歐諾露喔！」

莎夏唰地指向艾蓮歐諾露的臉，就像在說她明白了什麼一樣。

「嗯——是在說什麼啊？」

不清楚狀況的艾蓮歐諾露，困惑地轉向莎夏。

「在以前呢，很久～很久～以前呢。呼喚了某人喔。雖然想不起來是誰，但肯定是呼喚了艾蓮歐諾露喔！」

呼喚了艾蓮歐諾露嗎？兩千年前，阿貝魯猊攸真的呼喚了她嗎？還是說，艾蓮歐諾露長

得很像她以前遇過的某人嗎？或者就只是來到這裡的人碰巧是艾蓮歐諾露，所以才這麼覺得嗎？再稍微讓事態順著莎夏的醉意發展看看吧。照這樣子，說不定會回想起出乎意料的事。

「莎夏妹妹嗎？」

「不是我喔！」

莎夏以有點口齒不清的語調斷然否定。

「那麼，是誰呼喚的啊？」

「就是有人呼喚了喔！」

唔，立刻就觸礁了啊。

「但請放心，艾蓮歐諾露。只要回答我一個問題，就可以清楚知道是誰呼喚了妳喔。」

艾蓮歐諾露的表情放鬆了下來。不知為何，潔西雅帶著充滿期待的眼神，緊緊地握起了雙拳。

「嗯——？是要回答什麼問題啊？」

莎夏輕輕微笑起來。

「就請回答是誰、為了什麼目的，才把妳呼喚到這裡來的吧。」

「哇喔！突然間就拋了個無理的要求過來了。」

說不定莎夏就只是喝醉了。

「不准說妳答不出來喔。」

「就算妳這麼說，我也答不——」

「嘿！」

莎夏用雙手堵住艾蓮歐諾露的嘴，不讓她說話。

「妳明白了吧？」

莎夏以優雅的舉止嫣然一笑，對於沒讓她說出「答不出來」這句話感到非常滿意。

「啊……莎夏妹妹，妳該不會是喝醉了吧？」

「莎夏妹妹？妳是在叫誰啊？我是城堡喔！就是這座城堡本身喔！」

「……嗯、嗯……妳喝得相當醉喔……」

面對這樣極力主張的莎夏，艾蓮歐諾露完全被壓制住了。

「與其說這些，艾蓮歐諾露，快說出妳被呼喚到這裡來的理由。」

「嗯——雖然不是被呼喚來的，但要怎麼說明才好呢……？」

語罷，潔西雅就猛然舉起了手。

「……來見……媽媽的孩子……！」

「孩子？」

米夏感到困惑地低語著。

「……潔西雅是……姊姊……了……！」

米夏與莎夏直直盯著艾蓮歐諾露瞧。

「不、不是喔！是誤會喔！完全不是米夏妹妹和莎夏妹妹現在所想的那種事喔！」

「是誰的孩子啊！」

莎夏逼問著艾蓮歐諾露。

「莎、莎夏妹妹，妳冷靜一點，請聽我解釋喔。」

「好啊。不過在這之前，得請妳老實回答我的問題呢。」

「……什、什麼問題？」

莎夏的氣勢把艾蓮歐諾露嚇倒了。

「艾蓮歐諾露，妳知道要怎麼生小孩嗎？」

「妳、妳是說用哪一種方法生？」

「用哪一種方法生——！」

莎夏就像在說艾蓮歐諾露不知羞恥似的大叫起來。

「不、不是喔！我不是這個意思，因為有很多種方法。」

「很多種——！」

莎夏反應激烈。儘管覺得阿貝魯猊攸的意念已經一點也不剩了，不過要再多觀望一下狀況嗎？

「出局、出局！妳完全出局了啊！」

莎夏以就快浮現出「破滅魔眼」的眼睛，直直地瞪著艾蓮歐諾露。

「艾蓮歐諾露，這是最後的問題喔。」

「……哇喔……雖然不知道為什麼，但妳那是非常懷疑我的眼神喔。」

「……是……嫌犯……！」

艾蓮歐諾露正要把視線從莎夏身上別開，兩頰就被用力抓住，動彈不得。

「到底是誰的孩子？根據妳的答覆，『破滅太陽』莎潔盧多納貝將會再度普照著迪魯海德喔。」

唔，這似乎是帶有阿貝魯猊攸意念的話語啊。果然還是再放任她一下吧。

「雖、雖然不太清楚意思，但唯獨知道妳在說很危險的事喔。莎夏妹妹，冷靜一點。」

「艾蓮歐諾露，要冷靜的人是妳喔。該不會，我是為了要收拾掉妳，才把妳呼喚到這裡來的嗎？」

艾蓮歐諾露一臉為難地朝我看來。

「阿諾斯弟弟，差不多希望你能救我了喔？」

「阿諾斯！果然是阿諾斯的孩子嗎！」

「啊——不是喔！不是這個意思，潔西雅說的不是有爸爸的孩子！」

「不知道對方是誰嗎！妳是笨蛋嗎！」

「我、我沒這麼說喔！」

艾蓮歐諾露向誤解的莎夏拚命辯解著。

「米夏妹妹，就不能想辦法安撫一下莎夏妹妹嗎？」

米夏沉思起來。

「現在的莎夏——」

她淡然說道：

「跟阿諾斯的媽媽不相上下。」

「哇喔！也就是要我放棄啊！」

知道敵人有多麼巨大的艾蓮歐諾露，立刻就被莎夏用食指指著。

「不檢點、太不檢點了！明明都有阿諾斯了，居然還跟來路不明的男人生小孩！妳這樣還算是魔王的側室嗎！」

「我、我才沒有跟來路不明的男人生小孩，說到底也不是側室啊！莎夏妹妹到底是希望我跟阿諾斯弟弟在一起，還是想要我們分開啊？我完全搞不懂喔！」

追根究柢，魔王不需要側室。因為要是想要子孫，只要一個人創造出來就好。我想破壞神阿貝魯猊攸也知道這種事，也就是說，她只是喝醉了嗎？

「就算不是側室，艾蓮歐諾露也是魔王的部下，所以是阿諾斯的所有物吧！不過，妳是得不到阿諾斯的心喔！因為他可是魔王大人呢！」

「好像有人說了很過分的話喔！」

莎夏露出犬齒，瞪著艾蓮歐諾露。

「好啦，稍微冷靜點，莎夏。」

我輕輕按住莎夏的頭後，她就忍不住發出怨言：「嗚……什麼啦……？你是說我錯了嗎……？」我當作沒聽見，向艾蓮歐諾露問道：

「來見小孩是什麼意思？」

她在鬆了一口氣後回答我：

「……雖說是小孩，也是在說潔西雅作的夢喔。對吧？」

潔西雅大大地點了點頭。

「潔西雅經常……作夢……潔西雅的妹妹的夢……！」

「是那個小孩在夢中呼喚妳們來這裡的嗎？」

潔西雅開心地點了點頭。

「呼喚了……潔西雅……！潔西雅的妹妹，想要快點……出生……！」

真是件怪事。

「還沒出生的小孩在呼喚妳？」

「潔西雅要去……接她……！在去接她後……生下來！」

她帶著得意洋洋的表情，讓眼睛閃閃發光。

「潔西雅……是姊姊……呢……！」

艾蓮歐諾露向我微微招手，我便將臉靠過去。她低聲說道：

「就是這樣，所以我才陪潔西雅過來了喔。」

原來如此。

「阿諾斯弟弟，你們讓莎夏妹妹喝醉是要做什麼啊？」

「經由最後的創星，得知莎夏就是破壞神阿貝魯猊攸了。」

「哇喔！那莎夏妹妹是真的變成了城堡耶！」

艾蓮歐諾露比較著莎夏跟能透過窗戶看到的德魯佐蓋多魔王城。

「明白了嗎？那就不要擅自闖到我的體內。」

莎夏露出優雅的笑容。

「嗯——認真想像了一下後，感覺非常超現實喔。」

艾蓮歐諾露把食指抵在嘴唇上，想像著什麼畫面。

「我不太理解米里狄亞奪走我記憶的理由。只要讓莎夏喝醉的話，她就會回想起曾是阿貝魯猊攸的意念的樣子呢。所以就試著像這樣野放出來了。」

「什麼嘛——這種說法，人家不就像野獸一樣了……」

莎夏一面被我按著頭，一面抗議著。

「那為什麼會在這裡啊？」

艾蓮歐諾露問道。

「因為莎夏說會有人到這裡來呢。」

「啊——然後來的人是我們啊。」

聞言，潔西雅的眼睛就閃閃發光起來了。

「跟潔西雅的妹妹……有關係嗎……？」

「天知道呢。問題在於無從判斷這究竟是阿貝魯猊攸的意念，還是醉鬼的戲言呢。」

只不過，潔西雅經常作的夢啊。

「唔，有關係的可能性也不是零吧。」

「……『根源母胎（艾蓮歐諾露）』的魔法……」

一旁的米夏喃喃低語。她抬頭望著我，然後問道：

「跟這有關？」

艾蓮歐諾露一臉驚訝。

「就在兩千年前，身為人王的傑魯凱的根源，分成了具有毀滅魔族之意志的魔法——『魔族斷罪（傑魯凱）』，以及『根源母胎（艾蓮歐諾露）』。而跟他的魔法化有關的神族，是天父神諾司加里亞。」

「根源母胎」是失敗作品。因為她沒有受到憎惡與憎恨的束縛，一直反抗著「魔族斷罪」。為何會失敗？我不認為掌管秩序的神族會毫無理由地失敗。

「或許是米里狄亞干涉了『根源母胎』也說不定。」

「嗯——也就是多虧了米里狄亞，我才能作為我自己嗎？」

「簡單來說就是這樣。」

米夏眨了眨眼，微歪著頭。

「米里狄亞在『根源母胎』上留下了什麼？」

「不過，是那個喔。我是在阿諾斯弟弟轉生之後誕生的，當時阿貝魯猊攸已經變成魔王城了吧。」

我點了點頭。

「姑且不論米里狄亞，為什麼曾是阿貝魯猊攸的莎夏妹妹會認識我啊？」

「或許是米里狄亞傳達給魔王城德魯佐蓋多知道的。」

要是這樣的話，也就是莎夏與破壞神阿貝魯猊攸的聯繫並沒有完全中斷嗎？

「無法斷定呢。要是有時間的話，就一起來吧。妳們說不定也能成為找出我失去記憶的線索。」

「好啊，我們沒問題喔！潔西雅，對吧？」

潔西雅很有精神地跳了起來。

「潔西雅的妹妹……在呼喚著我……只要幫忙的話……就會出生……！」

「嗯嗯，說不定就會出生喔。」

艾蓮歐諾露眼神溫暖地看著充滿幹勁的潔西雅。

「要去哪裡？」

米夏問道。

「首先——」

時間差不多了吧。沒辦法。

「先回家一趟。是媽媽準備好早餐的時候了。」

§ 4 【爸爸的弟子】

施展「轉移」，我們再度回到了家中。

「——不對！不是這樣！是要這樣！」

工作室傳來爸爸的聲音。是一反常態的認真語氣。

「啊，小諾，你回來啦。就快可以吃飯了喔。」

媽媽從廚房裡探出頭來。

「聽好，不是靠手上的技術喔！打鐵是要靠心！靠靈魂！在磨刀之前，要先砥礪你的心啊！」

爸爸充滿熱情的聲音在門後大聲響起，莎夏等人好奇地往門的方向看去。

「是弟子來了喔。因為是第一天，所以爸爸十分起勁的樣子。」

媽媽開心地說道。這麼說來，他有說過這件事呢。

「話說回來，等下就要吃午餐了，小艾蓮和小潔要一塊兒吃嗎？」

「啊——我們不太餓——」

「潔西雅……餓了……！」

潔西雅畫出魔法陣，在把手伸進去後，從中取出了自己的湯匙和叉子。艾蓮歐諾露不好意思地陪笑著。

「那個……能、能麻煩準備潔西雅的份嗎……？」

「我今天煮了非常多，所以要是方便的話，小艾蓮也來幫忙吃吧。」

「啊……嗯。那就承蒙招待了喔。」

艾蓮歐諾露就像很過意不去地說道。

「呵呵，謝謝妳。請再稍微等一下喔。馬上就好了。」

媽媽回到廚房裡了。

「——很好！沒錯、沒錯！看來你掌握到訣竅了啊！就是這個樣子！」

鼓起幹勁的爸爸喊得更大聲了。莎夏她們轉向了工作室的門。

「……有點在意喔。」

艾蓮歐諾露一臉很感興趣的表情，米夏直點著頭。

「要試著偷看一下嗎？」

「……打擾他們不太好。」

「所以就只是偷看，會儘量不打擾到他們的喔。米夏妹妹也很在意，阿諾斯弟弟的爸爸到底收了怎樣的弟子吧？」

米夏沉思起來，點了點頭。

「潔西雅……也很在意……！」

「那就偷偷地喔，偷偷地。」

艾蓮歐諾露她們慢慢地接近工作室的門。

「那麼，接著就這樣維持住這個姿勢。這雖然是基礎，不過要保持良好的形狀，就必須每天進行訓練。」

爸爸的聲音仍在迴盪，艾蓮歐諾露把眼睛貼向了鑰匙孔。因為是便宜貨，所以能窺看到室內。

「……看……得到嗎……？」

「嗯——看是看得到，但還是看不太清楚喔……」

語罷，莎夏就在她們背後優雅地微笑起來。

「看來是輪到我出場了呢。」

莎夏自信滿滿地踏出一步。她與艾蓮歐諾露交換位置，站在門前。

「去吧，『破滅魔眼』！」

「破、破壞是不行的喔！」

莎夏以優雅的舉止將指尖舉到眼睛附近。

「妳以為我是誰？是掌管破壞的秩序的神——阿貝魯猊攸喔。要以怎樣的方式破壞東西，全憑我一個眨眼來決定喔。」

莎夏眼中浮現出魔法陣。

「為了能清楚看到裡頭的情況，只要把鑰匙孔稍微擴大一下就好了吧？」

「是這樣沒錯，但妳喝得這麼醉，有辦法控制魔眼嗎？」

莎夏露出無畏的笑容，狠狠地瞪向眼前。

「就讓妳見識一下破壞神的力量吧。」

「轟隆——」工作室的門不留痕跡地自行崩壞了。

「咦——！妳是在做什麼啊，莎夏妹妹！」

「爆炸了……」

艾蓮歐諾露與米夏茫然注視著已故房門的殘骸。「呼。」莎夏滿意地吁了口氣。

「只要把鑰匙孔擴大成這樣，就很方便看了吧？」

「莎夏妹妹，妳是笨蛋喔！」

能從變得視野良好的房門，清楚看到工作室裡的情況。爸爸帶著一臉愣然的表情，驚訝地轉頭看來。艾蓮歐諾露連忙低頭賠罪。

「對、對不起！本來是想偷看伯父教導弟子的模樣，但是失敗了——」

她抬起頭來，在看到眼前爸爸的弟子後瞪圓了眼。帶著大眼罩的獨眼魔族，正用肩膀扛著打鐵用的大鎚，並把腳踏在椅子上，擺出了爸爸平時會做的那種裝模作樣的姿勢。

「怎麼啦、怎麼啦，要是想看的話，只要跟我說一聲，不論要看多久都沒問題啊。倒不如說，我一直都很想秀給妳們看呢。」

爸爸露出潔白的牙齒笑了，一副心滿意足的樣子在弟子面前裝模作樣地跪下。

然後為了介紹那名魔族，用手指了過去。

「這位是今後要在我的店裡作為弟子工作的伊杰司．柯德。是爸爸的一號弟子呢。」

能收到弟子，讓爸爸一副得意忘形的樣子。

「弟子？你嗎？」

莎夏突然走向前去，指著伊杰司。

「冥王伊杰司，你有什麼企圖嗎？只要我的魔眼還是破滅，就不准你在阿諾斯的家中擅自亂來喔！」

「莎夏喝醉了。」

米夏立刻幫她解釋。

「余沒什麼企圖，只是順勢而為啊。就只是碰巧變成要拜他為師的情況。」

伊杰司以一如往常的語氣說道。

「我才不信呢！碰巧變成要拜他為師的情況，是怎樣的情況啊？」

莎夏追問著。隨後，爸爸就靜靜地搖了搖頭。

「一個男人只要活得夠久，就總是會有一兩件無法對他人說出的事情啊。」

爸爸以宛如大徹大悟的工匠般的語調說道。

「要是到我這種程度，那可就不只是一、兩件了。不對，是不只一、二十件的程度呢。」

是極盡可恥的人生。

「嗯──什麼嘛……女人也會有啊。」

不是這個問題。

「伊杰司，你就這樣維持著姿勢喔。」

「遵命。」

在確認伊杰司有好好維持住姿勢後，爸爸就跟我們一起移動到工作室角落，像是要講悄悄話一樣地問道：

「那麼，你們認識他嗎？他跟阿諾斯你們之間發生過什麼事嗎？」

「不是發生過什麼事的程度喔！事情嚴重了，非常嚴重！」

莎夏一臉凝重的表情向爸爸說道。

「事情嚴重，是怎樣的嚴重法？」

「那個呢……伊杰司雖然看起來非常正經，長著一張就像是會為了目的不擇手段的臉，但他才不是這麼簡單的人物喔。」

「……什麼……是這樣嗎？」

莎夏點了點頭，就像要忠告他似的說道：

「那傢伙，其實是個好人喔……」

「……妳說什麼！」

爸爸忍不住驚叫起來。是被莎夏所散發的氣氛影響了吧。

「果然是這樣啊……」

在朝伊杰司的方向盯了一眼後，爸爸說道：

「不過要是這樣的話，也覺得好像沒什麼問題……」

爸爸一臉凝重地思忖著，但這不用想也知道是完全沒問題。

「不，伯父絕對會被騙喔。他打算裝作要去做壞事，結果是去做什麼好事喔……這次到底是在策劃怎樣的善行啊……」

莎夏毫不掩飾警戒心地說道。

「必須要做好隨時向他道謝的準備，要不然的話，很可能會一不小心就忘記說了喔。」

「這點確實得小心啊……」

是氣氛。喝醉的莎夏和爸爸早就只靠氣氛在對話了。

「罪惡感會很嚴重喔。」

「莎夏醉得很嚴重。」

米夏說道。艾蓮歐諾露豎起了食指。

「話說回來，為什麼伊杰司會成為弟子啊？」

「嗯？啊啊，那個，該怎麼說好呢……」

爸爸輕搔著頭。

「我偶爾會到參加的鐵匠工會，幫初出茅廬的鐵匠們上課或是訓練啦。」

無法想像爸爸認真上課的模樣。真想去參觀一次看看。

「伊杰司就在這個時候來了。」

「嗯──為什麼啊？」

艾蓮歐諾露感到困惑地歪頭。米夏朝我看來。

「就是這麼回事。」

我一回答，她就點了點頭。於是，艾蓮歐諾露就傳來「意念通訊(Leaksu)」。

『喂，就算米夏妹妹明白，我們也一點也不明白喔。』

『……是……偏心……』

潔西雅提出抗議。

『我告訴了伊杰司，爸爸曾是我的父親──賽里斯・波魯迪戈烏多。所以他才會去見爸爸一面吧。』

我回覆了這句「意念通訊」。

「哎，初出茅廬的鐵匠還沒辦法好好處理工作，所以除了在自己待的工作室請教之外，也會像這樣到處學習的樣子。跟亞傑希翁有點不太一樣。」

誤會了艾蓮歐諾露的疑問，爸爸這樣說明著。

「不過在上完課後，伊杰司也還是留到了最後呢。他跑來問我，覺得鐵匠的工作如何喔。」

伊杰司是想知道，過去的師傅在這個和平時代過得怎樣吧。

「所以我就回答他，雖然不全是快樂的事，不過在做好一件工作時，聽好，那感覺可是非常棒的喔。」

腦海中彷彿浮現了爸爸的笑容。

「在我說著：『你也加油吧。』拍起他的肩膀後，他就垂下頭顫抖起來了呢。而在看到伊杰司的臉後，我就忽然想起來喔。」

跟方才與莎夏對話的時候不同，爸爸以真切的凝重語氣說道：

「就想說我之前為什麼會忘記這麼重要的事。沒錯。不會錯的，伊杰司他是——」

帶著認真的表情，爸爸用力地說道：

「——失業了……！」

艾蓮歐諾露張大嘴巴，茫然望著爸爸的臉。

「我忘了會來上課的人不只有初出茅廬的學徒，還有失業的鐵匠。你們看伊杰司，是獨眼對吧？他大概是在第一次工作的工作室發生失誤，所以就被開除了吧。原本就是新人，要是還少了一隻眼睛的話，會過得很辛苦吧。」

爸爸的誤解還是一樣讓人出乎意料。

「因為我沒有注意到呢。我說了：『眼睛的事，抱歉了。』之後，伊杰司就露出像是在強忍淚水的表情，我才確信了這件事。」

伊杰司也知道爸爸沒有記憶呢。他當時的心境可想而知。

「說到底，讓新人的眼睛受傷是負責教導的鐵匠不好。因為這樣就把人開除也太過分了吧。話雖如此，像我這種弱小的鐵匠鋪不論說什麼，工會也不可能有所行動。」

爸爸義憤填膺似的說道。或許是內心中的某處還記得伊杰司也說不定。

「於是我就說：『在你能獨當一面之前我會好好照顧你的，所以要不要當我的弟子啊？』強行把人帶回來了。哈哈！爸爸稍微耍了點帥呢。」

爸爸就像在說「快稱讚我吧」一樣，朝我們擺出了得意的表情。

「哎，所以就變成這樣了。首先為了不讓伊杰司覺得獨眼是不利條件，從打鐵不只是技術，還是砥礪靈魂的作業——像這樣開始教導他心態。」

爸爸轉身過去。伊杰司就照著爸爸方才所教導他的，把大鎚扛在肩膀上，擺著裝模作樣的姿勢。一跟我目光相對，他就有點尷尬地脫口說道：

「……就跟余方才說的一樣，只是順勢而為啊……」

曾經甚至被稱為四邪王族的男人，想不到居然會當起鐵匠啊。雖說是爸爸誤會了，但伊杰司也不可能拒絕吧。畢竟這是在因緣際會之下，讓弟子超越兩千年的時光，再度回到了師傅身邊。

「喔，伊杰司，你的姿勢不對喔。我教你的不是這樣吧？」

「……怎麼可能。余就照你所說的，一毫米也沒有動過……」

爸爸看透一切似的笑了，指著伊杰司的胸口。

「你的這裡動搖了。就是認為自己是世界第一鐵匠的心啊。」

「……心、心…………！」

這次的修行，說不定會比成為亡靈還要辛苦一點啊。

§ 5 【來自深奧的聲音】

在餐點準備好後，我們圍著大桌坐下。

「呵呵呵~很高興今天來了這麼多客人呢。還有料理正在做，大家儘管吃吧。」

媽媽踏著輕快的步伐走到冥王背後。

「伊杰司也別客氣，儘管吃吧。」

「……是的。謝謝招待。」

伊杰司一臉不好意思地低頭道謝。

「……是……蘋果派……」

潔西雅的雙手緊握刀叉，兩眼發光地盯著裝蘋果派的盤子。她的表情就宛如盯上獵物的小動物。

「啊，潔西雅，不行喔。甜點是最後吃的，必須先吃飯才行。先吃蔬菜好不好？瞧，有沙拉喔？」

艾蓮歐諾露指著用大盤裝的沙拉，將潔西雅的注意力引導過去。稚嫩的表情充滿悲傷。

「沙拉是……草……！」

「草有營養喔。很好吃的喔——」

在一個勁地大大搖頭後，潔西雅說道：

「……潔西雅……學過了……」

「嗯——很了不起喔。是學了什麼呢？」

「……蘋果派是用……小麥做的……是將小麥揉了又揉，轟轟地烤過之後……變成了派……很……厲害……」

竟然若無其事地強調自己想吃蘋果派的主張。

「嗯嗯，很厲害呢。很了不起喔。妳有好好學習呢。那麼作為獎勵，就給妳好～多好多的沙拉喔。」

艾蓮歐諾露儘管稱讚著潔西雅，也還是把裝著沙拉的大盤子移到她面前。潔西雅注視著

被推到眼前來的一大盤草，露出絕望的表情。哪怕是能在戰場上勇猛奮戰的她，在面對沙拉時看來也提不起戰鬥的意志。

「……小麥……是植物……」

潔西雅不死心地提出下一個主張。

「植物是……蔬菜……！」

就像想到好主意似的，她的眼睛閃閃發光起來。

「……蘋果……是水果。蔬菜和水果……是……沙拉……！」

她用力瞪著眼睛，向艾蓮歐諾露述說著。

「蘋果派……是沙拉……！」

「喔喔，是這樣啊。潔西雅喜歡吃沙拉？」

「最……喜歡了！」

潔西雅握緊刀叉，使勁全力地點頭。

「那好吧，就幫妳盛一大盤喔。」

在眼睛閃爍得有如星光一般的潔西雅面前，艾蓮歐諾露一面笑吟吟地，一面盛給她大量的蔬菜沙拉。潔西雅的眼睛就這樣失去光澤，混濁地黯淡下來了。

「瞧～是潔西雅最喜歡的沙拉喔。」

「……潔西雅最喜歡的食物……變成……草了……」

潔西雅一副不甘願的樣子吃起了沙拉。就算艾蓮歐諾露稱讚著：「很了不起喔。」潔西雅還是以怨恨的眼神回看她。

「真是和平啊。」

伊杰司撕下一塊剛烤好的麵包，丟進嘴裡。那是用黑麥做的麵包。雖然烤得有點硬，但相對地很有嚼勁，越嚼越有滋味。是能感受到豐饒土壤、大地滋味的媽媽自製麵包。冥王拿起裝有咖啡的杯子，儘管蹙起眉頭，也還是喝下去了。

「喔，伊杰司，怎麼啦？你該不會喝不了咖啡吧？」

爸爸一面用餐刀切開培根，一面問道。

「不，師傅。沒這回事。」

「是這樣嗎？雖然你這麼說，但看起來就像是苦著一張臉在喝呢。」

爸爸一吃起培根，冥王就將咖啡一口氣灌進胃裡。就像在說要在嚐到味道前喝完一樣。

「咯哈哈，沒想到人稱冥王的你居然會挑食啊。」

在我像這樣一笑置之後，伊杰司就用他的獨眼瞪過來。

「說挑食是誇張了啊。余就只是覺得很苦而已。你才居然還是老樣子地沉溺在焗烤蘑菇之中，從兩千年前到現在一點進步也沒有。」

我用湯匙舀起融化般的焗烤蘑菇，緩緩地送入口中，以整條舌頭充分品味著那甘美的滋味。我倏地把湯匙放在桌上，堂而皇之地答道：

「就算時光流逝，也有事物是不會改變的。」

「還真是悠哉啊。你難道忘了因為你毫不隱瞞自己愛吃的食物，結果讓蘑菇從密德海斯領的群山之中消失的事嗎？」

這是兩千年前的事。部分魔族得知我愛吃什麼而濫採的結果。那時有人是為了作為貢品，有人是因為想吃相同的食物討吉利，也有人是判斷魔王強大的祕密就藏在這裡，為了研究而採集蘑菇。

「就連愛吃的食物都會毀滅，這就是你的宿命啊。可千萬別忘了。」

「我讓蘑菇？毀滅？你說這是宿命？」

「咯咯咯」地，我發自內心地笑了出來。

「看來得堵上你那張愛說笑的嘴啊。」

我將焗烤蘑菇從大盤分裝到小盤上，以魔力飛起來，讓小盤輕輕落到了伊杰司的手上。

「吃吧。」

伊杰司以無法理解的表情看了過來。不過，他立刻就像是被焗烤蘑菇的香氣給吸引了一樣，拿起湯匙舀起一勺，並將焗烤蘑菇輕輕送到嘴邊。

「就算你想用食物籠絡我，也是沒用的啊——」

「這、是……！」

唰唰，牛肝菌菇在他的口中翩翩起舞。

他靜靜地閉上獨眼，一面全神貫注地感受味覺，一面享受著焗烤。唰唰、唰唰，蘑菇跳著魅惑的舞步。

「……這獨特的嚼勁，滿溢而出的美味，清爽卻讓人意猶未盡的餘味是——」

伊杰司一臉驚愕地瞪大了獨眼。

「……這該不會，是應該早就滅絕的密德海斯產的牛肝菌菇……嗎？」

「雖說是遭到了濫採，難道你以為我的蘑菇會就此滅絕嗎？」

「你有播種嗎？不僅是自己的子孫，還有蘑菇的菌種。」

兩千年前，我從蘑菇幾乎滅絕的密德海斯領山中採取了些許菌種，播種在森林或山岳地帶等等蘑菇容易繁殖之處。食物是很不可思議的東西，就算用魔法創造、使其快速成長，所含的營養也不充足，最重要的是味道會比一級品來得差。所以我才會等蘑菇自然繁殖。

「我在就連魔族都不太能踏入的內陸，用『四界牆壁(beno iebun)』建造了防壁。只要經過千年的話，人們就會忘記蘑菇是密德海斯名產的事。那裡將會成為蘑菇的樂園吧。」

然後再度繁盛生長、豐碩結實的蘑菇，如今遍布著整座密德海斯領。

「……在那場大戰當中，不僅是人們的和平，居然連蘑菇的和平都守護下來了……你依舊是個可怕的男人啊。」

冥王將焗烤蘑菇送入嘴中。只要看到他憐愛地品嚐蘑菇的表情，就能立刻明白他是同好之士了。他其實很愛吃蘑菇吧。所以才會向我提出了忠告。

他拚命吃著應該是再也吃不到的愛吃的食物，品嚐這份和平的滋味。

「就將這份美味牢記在舌頭上吧。我可是魔王——阿諾斯·波魯迪戈烏多啊。」

「雖然你好像說了很帥的台詞，但你就只是保護了美味的蘑菇喔！」

艾蓮歐諾露豎起食指，這樣吐槽著。平時的話，這是莎夏會說些什麼來吐槽的時候，但

很不巧的是她還在醉。

「嗯──不論怎麼吃都沒有減少耶。」

「那是大家的份。」

莎夏將裝滿一大盤的馬鈴薯泥，一味地扒進嘴裡。

「為什麼大家的份就我一個人在吃啊？」

「我也想知道。」

米夏淡淡說道。

「是在處理剩飯嗎！」

莎夏沒怎麼在聽人說話的樣子。

「嗯──就算是大家的份，我也覺得很多耶……」

「因為是早餐加午餐啊。」

「這是什麼意思啊？」

莎夏滿臉疑問地向我問道。

「因為我睡過頭，沒吃到早餐，所以就決定在吃午餐時順便吃早餐了。」

「這理由很奇怪吧！」

唔，她酒醒了嗎？

「這樣我在變成城堡時什麼都沒吃，豈不是要吃兩千年份的食物了！」

是錯覺啊。

「喂，米夏。我說得沒錯吧？」

米夏眨了眨眼睛。因為莎夏一副要是她點頭的話，馬上就會吃起兩千年份食物的模樣，所以她的表情顯得有點為難。

「……莎夏減肥了……」

「啊，是這樣啊。所以我才會從城堡變成這麼小一隻啊。要是吃回來的話，就會復胖回城堡了呢……」

儘管不太能理解，但莎夏似乎是接受了這個理由。

「伊杰司，能幫我喝喝看這個嗎？」

媽媽倒了一杯紅色果汁過來。

「這是……？」

「我將番茄與檸檬榨汁後混入香草，試著做成了果汁。因為看你吃了很多沙拉，所以想說這應該會合你的胃口。」

因為冥王喝不慣咖啡，媽媽才去做的吧。伊杰司默默注視著手上的杯子。不對，他與其說是注視，倒不如說是在聞混在果汁裡的香草所散發的香氣嗎？只不過，也不像是在享受香味的樣子。

「你討厭番茄汁嗎？」

「……不……」

伊杰司抬起杯子，喝下特製番茄汁。他微微瞪大了獨眼，把杯子放了下來。

「………………師母…………」

「什麼事？」

「啊……沒事……」

伊杰司就像要掩飾過去地說道：

「那個，這果汁裡的香草，混合了好幾種……？」

「沒錯，沒錯喔！你喝得出來嗎？是我在庭院裡種的呢。總共使用了十種。裡頭也有用到像是野草的種類，啊，不過，雖說是野草，當中也有能像這樣做成果汁或香草茶的種類喔。」

媽媽開心地說道。

「味道怎麼樣？」

伊杰司點了點頭，然後說道：

「非常……好喝……」

「太好了～要是有什麼不愛吃的東西，就儘管跟我說吧。」

說完後，媽媽再度走回廚房。伊杰司一副很懷念的樣子，用目光追逐著媽媽的背影。

也會有這種事嗎——

「…………」

「阿諾斯？」

米夏向我問道。

怎麼了？我感到耳鳴。混著「沙——沙——」雜訊的不祥聲音在頭蓋骨裡響起。

『這個世界很溫柔——』

不對，聲音是從這副身體的深奧傳來的。從根源的那個深淵傳來。

『這個世界很溫柔——你是這麼想的嗎？』

這道從未聽過、混著雜訊的聲音，讓我感到強大的魔力。

『暴虐魔王——阿諾斯．波魯迪戈烏多。』

伴隨著心跳「撲通」地鼓動起來，響起更加激烈的耳鳴。

『不適任於這個世界的異物啊。』

不知是何方神聖的那傢伙，靜靜地向我述說著。

『抉擇之時遲早會到來吧。是要化為這個世界的齒輪，還是要作為異物遭到排除——』

「沙——沙——」腦海中充滿著雜訊。

『——你就好好想想吧。』

§6　【重疊的魔眼】

在用完餐後，媽媽開開心心地收拾起來，爸爸和伊杰司為了打鐵訓練回到了工作室。

方才在那一瞬間響起的聲音，現在已經聽不見了。耳鳴也停下來了。恐怕是「意念通

訊」的應用吧，不過這是從哪裡傳來的聲音，就連我的魔眼也完全掌握不到。

在我的根源裡直接響起了。我甚至有著這種感覺。

心臟在「撲通、撲通」地響著，就像是被根源溢出的魔力劇烈震撼了一樣。

「嗯——那接下來要怎麼做？」

艾蓮歐諾露問道。

「要交給莎夏妹妹的醉意，讓她回想起阿貝魯猊攸的記憶嗎？」

「就目前來說，這似乎是最為確實的方法。要再增加一點酒量看看嗎？」

我一看向莎夏，她就一面說著：「怎樣啦～」一面有點害羞地別開視線。

為了創造出酒，我當場畫起魔法陣。

「等等。」

米夏大聲喊道。全員都疑惑地看著她。米夏將魔眼直直地朝我望來。

「魔力跟平時不同。」

「嗯～？」

艾蓮歐諾露用魔眼凝視起來，窺看著我的深淵。

「……真的耶。話說，阿諾斯弟弟，你是不是又變強了一點啊？」

「沒什麼，就只是將格雷哈姆的根源納入體內的副產品罷了。大概是為了毀滅虛無，我的根源在發揮著所蘊藏的力量吧。」

「哇喔，又蘊藏起來了啊！」

艾蓮歐諾露開玩笑地說道。只不過，她很快就感到了疑問。

「啊～那個……但米夏妹妹，這又怎麼了嗎？」

「變強，不好。」

米夏淡淡說道

「嗯～？為什麼啊？要是變強的話，就能將壞人輕易打飛喔！」

「潔西雅……也想變強……！」

潔西雅倏地舉手，大聲主張著。

「因為阿諾斯魔力的深淵，恐怕超過了這個世界所能容許的上限。」

艾蓮歐諾露目瞪口呆地看著我的臉。

「變得越強，就只會越不得不抑制力量而已。」

米夏淡淡說道：

「為了不讓世界被溢出的魔力破壞掉。」

唔，真了不起。米夏的魔眼有著非常驚人的成長。儘管她打從剛認識時就有著非比尋常的資質，但就算跟當時相比也是判若兩人，如今已能窺看到萬物的深淵了。

「變得太強，無法徹底抑制住力量。」

她窺看著我的內心問道：

「不是嗎？」

我點頭回應她的詢問。

「魔力增加得比預期多呢。雖然抑制得有點辛苦，但沒什麼，馬上就會習慣了。」

「在地底時，根源變得亂七八糟了。」

因為要克服「極獄界滅灰燼魔砲（egiru gurone angudoroa）」，所以讓我的根源變得亂七八糟。在克服毀滅，還有根源以新的形狀穩定下來之前，稍微需要一點時間。在地底的時候，我並沒有太多時間。

「這次早就穩定下來了喔。」

米夏點了點頭。

「根源是漂亮的形狀。」

她靜靜地說道。

「然而，卻比當時還不穩定。」

唔，居然能看到這種程度啊。

「因為這就像是突然長高了一樣呢。手會碰到以往碰不到的地方，有時也會不小心打壞東西吧。」

我是以魔力在抑制魔力，加以對抗。要是魔力總量改變，要維持住平衡也會很辛苦。

如今我還沒有完全抑制住，所以即將溢出的魔力就只能用自己的根源擋下，結果讓我受了點傷。這陣子會一直耳鳴也是因為這樣。

只不過——關於那道聲音我就沒有頭緒了。

「變得太強，也挺讓人傷腦筋的啊。」

「我再來幫你。」

「之前妳確實幫了大忙，但這次的狀況又不一樣了喔。」

米夏點了點頭。

「之前是修整了扭曲的根源形狀。」

她毫不遲疑地說道：

「這次是要進行輔助，讓魔力能被抑制住。」

「要抑制住我的力量？」

「嗯。」

米夏沒有別開視線，直直窺看著我的深淵。看來她並不打算退讓啊。

「不相信？」

這聲詢問讓我輕笑起來。

「就交給妳吧。」

米夏一露出欣喜表情，就看向了艾蓮歐諾露。

「幫我。」

「這是當然的喔！」

「潔西雅……也要……幫忙……！」

她握緊雙拳，展現出了幹勁。

「在阿諾斯的房間做。」

米夏這麼說完，便踏出步伐。我們走上二樓，來到我的房間。

「坐下。」

米夏指著床舖，我於是在床上坐下。米夏碎步走來，在床上拘謹正坐。她伸手碰觸我的頭，一面以「飛行（furesu）」讓我的身體輕輕飄起，一面讓我慢慢地仰天躺下。我的頭就這樣落在了米夏的大腿上。

「將阿諾斯的深處——」

她以柔和的聲音說道：

「讓我看。」

我解除根源的反魔法，在這裡展現出來。

「嗯～？」

艾蓮歐諾露輕輕跳上床後，就把臉靠向了我的身體，並將魔力集中在她的魔眼上，讓雙眼亮起。

「雖然知道是很強大的魔力，但我完全看不懂到底是怎麼了。」

就憑艾蓮歐諾露的魔眼，哪怕我解除掉反魔法，也仍然窺看不到我根源的深淵吧。

「就要自然溢出的魔力，被阿諾斯操控的魔力擋下了。」

米夏這樣說明著。當然，這並沒有她說得這麼簡單。有即將溢出的魔力，也有在內側循環的魔力、蘊藏在深處的魔力等等，光是大致分類就有超過一百種的魔力在流動，不停地交錯、變化著。

「……雖然我完全不懂，但沒問題吧？」

米夏點了點頭。

「盡可能貼近阿諾斯的根源，創造出仿真根源。」

「我知道了喔！阿諾斯弟弟，雖然會有點濕，但就不好意思了。」

艾蓮歐諾露的周圍飄起魔法文字，並從中溢出聖水。為了不波及到我跟米夏，這些水並沒有像以往那樣形成球體，而是沿著她的身體展開了。

「我要碰了喔。」

艾蓮歐諾露用手輕輕碰觸我的胸口。這是為了要盡可能貼近根源，施展「根源母胎」的魔法。

「要是妳想的話，就算刺進去也無所謂喔。」

「這、這種事我才不會做呢！畢竟沒有反魔法，所以就算在這裡也能辦到。」

她畫出魔法陣，讓仿真根源出現在我的體內。只不過，仿真根源的力量在眨眼間就開始衰弱了。

「要盡可能地強大。在阿諾斯的根源旁邊，很快就會毀滅。」

「……好喔……」

「聖域(asuku)」之光聚集在艾蓮歐諾露身上。潔西雅很有精神地舉起手。

「……潔西雅……要做什麼……？」

「幫她加油。」

潔西雅在點了點頭後說道：

「……加……油……！加……油……！」

在潔西雅的加油之下，「聖域」之光稍微增強了光芒。

「……有效嗎！」

潔西雅以開心的表情問道。

「嗯嗯，就是這樣喔。」

潔西雅滿臉得意地大大揮手，應援起來。

「……加……油……！加……油……！」

「嗯～這就是極限了喔。我想大概能撐三天吧。」

「沒問題。」

米夏讓「創造魔眼」浮現，窺看我的內側。然後以那雙魔眼之力，重新創造艾蓮歐諾露做出來的仿真根源。

「阿諾斯的魔力太過龐大，細部控制的步驟很複雜。」

即使我能以萬分之一以下的單位控制魔力，要是原本的魔力太強，就無法進行細微的魔力控制。簡單來說，就是當有十單位的魔力要溢出根源時，我沒辦法直接拿出十單位魔力，而是要用一萬零十與一萬互相抵銷後，用剩下來的十單位去抑制要溢出的魔力。就如米夏所說，步驟有點複雜。溢出的魔力要是只有一兩道的話也就算了，但數量龐大的話，其中幾道乾脆用根源擋下，風險還比較小。漏出微小的魔力本身並沒有害處，但這個缺口有成為突破口的危險性，讓更多魔力溢出。

「我創造了代為進行細部魔力控制的輔助根源。」

米夏以視線撫過我的深淵，讓輔助根源靠近我的根源。輔助根源就一如字面上的意思，輔助著我用來抵銷微小魔力的魔力。讓微小的魔力增強、削弱，或是成為溢出魔力的防波堤。就跟艾蓮歐諾露方才所說的一樣，輔助根源本身會暴露在我的根源散發的毀滅魔力之下，最終將會消滅吧。

但只要能在那之前控制住這股力量就好了。

「怎樣？」

「唔，變得相當輕鬆了。真是了不起。」

「太好了。」

米夏開心地笑了。

「我再調整一下輔助根源。」

「嗚……米夏……我沒事可以做嗎……？」

被排除在外的莎夏獨自一人站在遠離床鋪的地方，一臉不滿地看過來。米夏傷腦筋似的歪著頭。

「幫忙加油？」

「反正人家就是破壞神啦！就只會搞破壞啦！」

莎夏像個任性小孩一般說道：

「我只不過比阿諾斯弱，所以幫不上阿諾斯——」

話說到一半，莎夏就閉上了嘴。

「莎夏？」

米夏問道，她卻不發一語，就像是正要回想起什麼事情。

「……阿諾斯……」

莎夏緩緩走來，把臉靠向我的臉。一頭金髮輕柔垂下，搔著鼻頭。她的眼睛浮現了「破滅魔眼」。

「也許幫得上忙。我……大概也有辦法。」

在她的毀滅之魔眼注視下，我的眼睛擅自浮現了魔法陣。竟然是「破滅魔眼」。

「唔，莎夏，妳做了什麼？」

「我經由阿諾斯的『破滅魔眼』，讓在阿諾斯根源裡暴動的魔力自行毀滅了喔。」

莎夏的「破滅魔眼」直直窺看著我的根源、窺看著那個深淵。就如她所說，魔力沉靜下來，洶湧之力被逐漸破壞，讓本來阻塞的魔力流動順暢起來了。

「……我說不定想起來了……不對，是想起來了啊……」

莎夏渾然忘我似的說道。

「只有一點。」

「是過去嗎？」

她在點頭後眨了眨眼，畫出了「意念通訊」的魔法陣。

「看吧。我腦海內的景象。阿貝魯猊攸的意念就在這裡喔。」

她的魔眼發出了蒼白光芒，宛如創星艾里亞魯一般。透過「意念通訊」，過去的影像在我的腦海中復甦——

§ 7 【破壞的天空】

神話時代。這是在那一天的崇高之戰，是魔族的士兵們為了奪回遭到支配的迪魯海德天空，不顧犧牲，懷著視死如歸的覺悟要前往太陽時的事。

蔚藍天空籠罩著破壞的烏雲。

「『獄炎殲滅砲（jio gureizu）』掃射預備。」

魔族士兵的聲音響起。

「收到。展開魔法陣。第一門至第十門展開完畢。」

「第十一門至第二十門展開完畢。」

「第二十一門至第三十門，以及至第一百門的砲門展開完畢！」

在遠離地面的另一端奔馳天際的，是以「創造建築（airisu）」魔法創造的飛空城艦傑里德黑布魯斯——由稀世的創造魔法高手，創術師法里斯・諾因花費百年歲月完成的巨大要塞。在那座城艦的前方，陸陸續續展開了魔法陣的砲門。

「第二陣，來了！」

在慢了警告聲數秒後，闇色影子突然出現。就像要包圍飛空城艦傑里德黑布魯斯一樣，浮現出無數個長著翅膀的天使之影——破壞守護神艾格滋・都・拉芬。祂們雖是守護破壞的秩序的神，但這麼多個體同時出現在地上可是很罕見的。

理由有兩點。第一點，這片天空是距離神界入口最近之處；第二點，法里斯所駕駛的飛空城艦傑里德黑布魯斯上乘坐著暴虐魔王，而且這艘船正在接近這個世界最大的毀滅的秩序——破壞神阿貝魯猊攸。

「擾亂秩序之舉，不可原諒。」

影之天使們展開翅膀。

「『神破爆碎（domiosu）』。」

影之熱霾裊裊地瀰漫起來。刺耳聲響徹四周，飛空城艦傑里德黑布魯斯的上層粉碎了。就算設置了自動修復魔法立刻進行復原，破壞守護神所施放的「神破爆碎」也接連展露凶牙，粉碎著傑里德黑布魯斯。激烈的爆炸聲響徹天際，就連大地都震動起來。

「呃、呃喔喔喔喔——……！」

「隊、隊長，再繼續受到砲擊的話……！」

在「神破爆碎」的集中砲火之下，就連魔族精銳們也都忍不住慘叫起來。只不過，在操舵室掌舵的男人卻是充耳不聞地說道：

「好美。該說真不愧是破壞的眾神吧。我費盡心血的傑作——飛空城艦傑里德黑布魯斯竟會如此美麗地粉碎。」

法里斯亮著魔眼說道。

「洗練的事物是如此地美麗。這要是秩序守護神的話，恐怕光是存在於那裡就很漂亮了吧。只不過──」

稀世的創術師露出優雅的笑容。

「這麼美麗的秩序，正是要特意地破壞掉，才會有圖畫得以描繪。傑里德黑布魯斯是我生涯最好的作品，這充滿神祕的自然之美──哪怕是對上神也不會相形見絀。」

持續受到「神破爆碎」的砲擊，就算用魔法修復也趕不上破壞，於是飛空城艦一塊一塊地開始崩落。儘管如此，傑里德黑布魯斯也還是可靠地飛著。藉由退去裝甲的重量，猛地加速起來。

「來吧，飛舞起來吧，傑里德黑布魯斯。飛向這片天空的另一端。」

「遵、遵命。全員聽好！隊長掛保證了。衝吧──！」

「「「上啊啊啊啊啊啊啊啊啊──！」」」

經由法里斯的「魔王軍（gaizu）」施展團體魔法的魔族們沒有反擊眾神，而是以「飛行」讓傑里德黑布魯斯的速度更加提升。飛空城艦宛如一道光之箭矢，在天空奔馳著，眨眼間就將包圍住城艦的影之天使們甩在後頭了。

「突破第三陣、第四陣！」

「確、確認目標！進入可目視空域！」

一名魔族大聲喊道。在行進方向上，能看到不祥的巨大太陽之影。

「前方，距離八千。是『破滅太陽』莎潔盧多納貝！」

「……好美……」

法里斯低喃著讚嘆。突然間，那顆漆黑的太陽之影變得更加深邃，以不祥的黑暗開始浸染著天空。

「確認到莎潔盧多納貝的變化。距離完全顯現，預測還有三分鐘。」

「好啦，終於進到最後樂章了。在黑陽照射之前接近到零距離。美麗地飛吧。」

「遵命！」

朝著發出強大魔力的「破滅太陽」，傑里德黑布魯斯開始突擊。

「第五陣，來了！」

阻擋在前方的，依舊是影之天使——破壞守護神艾格滋・都・拉芬祂們。

「「「不准通行。」」」

伴隨著令人毛骨悚然的聲音，影之熱霾在這片空域搖曳著。一起展開的「神破爆碎」為了阻擋通往「破滅太陽」的去路形成防壁。那是充滿破壞的結界。

「畫吧。就將我們的火焰之美，展現給眾神看吧。」

「遵命！『獄炎殲滅砲』齊射！」

從畫出的一百門砲門之中，漆黑太陽突然現形。

「展現出美麗的火焰旋律。」

「發射——！」

朝著「神破爆碎」的結界，「獄炎殲滅砲」一起掃射出去。漆黑太陽撞擊熱霾結界，接二連三地轟炸著。天空布滿漆黑火焰。

「看吧，開出道路了喔。通往那顆太陽的橋樑正熾烈燃燒。」

「隊長，該不會……是要往那裡衝嗎？」

一名部下倒抽了一口氣，法里斯露出了美麗的笑容。

「美麗地上吧。」

「遵、遵命！聽到了吧，小子們！『獄炎殲滅砲』轟炸的地方，『神破爆碎』的威力是最低的。也就是缺口。繼續掃射，衝過去吧——！」

傑里德黑布魯斯猛然加速，同時掃射著「獄炎殲滅砲」。在「神破爆碎」的結界之中，接連轟炸過去的「獄炎殲滅砲」為他們開出了一條道路。那一如法里斯所說，宛如一條火焰的橋樑。朝著那漆黑燃燒的火焰正中央，飛空城艦傑里德黑布魯斯衝了過去。雖然「神破爆碎」被「獄炎殲滅砲」阻擋下來，但是漆黑火焰也直接灼燒著傑里德黑布魯斯。早已半毀的飛空城艦被烈焰吞沒，讓崩落的情況越來越嚴重。

「渡過這條架設在破壞的天空上的險惡火焰之道吧。非常美麗地渡過！」

儘管遭到烈焰焚身，飛空城艦也還是奔馳天際。眼看著逐漸逼近閃耀黑光的影之太陽，艦體只差些許距離就要抵達——不過在這之後，傑里德黑布魯斯突然劇烈減速。

「這……！該不會是……！」

「是、是莎潔盧多納貝的黑陽！」

「怎麼可能！還沒完全顯現啊！」

法里斯用魔眼注視著影之太陽。

「……看來只要接近莎潔盧多納貝，即使是在完全顯現之前，也會受到破滅之光影響的樣子呢……」

「轟隆隆隆──」的刺耳聲響徹天際，飛空城艦劇烈地搖晃起來。在不知不覺間，纏繞著黑陽的破壞守護神艾格滋．都．拉芬將飛空城艦團團包圍。影之天使們把箭矢搭上了神弓。以黑陽作為箭頭的箭矢一起射出後，飛空城艦傑里德黑布魯斯的堅固反魔法就被輕易突破，在艦體上射出無數的缺口。

「無、無法修復！」

「還真是漂亮啊。也就是說在莎潔盧多納貝的黑陽照耀之下，讓破壞守護神變得更加美麗了吧。這正是自然之美。」

法里斯如此分析著狀況。黑陽之矢有如雨點般，紛紛刺在飛空城艦上，再這樣下去別說是前進，甚至眼看著就要墜落了。

「「呃、呃啊啊啊啊啊啊啊啊啊啊──！」」

「城、城艦下層嚴重破損！被打落了！」

「隊、隊長！快要撐不下去了……！」

「再這樣下去會白白送死的！請暫時撤退……！」

儘管有以團體魔法施展「飛行」注入魔力，但光是要勉強防止傑里德黑布魯斯墜落，就竭盡全力了。艦體眼看著就要遭到破壞，在空中分解。

「唔。辛苦你了，法里斯。」

飛空城艦傑里德黑布魯斯的操舵室裡響起聲音。就連向神發起挑戰的精悍魔族們都會感到恐懼的這句話，甚至為混亂的操舵室帶來了寂靜。在他們後方，坐在王座上的那個男人是魔王阿諾斯・波魯迪戈烏多。一旁跪著他的右臂——辛・雷谷利亞。

「自豪吧。你們已充分盡到職責了。」

在阿諾斯站起後，辛也尾隨在後。然而，法里斯就像要擋住他去路似的擋在前方。

「堂堂的魔王陛下，居然要我在中途停筆嗎？」

這句進言，讓辛的眼神凶狠起來。

「陛下命令我將您送到那顆『破滅太陽』之上。為了讓在莎潔盧多納貝中心的破壞神殞落，您有必要保留魔力吧。」

「你太放肆了，法里斯。既然你不願接受吾君的恩情，那只好在這砍下你的頭。」

發出凌厲殺氣的辛，被阿諾斯伸手制止了。法里斯正面對上魔王的視線。

「你打算送死嗎？」

「恕我直言，陛下。本來在這種戰亂之世，像我這樣的創術師是無法生存的。不是畫在天空上的火焰，不是漂浮在海上的冰像，不是用來戰爭的城艦，我就只想在畫布上揮灑著顏料。」

法里斯在手上拿起一隻筆，注入了魔力。

「陛下所追求的美麗和平，才是我唯一的生存之道。」

傑里德黑布魯斯被黑陽之矢擊中，劇烈搖晃起來。

「動力組中彈！固定魔法陣損壞率百分之六十八！已經撐不住了！」

「為了讓傑里德黑布魯斯升上這塊空域，有許多的魔族士兵被那顆黑陽燒死了。這一切全是為了讓陛下以萬全之姿，抵達破壞神的身邊。」

法里斯以柔和的表情說道。

「戰爭會結束吧？在讓破壞神殞落後，和平之世將會到來吧？」

「君無戲言。」

創術師笑了。

「請坐吧。然後，還請向我下令吧。要我在這片破壞的天空上，畫出和平的繪畫。」

辛背對著他回到原位，魔王再度坐回王座上。

「帶我去吧，法里斯。你的船會以迪魯海德最美的姿態奔馳天際。」

「請您好好觀賞吧。」

揮灑魔筆，法里斯畫起魔法陣。

「美麗的魔王士兵啊。我們的目的是什麼？」

對於法里斯的詢問，一名魔族回答了：

「將吾君……帶到那顆『破滅太陽』上……！」

「我們的同胞，在這場戰亂之中，經由人類、精靈以及眾神之手，死絕、毀滅、消滅了。這一切的元凶——毀滅的秩序，就在閃耀於空中的不祥太陽——莎潔盧多納貝上頭。」

為了鼓舞部下，法里斯說道。

「既然如此，有什麼必要害怕嗎？只要讓祂殞落，當時所無法拯救的人們生命，這次就有辦法拯救。我們心愛的子孫們，將不會再度經歷到那悲慘的離別。」

他的這番話，讓操舵室裡的全員下定決心。

「美麗的魔王陛下下令了。下令要將他的尊軀送往該處。既然如此，我們就不得不畫出那幅畫來吧！」

「沒錯！」

「為了我們魔族的夙願！」

「為了美麗的和平！」

「上吧——！竭盡全力——！」

飛空城艦傑里德黑布魯斯被巨大的魔法陣包覆起來。

「『創造藝術建築（asutorasutera）』。」

傑里德黑布魯斯展開了巨大的翅膀。經由以團體魔法施展的「創造藝術建築」，將城艦創造出嶄新的姿態。影之天使們依舊射出了黑陽之矢。這些箭矢全都直擊在飛空城艦上，逐漸毀滅著，然而傑里德黑布魯斯卻在轉眼間修復回來。

不對，是重新創造了。被黑陽之矢毀滅的城艦無法修復。所以每當受到攻擊時，法里斯就會創作新的城艦姿態，並在那裡創造出來。這是即使置身在戰亂之世，也依舊夢想當個藝

術家的法里斯・諾因才有辦法施展的創造魔法。

「莎、莎潔盧多納貝，馬上就要完全顯現了！」

「守護神們擋住了前方的去路……！來不及繞開！」

法里斯說道。

「美麗地上吧。」

「遵、遵命！衝鋒——！」

朝著阻擋在前方的影之天使們，傑里德黑布魯斯毫不在意地衝了過去。在將破壞守護神艾格滋・都・拉芬衝散的同時，澈底受到祂們的秩序影響，「創造藝術建築」的術式本身逐漸遭到破壞。

「「「呃，嗚哇哇哇哇——！」」」

儘管艦體變得破爛不堪，傑里德黑布魯斯也還是以船首為刃，持續撞開影之防壁。

「「「去吧——！」」」

「獄炎殲滅砲」從殘存的砲門之中一起射出，炸開了些許裂縫。在裂縫之前，能看到「破滅太陽」。

「就是現在——！」

「轟隆——！」飛空城艦大幅搖晃，失速了。艾格滋・都・拉芬緊貼上來，讓「創造藝術建築」的術式遭破壞殆盡。已經就連要創造新的城艦也辦不到了。傑里德黑布魯斯甚至喪失了翅膀，在被破壞的熱霾吞沒之後墜落下去。聲音響徹四周。

「陛下，之後就——」

「做得好。」

魔王阿諾斯飄在空中。他早就越過破壞守護神們的防壁，來到莎潔盧多納貝面前。他是從傑里德黑布魯斯所撞開的些許裂縫，在剎那之間，以超越一切的速度飛越過去。

「法里斯，我就幫你實現願望吧。」

阿諾斯背對著墜落的傑里德黑布魯斯，筆直朝向「破滅太陽」前進。他身後跟著辛。

「吾君。」

辛厲聲喊道。巨大的黑影反轉，現出闇色的日輪。讓萬物萬象平等地面對死亡與毀滅的「破滅太陽」莎潔盧多納貝，開始發出冰冷的光輝。

「『身體變異(atenesu)』。」

「遵命。」

辛的身上畫出了魔法陣，使他的身體逐漸變異。在闇光覆蓋住他的身體後，身體的輪廓就變形扭曲了。不斷凝縮的黑暗，開始形成某個模樣。只有單邊熠熠生輝的劍刃、筆直伸長的劍身、沒有劍鍔、粗獷的劍柄——所形成的，竟是一把魔劍。

「弒神凶劍辛雷谷利亞。」

「破滅太陽」莎潔盧多納貝發出毀滅之光——黑陽。天空被黑暗籠罩，地面覆蓋上毀滅的氣息。就像要斬斷這一切似的，弒神凶劍發出閃光。在喘息之間，阿諾斯的劍光在黑暗之中刻下魔法陣的痕跡。

「『凶刃狂斬神殺三昧』。」

劍光一閃——朝著劍光魔法陣劈下的弒神凶劍，輕易地將逼近的黑陽斬成兩半，驅逐了黑暗。莎潔盧多納貝為了隱藏起來，開始再度恢復成影子。

「別想逃。」

阿諾斯飛越天空，衝向「破滅太陽」，將手上的魔劍刺在巨大的日輪之影上。伴隨著「嘰嘰嘰嘰嘰嘰嘰嘰嘰」聲，毀滅的秩序狂亂起來。阿諾斯一放開劍，就伸手抓住那道被稍微劃出的傷口，使勁扯開。裡頭是深邃的黑暗。就算用上阿諾斯的魔眼，也一樣伸手不見五指。要是闖進這個充滿毀滅的場所，一切都會在眨眼間毀滅吧。所以才必須要以萬全之姿飛到這裡。

他毫不遲疑地闖進這片黑暗之中。意圖毀滅而襲擊過來的破滅的秩序，被染成滅紫色的魔眼封殺，阿諾斯同時一個勁地往深處前進。越是前進，就越是喪失上下的感覺，黑暗變得越來越深邃。不過，就只有位在中心的強大魔力藏也藏不住，阿諾斯於是前往了那裡。忽然間，聽到了什麼聲音。細微的聲響。感覺那就像是某人的哭泣聲。越是逼近深處，那道聲音就越來越大，明確地浮現出輪廓。

然後，阿諾斯抵達了那裡。坐在黑暗深處的，是驚人的強大魔力。彷彿將這世上一切的破滅凝縮起來的力量，正從那裡散發出來。有別於誇張的破壞之力，在黑暗中心孤伶伶浮現的是一個嬌小人影。那是比黑暗還要黑暗的漆黑之影。在魔王更加接近後，影子就開始反轉，化為了一名少女。

長髮染成金色，在黑暗中輕盈飄盪。彷彿再度聽到了哭泣聲。少女把臉埋在環抱的大腿上，就算身體不住顫抖，仍動也不動地蹲坐著。即使阿諾斯走近，也不看他一眼。

「報上名來吧。」

不知是否沒聽到，少女依舊低垂著頭。阿諾斯伸手碰觸她的下巴，然後緩緩抬起。少女的神眼與魔王的魔眼視線交錯。

「……啊……」

毀滅之力從她的神眼之中溢出。凶惡的魔力，洶湧地猛然襲向阿諾斯。

「是想玩瞪眼嗎？」

展露獠牙的破滅視線被他從正面對上，在他的瞪視中毀滅掉了。

少女睜圓了眼。

「我問妳，叫什麼名字？」

瞬間的寂靜。然後，響起了聲音——

「阿貝魯猊攸。」

少女淡淡地說道，說出一如阿諾斯預期的答案。

「掌管破壞的秩序。我是破壞神阿貝魯猊攸喔。」

一面讓魔法陣浮現在就像哭腫了一樣的紅眼上，阿貝魯猊攸一面問道：

「你是誰？」

§8 【追尋回憶的方法】

「咦……？」

莎夏在我的房間裡，喃喃自語著。她那發出蒼白光芒的魔眼恢復成原本的碧眼。以「意念通訊」傳來的過去影像忽然消失，眼前就只剩下探頭看著我的少女臉孔。

「……嗯～真奇怪……明明就快回想起更多的事了……」

莎夏左思右想，「嗯嗯」地呻吟起來。只不過，似乎想不起更多回憶的樣子。

「不過，是那個對吧？當時阿諾斯對阿貝魯猊攸做的，就是這個吧？」

莎夏一面浮現出「破滅魔眼」，一面探頭看著我的魔眼。經由視線，她的毀滅魔力傳達到我的深奧。莎夏的「破滅魔眼」強烈地干涉根源，讓溢出的魔力自行毀滅了。當然，就憑莎夏現在的力量不可能完全消除掉我的魔力，但削弱了一點，控制起來也相對輕鬆了一些。

「和我不同，祂看起來不像是因為力量太強所以控制不了。神族所掌管的秩序，本來就不是能自己控制的部分。」

「嗯～這是什麼意思啊？」

艾蓮歐諾露問道。我一面緩緩起身，一面說明著：

「比方說天父神是讓秩序誕生的秩序。如果是守護神層級，祂就能憑自己的意志產生

吧。但要說到祂能不能自由地讓掌管其他秩序的神誕生，那就沒辦法了。因為要是這麼做，秩序就會輕易陷入混亂。」

「阿貝魯猊攸沒辦法控制破壞的秩序？」

米夏問道。

「就是這樣。大多數的神族都將無法控制的秩序認為是自己的意志，但阿貝魯猊攸或許不是這樣。」

在方才莎夏讓我看見的那段過去裡，阿貝魯猊攸哭了。那是在悲嘆自己是破壞的秩序嗎？儘管光是這樣還無法斷言，但祂是莎夏的話，就算這樣也不奇怪。

「阿諾斯不記得剛才的事嗎？」

「我不記得有跟阿貝魯猊攸好好對話過。是我失去的記憶吧。」

是米里狄亞在奪走記憶後，創造了能銜接前後的記憶嗎？那麼，祂的目的是什麼？我依舊想不到米里狄亞奪走這段記憶的理由。

「……我想知道，接下來的事呢……」

米夏直直窺看著喃喃自語的莎夏表情。

「米夏，怎麼了嗎？」

莎夏困惑地回看著米夏的臉。

「酒醒了？」

「咦？啊，嗯……這麼說來，是清醒了一點呢……總覺得在出門之後的記憶很模糊，我沒說什麼奇怪的話吧？」

米夏有點困擾似的沉思起來，然後說道：

「就像是阿貝魯猊攸的感覺。」

「那麼，真的是藉助酒力恢復了記憶嗎……？會有這麼蠢的事情嗎？」

莎夏一副無法釋然的樣子。

「可是，莎夏妹妹確實是回想起來了喔。」

艾蓮歐諾露說道。

「……要是喝了酒，一般不是都會忘記嗎……為什麼會回想起來啊……？」

「不只是酒力。妳在方才以『破滅魔眼』讓即將從我根源溢出的毀滅之力自行毀滅了。是這個行為，喚醒了過去的阿貝魯猊攸的意念不是嗎？」

莎夏沉思起來。於是，艾蓮歐諾露就豎起了一根手指。

「那麼，就是那個了。只要看到或是做出跟阿貝魯猊攸所重視的回憶類似的事情，就會回想起來了不是嗎？」

「追尋意念，回想起記憶，是米里狄亞也有說過的事呢。」

莎夏用手按著腦袋。

「嗯～那就先不管這些，接下來要怎麼做啊？畢竟說到底，我們又不知道祂所重視的回憶是什麼。」

「也就是說，這是最快的方法。」

我起身畫出魔法陣。把手伸進中央，取出方才創造的葡萄酒瓶，在創造出來的玻璃杯裡斟酒。

「喝吧。」

「打從大白天就一直在喝酒，總有種在做壞事的感覺呢。」

莎夏拿起玻璃杯，「咕嚕咕嚕」地把葡萄酒一飲而盡，然後以醉醺醺的表情說道：

「我還要。」

「別喝太多啊。」

我幫她在玻璃杯裡斟酒。

「哎呀，真失禮呢。要是喝多了，說不定就會回想起更多我的事情喔。」

「嗯～這是誰的觀點啊？」

「莎夏和阿貝魯猊攸各半？」

艾蓮歐諾露與米夏一臉疑惑地面面相覷。於是，潔西雅就把手高高舉起，滿臉得意地說道：

「是……莎夏貝魯……！」

莎夏再度「咕嚕咕嚕」地把葡萄酒一飲而盡後，就用手按住腦袋。

「啊……！」

「莎夏妹妹，快想起來了？」

「……頭痛了起來呢。」

莎夏踏著搖搖晃晃的腳步，把玻璃杯遞向了我。

「不管怎樣，就喝一杯治療頭痛吧。」

「從莎夏貝魯變成一般的醉鬼了喔！」

沒辦法這麼順利啊。總之，就先在莎夏的玻璃杯裡斟一杯魔王酒。她開開心心地喝起酒來。

「喂，可以去外頭看看嗎？」

「去吧。」

莎夏踏著搖搖晃晃的腳步離開房間，走下階梯。我們跟在她身後，離開了家中。一面看著莎夏漫無目的地到處亂走，一面走向密德海斯的市區。

「嗯～就算像這樣漫無目的地走著，也一點也不覺得能夠偶然找到阿貝魯猊攸的回憶喔。」

艾蓮歐諾露一這麼說，潔西雅就握緊了雙拳。

「潔西雅……想到了……！」

「喔，是想到了什麼？」

「施展能偶然找到回憶的魔法。」

「潔西雅好聰明呢！該輪到阿諾斯弟弟出場了喔！」

艾蓮歐諾露半開玩笑地說道。米夏歪頭困惑，抬頭看著我的臉。

「有嗎？」

「要是莎夏有記憶的話呢。」

就連記憶都不清楚了，卻還能找到回憶，這世上沒有這麼方便的魔法。

「……只不過，也是呢。如果不是能直接辦到，而是做出類似效果的方法的話，說不定就能成功了。」

我伸手抓住莎夏的手，她在空無一物的大街上絆倒，險些摔跤。接著，我這樣說道：

「莎夏，等下要去見蕾諾嗎？」

「大精靈蕾諾……？」

或許是因為參雜著阿貝魯猊攸的意念，莎夏一臉愕然的表情。不過，她立刻就開心地笑了出來。

「嗯！好啊。好久沒見了呢。」

我畫起「轉移」的魔法陣。

「啊，原來如此。是精靈啊。也就是要去問看看蕾諾，有沒有像是回憶的精靈之類的精靈存在嗎？」

艾蓮歐諾露靈機一動地問道。

「受到傳聞與傳承左右的精靈能力是很不可思議的。說不定會有精靈能在尋找莎夏回憶時派上用場。」

只是，就算有精靈能讓記憶恢復，我跟莎夏的記憶也不會恢復吧。

如果這樣就能恢復的話，用「追憶」的魔法就能恢復了。不過，要是有精靈能讓想找的東西更容易找到，或是讓運氣變好，說不定就能派上用場。

「走吧。」

全員把手牽起後，我施展了「轉移」魔法。視野染成純白一片，我們便來到密德海斯郊外的一塊土地。這是個綠意盎然之處，在綠葉成蔭、花草茂盛的深處，長著一棵約有住家大小的大樹。這是大精靈蕾諾建在密德海斯的宅邸，蕾諾、辛、米莎三人目前就住在這裡。

儘管偶爾似乎會返回阿哈魯特海倫，但這裡現在能感受到她的魔力。

「有人。」

米夏指向大樹宅邸的方向。站在那裡的是一對男女。一個是有著一頭白髮與淺藍的眼瞳，長相中性的少年，另一個是有著栗色捲髮的少女。那不是別人，正是雷伊與米莎。兩人正注視著米莎的家——那棟大樹的住宅。

「有點緊張呢。」

「沒、沒問題的啦——今天爸爸說他有工作要做，家裡就只有媽媽在。」

米莎為了消除雷伊的緊張，這麼說道。

「而且媽媽是站在我這一邊的，今天也只是要稍微喝個茶聊一下。要是有什麼事，我會想辦法解決的。雷伊同學就放輕鬆，不會有問題的！」

雷伊爽朗地輕輕微笑。

「很可靠喔。」

雷伊這麼說完，就跟米莎一起走進大樹的宅邸裡了。

莎夏突然探出身子，在看到他們走進宅邸後，猛然轉頭過來。

「原來是要見家長啊！」

§9　【雷谷利亞家的接待】

我在瞥了一眼兩人走進的大樹宅邸後說道：

「看樣子等下次再來會比較好吧。也不能打擾到雷伊他們。」

米夏在一旁點了點頭。

「我也覺得這樣比較好喔。雖然很在意他們是要談什麼事……」

「……潔西雅也……不會打擾……是懂得……忍耐的小孩……！」

潔西雅一像這樣強調，米夏就說了：「好乖好乖。」摸著她的頭。潔西雅一副心滿意足的樣子展露笑容。

「莎夏，下次再來見蕾諾。我們先去妳想去的地方吧。」

「了解！」

莎夏這麼說完，就筆直走向大樹的宅邸。

「莎夏妹妹！那裡不行喔！」

「……狡猾……！」

艾蓮歐諾露與潔西雅一起喊道。我來到莎夏身旁，抓住她的手。

「就說下次再去見蕾諾了。」

「可是，我很擔心雷伊和米莎啊。必須去看他們能不能好好地打招呼。」

莎夏一個勁地朝著大樹的宅邸走去，但由於手臂被我抓著，所以一步也沒有前進。

「好遠喔……」

並不遠。

「打招呼的對象又不是仇敵。」

「嗚……什麼嘛～阿諾斯就不擔心嗎？」

「是要擔心什麼啊？」

「可是，要是雷伊不被蕾諾接受的話，兩人的戀情就結束了喔。這樣也太可悲了。戀情如果得不到回報的話，我才不要這樣呢！」

唔，她說了讓人難以判斷的話。這到底是兩千年前的意念，還是莎夏在發酒瘋而已？也能認為是兩邊都有吧。

「哎，只不過，雷伊不被蕾諾接受這種事，是不可能發生的。」

「嗚——魔王大人真無情……」

莎夏讓眼睛浮現魔法陣，埋怨地瞪著我。那雙危險的魔眼，被我以相同的魔眼抵消了。

「真拿妳沒辦法。就隨妳高興吧。」

「嗯！我會的！」

在我放手後，莎夏雖然來勢洶洶，卻踏著搖搖晃晃的腳步靠近大樹之家。她正要不慌不忙地敲門，但是又突然停了下來。就像在想著什麼事一樣。

「喂，米夏。就這樣進去，會打擾他們吧？」

她轉頭向背後的米夏問道。

「嗯。」

「就沒辦法看到屋內嗎？」

我試著將魔眼朝向大樹之中。不過，眼前變成被霧籠罩的視野，什麼都看不見。是精靈之力啊。

「唔，真不愧是大精靈蕾諾的住所。就連我的魔眼也看不見屋內。」

「嗯——沒有哪裡有縫隙嗎？」

莎夏沿著大樹就像在繞圓圈一樣地走著。乍看之下是有著幾道窗戶，但要是從那裡偷窺的話，眨眼間就會被察覺到了吧。

要施展「幻影擬態（raineru）」與「隱匿魔力（najira）」嗎？

「要幫忙嗎？」

我忽然聽到耳熟的聲音。眼前瀰漫起霧氣，形成小精靈的模樣。

「要偷窺嗎？」

「想偷窺嗎？」

「見家長見家長。」

「非常好奇。」

喜歡惡作劇的妖精蒂蒂現身，她們愉快地在莎夏周圍飛來飛去。

「我想偷窺喔！」

莎夏堂而皇之地說道。蒂蒂們「嘻嘻、嘻嘻」地笑著。

「跟我來。」

「跟我來跟我來。」

「可以偷窺喔。」

「拿手好戲～」

蒂蒂們飛上天空，朝著大樹的宅邸頂部飛去。我們也追在後頭，一面穿過茂盛的大樹枝葉，一面以「飛行」飛過去。

「開始打洞～」

「做壞事、做壞事。」

「咚咚咚咚。」

「砰砰砰砰砰。」

蒂蒂們一面發出愉快的聲音，一面把釘子刺在大樹上，用小小的棒子「噹噹」地敲著。

莎夏看著她們作業的模樣問道：

「就算這麼做，也只是把釘子釘在樹上不是嗎？」

妖精們「嘻嘻」笑著。

「不過呢。」
「把釘子，釘在樹上後。」
「接著接著。」
「鏘鏘～」
在用釘子圍出圓形的樹木一部分上出現了水。
「這是什麼？」
「是水窪之窗～」
「把臉浸入水裡後，就能偷看到屋內喔～」
「快看快看。」
「就像這樣～」
蒂蒂們把臉浸入在樹上形成的水面裡，莎夏也有樣學樣地把臉泡到水中。她才剛掙扎地踢著雙腳，整個人就「啪嗒」地掉進那個水窪之窗裡了。
「潔西雅……也要看……！」
眼睛閃閃發光的潔西雅把臉放入樹上的水面，接著就跟莎夏一樣，整個人掉進水中。
「就去看看吧。」
我跟米夏、艾蓮歐諾露依序把臉浸入水面，掉進了水中。儘管不知道是什麼原理，但裡頭很寬敞。我看到莎夏正貼在水底。
『啊，是雷伊同學和米莎妹妹喔。』

艾蓮歐諾露向我發出「意念通訊」。水底就像鑲著玻璃一樣有著透明薄膜，似乎能從那裡窺看到屋內的樣子。

『對面看不到這裡？』

米夏向蒂蒂問道。

「沒問題～」

「大概～」

「恐怕？」

「很擅長躲貓貓。」

蒂蒂們這樣回答著。算了，雷伊沒表現出注意到這裡的樣子。要是沒發生什麼事的話就沒問題吧。我來到莎夏身旁，從水底往宅邸看去。

那是將大樹內部布置成住家的裝潢。木牆上長著許多花草，裝飾得美輪美奐。屋內擺放著像是繭的床鋪、刻畫著正確時間的火鐘、水晶的櫃子等等，是在迪魯海德很少見的家具。同時還有著大型的木桌和樹椿椅子，雷伊與米莎就坐在那裡。

「那個……雖、雖說馬上就會來，但好慢呢……」

從方才開始，米莎就頻頻把臉朝向另一個房間。一下搖著腳，一下不斷地把手重新交握起來，顯得坐立不安的樣子。

「冷靜不下來嗎？」

在雷伊詢問後，米莎就「啊……」了一聲，低下頭。

「抱、抱歉……剛才說得那麼有自信，結果等到要正式見面時，卻是我在緊張呢……」

看到「啊哈哈」地笑得有氣無力的米莎，莎夏用力握拳。

『加油，米莎。我會支持妳的喔。』

看來是投入了感情的樣子。

『要是有問題的話，我會用「破滅魔眼」想辦法解決的。』

毀滅掉是要怎樣？

「多虧了妳，讓我完全不緊張了呢。」

「……咦？」

米莎困惑地看著他的臉。

「因為米莎的樣子太可愛了呢。」

雷伊「噗哧」笑起，忍不住露出爽朗的笑容。

「這樣啊……」

米莎紅著臉，再度低下頭。

「……你、你要怎麼負責啦……這種表情，沒辦法讓媽媽看到啦……」

「就讓她看我們平時的樣子吧。」

雷伊把手輕輕地疊在米莎放在桌面的手上。

「就算毫不掩飾，也沒關係喔。」

「啊……那個……這個……」

米莎緩緩地抬起頭來，視線被雷伊的眼睛吸引過去。

「好的。」

大概是稍微舒緩了緊張，米莎笑了起來。

「很不可思議呢。聽到雷伊同學這麼說，就覺得一切都沒問題了。」

「我也是，如果是跟妳在一起，就什麼也不怕喔。」

「啊哈哈……雖然……有點害羞……但我很高興……」

米莎紅著臉說道，以雙手握住了他的手。

『沒錯，就是這樣。好好舒緩了米莎的緊張了喔。雖然讓人看了有點不爽，但今天我就原諒你吧，雷伊。』

莎夏忍不住以高高在上的態度說出感想。

「我喜歡妳喔。」

雷伊直率的話語讓米莎害羞起來，只能點頭回應他。

「好啦好啦，那邊的人！不要太過誆騙我可愛的女兒啊！」

米莎突然以驚人的速度放開雷伊的手。

在將視線移過去後，眼前竟站著一名身穿禮服的少女。秀髮彷彿湖水一般碧綠，眼瞳透著琥珀色的光澤。是米莎的親生母親、辛的妻子——大精靈蕾諾。

『來了呢……冷不防地進行先制攻擊啊……撐住啊，雷伊……』

在莎夏的腦海中，看來目前正展開著名為見家長的戰鬥。

「不、不、不是的。這是……那個……不是的！是因為我很緊張，所以他就只是在想辦法安撫我而已，雷伊同學並沒有，那個……」

米莎站起來，拚命地想向蕾諾解釋。

「別這麼慌張，我只是在開玩笑。」

「啊……好、好的……也是呢，是這樣呢……啊哈哈。」

米莎尷尬地笑著。

『米莎，不能相信啊。她說不定是在假裝開玩笑，其實要進行追擊喔……！能幫雷伊抵擋攻擊的人就只有妳喔！』

莎夏提心吊膽地這樣說道。

「嗨。」

蕾諾朝著站起來的雷伊露出笑容。

「好久不見。誰教你都不過來玩，加隆打從以前就是這樣，要是沒事的話就不會過來。你就是這種人呢。」

「我們在魔王再臨的典禮上見過吧。」

「別找藉口了。那時候匆匆忙忙地，一點也說不上話啊。」

雷伊苦笑起來後，蕾諾就溫和地微笑著。在他們對話時，米莎一臉疑惑地來回看著兩人的臉。

「咦？奇怪？媽媽跟雷伊同學認識嗎？」

「因為兩千年前，精靈與人類曾一起跟魔王軍交戰過喔。人類方前來請求阿哈魯特海倫的精靈們協助的人，是人類的代表——勇者加隆。而當時跟他對談的人就是我喔。」

雷伊說道。

「也曾一起並肩作戰對抗過阿諾斯喔。」

「當時，我都覺得要不行了呢。」

米莎目瞪口呆地注視著蕾諾。

「咦？因為人類與精靈合作過的事情妳也知道，所以我還以為妳知道我們認識呢……」

「……的確，仔細想想的話是這樣沒錯……那、那麼，你說緊張是……？」

雷伊傷腦筋似的笑起，看向精靈之母大精靈。

「要明確地向以前認識的朋友說：『我正在和妳的女兒交往。』果然會緊張呢。」

「好不容易才和可愛的米莎重逢，卻已經被人拐走了，可是讓我很失望喔。而且對方還是加隆。我還不知道勇者下手居然這麼快呢。」

蕾諾直直瞪著雷伊。他似乎很尷尬，只能一直苦笑著。

「啊哈哈！不過，比起奇怪的傢伙，對象是加隆真是太好了喔。假如是像辛那樣的人會很辛苦吧。就這點來說，加隆是可以放心的。」

「真是的，這算什麼啦……害我白擔心了喔。」

米莎整個人虛脫下來。蕾諾與雷伊以溫暖的眼神看著她，十分平穩的氣氛籠罩著大精靈的宅邸。從水窪之窗目擊到這種和平景象的少女說道：

『這算什麼嘛……』

莎夏將拳頭敲在水底，以「意念通訊」大叫起來。

『這是在打假賽嘛……！哪有人見家長會像這樣走在鋪好的道路上的啊！』

她就像在說白幫他們加油了一樣地抱怨起來。

「好啦，你們兩個就坐下吧。我這就去泡茶。對了，加隆，你知道嗎？米莎這還是第一次帶人回家喔。就算要她帶朋友回來玩，她也怎樣都不肯帶來呢。是想要先把誰帶回家嗎？」

「妳、妳在說什麼啦，媽媽！這、這種事就算不說也沒關係吧！」

「好啦，我是想強調米莎可愛的地方喔。」

蕾諾就像在捉弄女兒一樣的微笑著。米莎害羞地縮起身子。

「你們也有很多話想說吧。好啦，就坐下吧。」

雷伊帶著笑容點頭，催促米莎坐下。就在兩人要坐回樹椿椅子上時——

「偶爾也由我來泡茶吧。蕾諾，妳也請坐。」

就像要斬斷這和睦的氣氛一般，一名男人伴隨著冰冷的聲音出現了。他竟是米莎的父親、蕾諾的丈夫，也是過去曾與勇者加隆進行過死鬥的魔王右臂——辛・雷谷利亞本人。

「咦？辛，你不是說今天有工作嗎？」

「是啊。雖然得到了反抗魔王之人的情報，但有點不好的預感——不，我三秒就把工作解決回來了。」

一朝雷伊的方向盯過去，他就不改冰冷的表情說道。

「這可是女兒第一次帶回家的客人，我必須作為家長，誠心誠意地進行接待才行呢。」

§10 【兩千年前的結婚談判】

一觸即發的緊繃氛圍覆蓋了整個室內。

米莎一面淺淺地坐在樹椿椅子上，一面尷尬地看向身旁的雷伊。他雖然一副不要緊的樣子回以笑容，但表情比平時僵硬了些許。

「太好了呢，辛的工作這麼快就結束了。畢竟加隆難得來這一趟，還是全家到齊比較好呢。」

蕾諾面帶笑容地說道。

「啊、啊哈哈，就是說啊……」

米莎以僵硬的笑容同意。先讓蕾諾與雷伊打好關係，等充分擺平外圍的障礙後，再去攻略主要目標——辛。之後本來是打算要向阿哈魯特海倫的精靈們介紹雷伊吧，米莎在心中描繪的計畫恐怕脆弱地崩潰了。

「久等了。」

儘管是待在家中，辛也還是以毫無破綻的身法走來。他的周圍飛著四個長著翅膀的茶

杯。在空中輕盈飄著的茶杯降落在桌面上，倏地闔上翅膀。是那種精靈嗎？

「這是紅茶精靈蒂爾姆克。只要在杯中注入熱水，就會變成紅茶。」

熱水在傾斜茶壺，注入蒂爾姆克後，就染上鮮豔的色彩，開始飄出紅茶的香氣。

「請用。」

雷伊微微低頭致意，拿起茶杯。

「不過，辛幫我泡紅茶，這還是第一次呢！」

蕾諾喜出望外地這麼說完，正要喝紅茶的雷伊就突然停下了手。他目不轉睛地看著那色彩鮮豔的液體。

「畢竟平時在家裡，我老是給妳添麻煩呢。」

「啊，不會。你不用在意這個啦。是我自己想做的。」

蕾諾有點慌張地解釋著。

「我想說的是，當米莎像這樣帶加隆回家時，你願意為我早點結束工作回家，還幫我泡了紅茶，讓我很高興喔。」

辛靜靜地點了點頭。

「因為我必須款待他才行呢。」

這句話讓蕾諾露出了滿面笑容。然而他那能夠貫穿雷伊的視線，鋒利到光是看著就足以斬斷身體。儘管雷伊也有配合場合笑著，但能在他的目光深處看出凝重的神情。

「雷伊・格蘭茲多利，怎麼了嗎？」

辛面不改色地說道：

「我沒下毒喔。」

雷伊就像是喉嚨被人用劍抵著一樣，「咕嚕」地吞了一口口水。

「啊哈！辛居然會說這種笑話，真難得呢！」

儘管蕾諾笑得很開心，但雷伊就只能露出曖昧的笑容，看似馬上就要脫口說出：「真的是笑話嗎？」

「加隆也沒喝過蒂爾姆克的紅茶吧？很好喝喔。它具有會配合飲用者的心境，變成最相稱的味道與香氣的傳聞與傳承。心情越是平靜，喝起來就越是美味，所以放輕鬆吧。」

「……嘿。」

雷伊佩服地說道。他先是為了享受香氣，把杯子拿到鼻子前。

倏地，辛若無其事地舉手，做出就像往空中輕柔地抓了一把的動作給他看。雷伊手上的紅茶水面，似乎因此動搖而晃動著。

「辛，怎麼了嗎？」

「沒事，請不要在意。」

「呵呵，辛真怪。那個啊，加隆。辛偶爾會做出讓人搞不太懂的事情喔。雖然你可能覺得他是個古板、不知變通的人，但他其實有點天然呆呢。」

蕾諾看起來說不定像是天然呆，但精通劍術的雷伊應該很清楚辛的動作是什麼意思吧。那洗練的動作，是為了從魔法陣裡瞬間拔劍的技術。只要他想的話，魔劍應該就會在眨眼間

刺向雷伊。

不論在任何狀況、環境之下都能迅速拔劍，是對劍士來說必學的技術。即便是雷伊，也累積過充分的修鍊。只不過，辛所使出的拔劍術太過洗練了，是專門針對坐在那張椅子，並隔著那張桌子的狀況。就像在說是為了這個見家長的場面所準備的一樣。

『雷伊弟弟，那樣會喝不出味道吧？』

從水窪之窗觀看情況的艾蓮歐諾露問道。

『……在緊張的心情下喝的話會怎樣啊？』

莎夏好奇地問道。

『書本妖精利藍上有記述呢。在緊張時會是清爽的香氣，抱持著敵意或懷疑時會變甜，心情平靜時會是酸味、甜味與辣味絕妙地混合起來的至高美味。』

『這、這是大危機喔！在喝了那個之後，被問到對味道的感想的話，雷伊弟弟現在的心境就會被知道了！』

艾蓮歐諾露擔心地大叫起來。

『也就是要一面接待，一面看清雷伊的人品吧。辛那傢伙也變得相當有父母心了啊。』

還真是讓人欣慰。

『可是，辛不想女兒被雷伊搶走吧？』

莎夏說道。

『嗯嗯，我也是這麼想的喔。』

『那比如說，就算沒下毒，但他會不會在那個杯子裡偷偷加糖啊？』

『啊～然後雷伊弟弟要是說很甜的話，蕾諾妹妹就會誤會他有敵意或懷疑了！』

『米莎，快注意到……！這是陷阱啊……』

莎夏祈禱似的握起雙手。

『沒什麼，無須擔心這種事。』

『為什麼？』

莎夏問道。

『他或許有著複雜的父母心，也懷有女兒被搶走的心情吧。儘管如此，辛希望米莎幸福的想法也是無庸置疑的。』

聽到我這麼說，身旁的米夏頻頻點頭。

『辛可是我的右臂，不會耍手段。他打算以正面對決——接待，看清雷伊的深淵吧。』

『嗯～不過看辛老師至今以來的表現，我不覺得他會祝福雷伊弟弟與米莎妹妹的關係喔！』

『要是米莎帶回來的人不是雷伊的話，或許辛會決定讓步，為了米莎而立刻獻上祝福也說不定。』

艾蓮歐諾露滿頭霧水地歪頭困惑。

『這是什麼意思啊？』

我輕笑起來。

『也就是別看他那樣，辛那傢伙其實也非常期待，認為就算自己全力阻擋，如果是雷伊的話就能超越自己吧。畢竟那個男人，雖說只有一次，但他可是以劍技打敗辛的唯一一個人類。』

說不定辛也很高興吧，米莎愛上的對象是雷伊這件事。

『儘管不知道他有著多少自覺呢。也就是說，辛也希望雷伊成為能將女兒的幸福由衷託付給他的男人吧。』

反正都是要嫁女兒，於是希望能不用欺騙自己，發自內心獻上祝福地把女兒嫁出去。也就是說，他發現雷伊說不定是能承受這種爸爸任性的男人吧。

『啊～那就是那個吧。因為相當認同雷伊弟弟，所以提高門檻了。』

『即使是雷伊，應該也想得到米莎父親發自內心的認可。所以，順從內心盡全力地不認同，正是對他來說最隆重的接待。』

艾蓮歐諾露理解似的點了點頭。

『……米夏，在這世上，受期待的人會比較辛苦嗎？這樣行嗎？』

莎夏一這樣抱怨，米夏就答道。

『……試煉？』

『嗯～我比較想要更簡單的方法喔……』

『莎夏沒問題的。』

『真的？』

『嗯。』

莎夏開心地笑了，但馬上就浮現出疑問：『咦？也就是我不受期待……？』

『哎，既然雷伊來到這裡，就表示他也做好覺悟了吧。雖說辛的出現是個意外，但他也不會做出擇日再來這種事。』

『那該不會是？』

對於艾蓮歐諾露的詢問，我帶著確信說道：

『當然，是打算在這裡達成吧。也就是見家長呢。』

『看是雷伊的見家長會成功，還是辛的接待會擋下，要一決勝負喔！』

莎夏以迫切的語調述說著，目不轉睛地看著他們的樣子。

『潔西雅……也有話……想說……！』

方才一直沒有加入話題的潔西雅，舉手主張著她要發言。

『那個紅茶……！』

『……紅茶怎麼了？是有什麼動靜嗎？』

莎夏睜大眼睛，注視著雷伊手上的紅茶。

『……潔西雅，也能喝嗎……！』

莎夏露出失望的表情。

『唔，等下去跟他們要吧。』

『約好了……喔……！』

她開心地笑了。

『啊，快看，米莎妹妹有動作了喔！』

艾蓮歐諾露說道。米莎以不惜燙傷的速度，將茶杯裡的紅茶「咕嚕咕嚕」地一飲而盡，放在桌上。就像有點驚訝的樣子，雷伊看著她問道：

「口渴了嗎？」

「好、好像是呢！可以的話，雷伊同學的紅茶能給我喝嗎？」

米莎迅速察覺到辛的意圖，發揮了這種機智。只要不讓雷伊喝下紅茶，就不用擔心他的心境會曝光了。

「沒禮貌，別做這麼難看的事。米莎的紅茶我會再倒一杯新的給妳。」

「……是的，不好意思……」

惹蕾諾生氣，讓米莎沮喪起來。對於白忙一場的她，雷伊卻以溫柔的眼神看過去。然後，喝下茶杯裡的紅茶。

「很好喝呢。」

「太好了。偶爾會有覺得蒂爾姆克的紅茶不好喝的人喔。我想是因為心境的關係呢。不過，加隆不需要擔心這種事吧。」

雷伊再喝了一口紅茶，放在桌上。

「話說回來——」

辛發出彷彿帶有殺氣一般的凌厲視線問道：

「是怎樣的味道？」

雷伊帶著笑容看向辛。兩人之間瀰漫起非比尋常的緊張。

「是、是那個呢～蒂爾姆克的紅茶會根據心境——」

米莎不停張闔著嘴巴，不知為何發不出聲音來。

「米莎？怎麼了嗎？」

蕾諾問道。

「咦、咦？那個～真奇怪呢。蒂——」

在米莎要針對蒂爾姆克的紅茶，若無其事地給予雷伊提示的瞬間，能看到辛以掠奪劍將她的話語斬斷的身影。他在剎那間展開魔法陣，於拔劍的同時揮劍，一斬斷話語，就將掠奪劍收回魔法陣裡。看樣子是累積了相當高的修鍊。

「是怎樣的味道，雷伊．格蘭茲多利？」

辛以可怕的表情再度問道。怎樣都不覺得他是在問紅茶的味道。

「適度的甜——」

「甜？」

辛一邊的眉毛挑了起來。準備伸向空中的手，眼看著就要拔劍。

「適度的酸——」

辛的手突然停住了。

「話雖如此，也有著刺激性的辣味，真是不可思議的紅茶呢。非常好喝喔。」

「…………」

緊緊咬牙的聲音在耳邊響起。

「那還真是太好了。」

辛把手放下了。在這種狀況下，雷伊卻以輕鬆的心情喝下紅茶。這可不是尋常的膽識。或者說，他是有所覺悟了吧。看得出來他與其對戀人的父親抱持疑心，還不如一死的強烈決心。

『他從正面完全接下辛的接待了喔……』

莎夏說道。

『嗯嗯！來見戀人的雙親，心情卻非常地平靜喔！這樣的話，辛老師說不定也只能認可了呢！』

『快看。』

米夏伸手指著。朝雷伊看去後，發現他完美地端正了坐姿。

「辛、蕾諾。」

雷伊朝著兩人說道：

「我今天來，是有件事無論如何都想和兩位說。」

這句無可非議的誠意之言，讓辛露出凝重的表情。

「我正在和米莎交往。」

有別於露出溫柔表情的蕾諾，辛則是回以彷彿颳起暴風雪般的冰冷視線。

『說、說出來了喔！不把辛的殺氣當一回事耶！』

『很了不起喔！雷伊弟弟！這樣才是男孩子喔！』

艾蓮歐諾露與莎夏騷動起來。

『還沒。』

米夏指出這一點。雷伊便把雙手放在桌上。

『該不會，就這樣一口氣地……！』

雷伊以低頭的姿勢說道。

「我是認真的。我也想像你們一樣——」

「雷伊．格蘭茲多利。」

辛在厲聲說道後站起。他把手伸進畫出的魔法陣裡，取出了一張魔法紙。那張魔法紙被指尖倏地彈開，飛到雷伊的手邊。他將視線落在寫在上頭的魔法文字上。

『嗯～那張紙是什麼啊？好像是魔法具？』

艾蓮歐諾露向我問道。

『唔，又拿出了令人懷念的東西呢。那是血緣狀。』

米夏微歪著頭。

『第一次聽說。』

『兩千年前，婚約主要是以「契約(zekuto)」進行。因為結婚的理由是以為了讓雙方家族存續為大宗。只不過，也有人會談戀愛。戀愛是很好，但雙方家族早已決定了未婚妻、未婚夫的情

況也很多。』

有實力的家族之間，或是為了彌補弱點的家族之間為了攜手合作，而讓子女結婚是非常普遍的行為。甚至是現在所難以想像的。

『這種時候使用的就是血緣狀。那張魔法紙有著跟「契約」幾乎相同的效果。唯一的差別，就是要以殺害魔族之際所流的血來簽字呢。』

『哇喔，我有非常不好的預感喔。』

『總之就是反對戀愛結婚的雙親會拿出血緣狀來，說只要能殺掉自己的話，就算要他們答應結婚也行。這就叫做結婚談判，但簡單來說，就是賭上結婚與性命的決鬥。』

『好像是專門用來將來路不明的不肖之徒，毫無顧慮地葬送掉呢。』

為了要和戀人結為夫妻，就不得不殺害對方的雙親，這還真是不講理啊。

『還真是不得了的御愛殺（註：日文音同見家長）啊……』

莎夏碎碎唸著。

「兩千年前的那筆帳，還沒有跟你算呢。」

辛朝凝視著血緣狀的雷伊冷冷說道，在說他曾一度敗給加隆的事吧。

「怎樣，現在要來打一場認真的死鬥看看嗎？」

他並不是到現在還在意兩千年前的敗北。倒不如說是相反，想清楚地確認那一戰並不是一時僥倖。他怎樣都無法下定決心，所以才會希望雷伊能竭盡全力地將米莎搶走。認為如果要託付女兒的話，就要託付給比自己強的男人。對於作為一把劍活到現在的辛，這說不定是他笨拙的父母心吧。當然，如果是神話時代也就算了，現在的話，這種想法就有點過時。然而——

「我無所謂喔。」

雷伊就像要正面回應這種笨拙的心情般站起身來。蕾諾和米莎也在這裡，只要誠心誠意地低頭拜託的話，即使是辛，應該也無法頑強地拒絕。

儘管如此，雷伊還是體諒了他作為父親的心情，選擇接受他那笨拙的心思。男人與男人之間，就算不說出口，也有著能傳達的想法。

「可不能把這裡弄髒，就到後院吧？」

辛很難得露出笑容。然後——

「在這裡就行了。」

雷伊瞪大了魔眼。迅速到就連他都沒看見拔劍的瞬間，辛的手上已握著一把浮現美麗刃文的魔劍——流崩劍阿特科阿斯塔。帶有魔劍神之力的一把劍，毫不留情地揮向了雷伊。

潺潺水聲響起。在辛與雷伊之間，出現了薄薄水鏡。水滴「啪嗒」落下，倒映在水鏡上的雷伊身上泛起了七道波紋。

剎那間，雷伊在手上召喚了靈神人劍伊凡斯瑪那。儘管如此，他的表情還是充滿焦躁。浮現在水鏡上的波紋、耳邊響起的潺潺水聲、毫無一絲破綻的辛的架勢與強大魔力。即使以靈神人劍斬斷一百個宿命，也無法避免毀滅的命運。流崩劍的祕奧，就連擁有七個根源的雷伊都會被一次斬滅。雷伊感受到了這種氣息吧。

而最令人生畏的是殺氣——帶有「絕不把女兒交給你」意念的辛的殺氣。那個就像在說「我絕對會殺死你」的魄力，讓他面臨到絕望性的死亡預感。那股殺氣或許跟身為魔王的我對峙時還要強烈。

『啊，看那樣子是沒救了喔！辛老師果然一點也不想把女兒交出去吧……！』

『……不、不過，沒問題的吧？他不會做得這麼絕，對吧？』

莎夏求助似的向我問道。

『唔。』

『唔什麼啦！是怎麼樣啦？』

艾蓮歐諾露與莎夏關注著兩人的一舉一動。

「流崩劍，祕奧之一——『波紋』。這下你明白了吧。就連交手都不需要。」

「……不。」

雷伊朝著確信已經勝利、準備收劍的辛說道。這場御愛殺（見家長）毫無勝算。明知如此，勇者還是用力握緊了聖劍。

「不論何時，我一直都是挑戰著絕望般的戰鬥過來的喔。」

「很好。這樣才算是勇——嗚……！」

「嘩啦啦啦啦————」突然間，不知從何冒出來的大水將辛沖倒，淹沒到他的頭頂。

「笨蛋！笨蛋——！辛這個笨蛋！」

那個鼓著臉頰、怒目橫眉、大聲斥責的人竟然是蕾諾。她用八頭水龍里尼悠的力量，將辛從宅邸的窗戶沖到後院去。

「明明加隆好不容易來玩，為什麼你卻老是在想劍的事情。人家難得跟米莎這麼要好，辛這種態度，會把人家嚇跑的啦。要是這樣的話，也會被米莎討厭的喔！」

蕾諾一面坐在水龍上追著被沖走的辛，一面大發雷霆。

「……不，蕾諾，這是結婚談嘎啵啵啵……！」

辛才剛要解釋，蕾諾就往他的嘴裡灌入大量的水。

「才沒有這種結婚談判呢！真是的，笨蛋、笨蛋！要是加隆生氣了，說他受夠了的話該怎麼辦？你能負責嗎？你要怎麼對米莎交代？」

她那不由分說的氣魄讓辛沉默下來。她並不了解魔族的文化。不論是血緣狀還是結婚談判，她都不清楚吧。

「……他不是這種氣量狹小的男人。」

「所、以、說，要是像這樣依賴加隆的善意，人家遲早會厭煩的啦——！」

「可是……」

「沒有什麼可是！要回答我知道了！這要說教，要說教喔。你打從方才就在偷偷摸摸地斬斷米莎的話語，你當我沒發現嗎？」

辛不發一語。只不過，蕾諾的眼神卻亮了起來。

「你在想著得練到能更快地拔劍吧？」

「……不，沒有這種事。」

「辛的事情我全部都知道！所以就算說這種謊，也是沒有用的喔！反省，沒錯，你要反省喔！」

兩人的聲音越來越遠。大水就這樣跟著他們一起不斷地流走了。

「……啊哈哈……走掉了呢……」

「真傷腦筋呢。」

雷伊與米莎半傻眼地看著兩人流走的方向。

「明明是第一次見家長，是我有點太心急了嗎？」

這麼說完，雷伊把伊凡斯瑪那收回魔法陣裡。

「那個，你、你方才是想說什麼啊……？」

米莎害羞地問道。

「妳明明就知道吧？」

「這種事，我、我才不知道呢～要是雷伊同學不親口說出來，我什麼也不知道～」

米莎一面羞紅著臉，一面把頭別開。

「要是妳看過來的話，我就告訴妳喔。」

「真的……」

米莎一回頭，眼前就是雷伊的臉。只差一點，嘴唇就會重疊了。

「真可惜呢。」

「……你、你是打算做什麼……？」

「妳不知道嗎？」

米莎害羞地說道：

「……要是不說的話，我就不知道……」

米莎低著頭，往上看著雷伊。兩人的嘴唇，眼看著就要重疊在一起。

『哇喔，好棒喔。對吧，莎夏妹──────』

「啊──────────────────────────！」

莎夏就像是注意到什麼一樣的大叫起來後，眼睛就浮現了「破滅魔眼」。水窪之窗「劈啪劈啪」地龜裂起來，雷伊與米莎突然停下了動作。或許聽到聲音了吧，他們困惑地注視著天花板。

『莎、莎夏妹妹？妳突然間怎麼了？』

艾蓮歐諾露問道。

『我想起來了……或許……』

『咦？』

她的眼睛再度發出了蒼白光芒。

『……我曾經……在哪裡……有做過這種事的感覺喔……』

儘管莎夏就像在追尋著記憶，也還是畫起「意念通訊」的魔法陣。

『在遙遠的過去……兩千年前……』

復甦的過去影像，流過我們的腦海──

§11 【喚醒心靈，魔王的搶奪】

那是在過去，兩人所失去的記憶——

「破滅太陽」莎潔盧多納貝的中心。在充滿破壞的深邃黑暗一望無際的那個場所，破壞神阿貝魯猊攸抱膝坐著。雖然擁有彷彿一個眨眼就能將地上化為荒蕪的強大魔力，祂卻像是個迷路的孩子一樣發抖著。

「你是誰？」

「魔王阿諾斯。」

阿諾斯回答阿貝魯猊攸的詢問。

「魔王……阿諾斯……？」

少女模樣的神重複著那個名字。

「……為什麼啊？」

少女以天真無邪的語調脫口發出疑問。雖是感情薄弱的神，但看起來非常純真。

「什麼為什麼？」

「你為什麼能注視我的神眼？」

阿貝魯猊攸困惑地問道。畫在祂眼睛上的魔法陣變成了闇色日輪。阿諾斯從正面注視著跟「破滅太陽」莎潔盧多納貝一模一樣的神眼。

破壞神阿貝魯猊攸靜靜起身。於是本來一片漆黑的那個地方上，露出漆黑的地面。

「……這雙眼睛是映出終結的『終滅神眼』。我能被允許注視的，就只有事物的終結。在破壞神阿貝魯猊攸的眼前，萬物都無法逃離毀滅。這是天理喔……」

少女垂下頭，微弱地脫口說道。

「雖說是帶來終結的神力，祢難道以為就不會被毀滅嗎？」

阿諾斯這麼說，阿貝魯猊攸就靜靜地把臉抬起。祂注視著染成滅紫色的魔王魔眼。只要窺看深淵，就會發現魔眼深處畫著一道闇色十字。

「……這應該是不可能的喔……」

阿貝魯猊攸說道：

「一切的終結，也就是毀滅，全都依循著破壞神的秩序。此乃這個世間的常理，也是世界的天理。不論是誰，世上眾生全都平等地服從秩序，絕對無法偏離這個架構。在破壞神的眼前達到終結，明明是無法顛覆的命運……」

「既然如此，道理就很簡單吧。」

阿諾斯的話語，讓破壞神露出疑問的表情。

「只要毀滅掉那個命運就好了。」

阿貝魯猊攸緘默下來，祂的神眼直直注視著阿諾斯的魔眼。

「喂……魔王……阿諾斯？」

少女問道。

「還是說，魔王大人？我該怎麼稱呼你啊？」

「祢高興怎麼稱呼都行。」

「那就，魔王大人。」

阿貝魯猊攸以輕佻的語氣，這樣稱呼阿諾斯。

「你來這裡做什麼？」

「來從這個世界上奪走破壞神的秩序。」

破壞神揚起嘴角，瞇起眼睛。

「啊哈——」

突然間，破壞神笑了起來。那笑容帶有殘虐，又有點自虐。

「——啊哈哈哈哈！啊哈哈哈哈哈哈哈哈！是嗎？是這樣啊。是來毀滅我的？毀滅破壞神阿貝魯猊攸？」

「有什麼好笑的？」

「終滅神眼」發出暗光。

「因為，我一直在等待啊。等待著遲早會有這麼一天到來。」

周圍升起灰色的粒子。大量的灰光照亮黑暗，破壞之力更加滿布空間。這毫不留情的秩序，哪怕是魔王阿諾斯，光是要待在這裡就不得不消耗魔力。

「喂，能再稍微聊一下嗎？還是說已經等不下去了？」

距離莎潔盧多納貝再度發出黑陽還有一點時間。阿諾斯從容答道：

「准了。」

「我毀滅了許多事物喔。不論是魔族、人類、精靈，有時甚至是神，我一直在毀滅著。這世上一切的終結，全都發生在我的掌心上。」

阿貝魯猊攸心情很好地開始說道：

「畢竟，是這樣的吧。人們會毀壞、根源會破滅，全是因為有著破壞神的秩序。」

因為有著破壞的秩序，所以生命無法永遠持續下去。要是追究著一切死亡的原因下去，最後就絕對會抵達阿貝魯猊攸。

「『破滅太陽』也是如此呢。是我讓那個在天上閃耀，讓那個毀滅之光灼燒著你的同伴喔。數十人、數百人，也或許是更多更多人。」

阿諾斯就只是默默傾聽著阿貝魯猊攸的話語。

「跨越同伴們的屍體，魔王大人來到了這裡呢。」

阿貝魯猊攸踏出一步，走近阿諾斯。

「我很可恨嗎？這個破壞神的秩序？」

「是啊。」

阿諾斯簡潔地答道。在他的腦海裡，恐怕閃過了大量部下的死亡與毀滅吧。閃過了沒能拯救的大量生命。

「無法饒恕。」

魔王這麼回答，阿貝魯猊攸就開心地笑了。然後，祂轉身走開。

「就跟我方才也說過的一樣。我一直在等待，等待著某人來到這裡。我一直在祈求著喔。一面毀滅著、毀滅著、毀滅著，一面想著憎恨我的人會不會來，想著他會不會劈開莎潔盧多納貝，出現在我的面前。不斷地、不斷地、不斷地，在死心的同時想著。」

祂一面慢慢地走開，一面述說著。

「因為，很無聊嘛。一直孤獨地待在這個只有昏暗光線的太陽之中，也沒辦法跟任何人說話。話雖如此，但離開到外頭也不會有任何改變喔。」

阿貝魯猊攸輕笑起來，就像要一笑置之般說道：

「映入我神眼裡的，就只有絕望與悲傷。在破壞神的眼前，就只會存在著終結。要是在地上走動，世界一個晚上就會毀滅喔。」

就像在與升起的灰色粒子嬉戲一樣，少女大大地張開了雙手。

「喂，魔王大人，你說過很恨我吧？」

阿貝魯猊攸問道，並接著說道：

「恨，是怎樣的心情？」

祂像在嘲笑一樣地詢問。然而，祂的表情彷彿是個天真無邪的少女。

「在憎恨之前，還有開心和喜悅吧？這些我也不知道喔。開心與喜悅會變成憤怒，然後產生出憎恨，這我雖然隱約能夠理解——」

祂一面在背後交握雙手，一面轉向阿諾斯。

「但我全都不知道喔。」

祂帶著滿面的微笑說道：

「因為，全都毀滅了呢。就算說花很美麗，但那究竟長什麼樣子啊？」

阿貝魯猊攸在伸出手後，灰色粒子就形成類似花朵的形狀。

「就算說山很雄偉，但那究竟有多大啊？」

灰色粒子這次形成了類似高山的形狀。

「家呢？床呢？椅子呢？書呢？」

粒子接二連三地變成祂所說出口的東西之形狀。不過，某處竟然都有所破損或扭曲。

「接吻，要怎麼做啊？」

粒子形成兩名男女的人影。然而為了依偎而互相靠近的兩道人影，卻在途中崩塌了。

「我什麼都不知道。就只有非常強大的人們戰鬥的身影，能勉強映入我的神眼裡喔。鮮血、淚水、戰爭、叫喊——就連這些也馬上就結束了。」

祂以冰冷的聲音與表情述說著。

「喂，告訴我，魔王大人？人為什麼要活著？不會結束的事物哪裡都不存在。遲早都絕對會結束喔。既然如此，那不論是今天結束、明天結束，還是一百年後結束都一樣吧。」

阿貝魯猊攸瞪向那裡，扭曲的高山和花朵就粉碎，恢復成灰色的粒子。

「難道以為會有希望嗎？難道以為會繼續下去嗎？要是這樣的話，還真是天大的笑話喔。明明什麼也不會留下。就連這也不知道，拚命地活著，還真像個笨蛋呢。」

破壞神大動作地把手往旁一揮後，灰色粒子就飛舞起來。

「世界才沒有在笑喔。因為有我在看著。會映入這雙神眼裡的就只有終結。不論何時，那裡就只有著悲傷；不論何時，這世上就只有淚水會留下來喔。這就是事實。」

祂投來挑釁般的視線，並說道：

「喂，魔王大人？你能顛覆這個事實嗎？能將我，將破壞神阿貝魯猊攸毀滅嗎？」

承受著直直瞪來的少女視線，阿諾斯回答道：

「輕而易舉。」

阿貝魯猊攸在瞬間露出錯愕的表情後，瞇起了眼。

「真是傲慢呢，魔王大人。」

「祢才是，不禁讓我覺得祢果然是米里狄亞的妹妹啊。」

阿貝魯猊攸露出非常好奇的表情。

「這是什麼意思？」

「破壞的秩序會帶來終結。照妳的說法，就是一切的事物都有著早晚會迎來終結的宿命。世界不會笑，那裡只有著悲傷。但要是一切都結束的話，那裡就只剩下無了不是嗎？」

阿貝魯猊攸一臉愕然地看著魔王。

「為什麼眼淚還會留下？」

魔王阿諾斯揚起無畏的笑容，斷言道：

「答案很簡單。是注視著世界的祢，因為那個終結而落淚了。」

「啊哈！我嗎？作為破壞的元凶的我嗎？說我其實並不想破壞嗎？啊哈哈！」

破壞神阿貝魯猊攸捧腹大笑起來。

「呵呵、呵呵呵，啊哈哈哈哈哈哈哈哈哈哈哈哈哈哈哈哈！」

快樂地、開心地，就彷彿在說祂得到了救贖一樣。在不知不覺間，那道笑聲混入悲傷，變成了嗚咽。

阿貝魯猊攸以彷彿在笑、又彷彿是在哭的聲音說道：

「……總覺得今天真的就像在作夢一樣喔……」

祂靜靜地走向阿諾斯。

「喂，你知道戀愛嗎？」

「單指詞彙的話，我知道。」

「我想知道的事情很多喔。像是花的模樣、山的雄偉、喜悅、開心。然而，這些絕對不會映入我的神眼裡。」

少女淡淡地向他說道，但看起來果然就像在哭泣一樣。

「可是呢，要是有著非常強大的人，我想說不定、說不定就能看見那個人的模樣了。」

少女讓阿諾斯的身影映入眼中，瞇起眼睛。

「想說就能和他說話了。那個人肯定會恨著我，會為了毀滅破壞神的秩序來到我身邊，會為了阻止世界的悲傷來到我身邊。」

祂以堅強的眼神，不斷、不斷地注視著魔王。每次注視，破壞神都會微笑起來。

就算以「終滅神眼」注視也不會毀滅的男人就站在那裡。除了終結之外的某物，確實就存在於那裡。這對祂來說是無庸置疑的奇蹟吧。

「我要跟那個人談戀愛喔。因為，縱使這種人存在，也只會有一個喔。我的對象就只能是那個人了。」

阿貝魯猊攸在魔王身旁停下腳步。

祂直直仰望著阿諾斯。

「我等了很久、很久了喔。等到幾乎就要發瘋了。我毀滅了許多、許多了喔。」

「你終於來了。」

「這不是戀愛。」

「是這樣嗎？」

「祢就只是愛上了戀愛。」

就像在自嘲一樣，阿貝魯猊攸笑了。

「或許呢。」

祂在輕輕吁了口氣後說道：

「就算是這樣，這也是戀愛喔。是我無可取代、竭盡全力的戀愛。」

阿貝魯猊攸用祂纖細的指尖，碰觸了阿諾斯的臉頰。

「我毀滅著、毀滅著，一直毀滅到了現在。自我誕生以來，這就一直是我的秩序。我已經不用再毀滅任何事物了。」

祂的神眼發出如火焰般的朱紅光芒。

「我說得沒錯吧？」

深邃黑暗之中充斥著灰色粒子，那裡照耀著龐大的朱紅光芒。

「啊啊，時間到了呢。『破滅太陽』又要再度照耀地上了喔。抱歉了，即使是我也無法阻止。因為這是世界的秩序。」

阿貝魯猊攸無力地垂下雙手，將身體暴露出來。

「請動手吧。」

祂閉上眼，展現出不抵抗的態度。然而，阿諾斯就這樣一直注視著祂，不打算動手。

「怎麼了嗎？沒時間了喔。」

就像在無視阿貝魯猊攸的詢問，阿諾斯依舊動也不動。

「喂……你有在聽嗎？你是來毀滅我的吧？」

「我是有說過，我要來奪走破壞神的秩序呢。但可沒說過要毀滅祢。」

「你在說什麼？不毀滅的話，是要怎麼……」

在這瞬間，黑暗就像反轉一樣地消失，阿諾斯與阿貝魯猊攸的周圍映照出了天空。能從外頭的景象得知，「破滅太陽」已經從影子的模樣變化成了闇色日輪吧。

「散布了這麼多的終結，別以為祢能輕鬆死去啊。就請祢負起這個責任吧。」

黑暗開始閃爍。破滅之光——黑陽眼看著就要往地上照射下去了。

「你說責任……」

「祢就控制住終滅吧。」

「……辦不到喔。神是秩序，沒辦法反抗天理……」

「我不想聽藉口，給我做。」

阿貝魯猊攸啞口無言了。

「這是無聊的職責。我問祢，阿貝魯猊攸。為何祢必須要被秩序、天理這種不講理的事情擺布？」

心中蘊含著強烈的憤怒，阿諾斯如此說道：

「一點就好。就反抗給我看吧。以此作為楔子，解放祢的枷鎖！」

「可是……」

「只讓一個人映入祢的神眼就滿足了嗎？」

黑陽充滿莎潔盧多納貝的外圍，破滅之光在徐徐晃動著。

「要是祢想一面看著美麗的花朵、雄偉的高山、商店與住家櫛比鱗次的城市、陳列在商店前的各式各樣商品，一面在地上走動，並談著真正的戀愛的話，就戰勝那個無聊的秩序給我看吧。」

阿諾斯握緊拳頭，用力地說道：

「我會讓祢的神眼看見笑容。」

「我——」

「破滅太陽」上充滿魔力，毀滅萬物的黑陽將天空染成了一片漆黑。

「…………啊…………」

地上沒有被灼燒。那道破滅之光朝著莎潔盧多納貝的內部灑落，照射在魔王身上了。

「……咯哈哈，只要肯做就做得到不是嗎……」

儘管受到黑陽灼燒，魔王也還是把手伸向阿貝魯猊攸。

「就算是在這裡，現在也有一樣東西能讓祢看見。」

「魔王大人——」

呼吸停止。少女的唇，被魔王奪走了。

「好好看著我。」

「……嗯…………？」

「這就是接吻。」

「……嗯……嗯……啊……」

阿貝魯猊攸一面接吻，一面瞪大著祂的神眼。眼瞳深處的日輪，流露出祂的感情。

「『因緣契機魔力搶奪』。」

魔法陣就像覆蓋住兩人的身體一般展開。以讓對象的魔力與思考集中在自己身上為契機搶奪魔力的「因緣契機魔力搶奪」——魔王是以接吻作為奪取的契機，將阿貝魯猊攸的一部分破滅之力承擔到自己身上。黑陽就像是要反抗秩序的紊亂一樣洶湧暴動，灼燒著魔王的身體，要為他的根源帶來終滅而襲來。

魔王之血滲出，讓照射下來的黑陽不斷地鏽蝕掉落。毀滅的根源與破壞的秩序——同屬

毀滅的兩股力量互相對抗，讓那裡充斥著龐大的破壞。那強大的力量就算將地上毀滅都還綽綽有餘。

「祈求吧。意念會讓祢獲得自由。」

以神眼與魔眼互相注視，讓毀滅與破壞交錯。

「……嗯……」

魔力從阿貝魯猊攸的嘴唇緩緩流出，就像受到「因緣契機魔力搶奪」的引導一樣，破壞的秩序漸漸地平息下來。

相對地，少女的心臟聲「撲通、撲通」地大大響起。隨著黑陽的消散，心跳聲便越來越激烈，大聲地在祂耳邊響徹開來。然後，不知過了多久——

當「破滅太陽」再度恢復成影子時，破壞神的心臟像在述說戀情般演奏著怦然旋律。

「……啊……………」

魔王阿諾斯緩緩地讓臉離開。他一面輕輕微笑，一面說道：

「看吧。我幫祢毀滅掉不講理了喔。」

阿貝魯猊攸羞紅著臉，一面垂著頭，一面將視線別開。

「……居然強行奪走……真是太不講理了……」

§ 12 【奇妙的裂縫】

兩千年前的影像從腦海裡漸漸消失。在我將視線移向莎夏後，就見她以驚人的速度轉過身去。看樣子是想不起更多事情了。

『唔，也就是我喚醒了愛上戀愛的破壞神阿貝魯猊攸之感情，讓祂控制住了自己的秩序吧。』

語罷，米夏就問道：

『萌生心靈的破壞神，能反抗破壞的秩序了？』

我點了點頭。愛與溫柔是神族的弱點。藉由讓神自己獲得這些感情，成為控制自身秩序的力量，不見得是錯誤的判斷。

『那個時候，阿貝魯猊攸就快萌生心靈的樣子呢。我就只是推了最後一把。』

也就是除了萌生的心靈之外，還經由「因緣契機魔力搶奪」削弱秩序之力的破壞神，變得能勉強抵抗秩序了。阿貝魯猊攸是掌管破壞的神。假如要毀滅，說不定會發揮出更強大的力量，也能認為破壞的秩序搞不好會以此為契機再度增強。所以當時我才沒有毀滅破壞神，選擇拉攏祂成為夥伴。而祂拒絕毀滅會是最主要的理由吧。

『嗯～在這之後怎麼了啊，好在意後續的發展喔。莎夏妹妹，沒辦法想起來嗎？』

艾蓮歐諾露問道。

『才、才沒有什麼後續啦……！那樣就結束了，那樣就結束了！』

莎夏滿臉通紅地這樣述說著。米夏困惑地歪著頭。就像是注意到了什麼，艾蓮歐諾露倏地豎起了食指。

『我不是在說接吻的後續喔？』

莎夏的臉變得越來越紅。她一面「嗚——」地低鳴著，一面讓眼睛浮現「破滅魔眼」，怨恨地瞪著艾蓮歐諾露。

『哇喔！騙妳的、騙妳的！我開玩笑的喔！我的反魔法可不像阿諾斯弟弟那麼強啊！』

艾蓮歐諾露連忙安撫莎夏。只不過，她就像是完全沒聽進去的樣子。莎夏帶著充滿羞恥的表情，讓魔眼閃閃亮起。

『……哇喔～莎夏妹妹還在醉喔……』

『嗯……』

眼看莎夏的感情就要爆發，艾蓮歐諾露轉身逃走了。

『是被奪走的啦，是被奪走的啦！那不是接吻，是「因緣契機魔力搶奪」啦！』

『痛，很痛喔！莎夏妹妹的視線很刺人喔！』

艾蓮歐諾露就像在水中游泳般逃走，而莎夏則追逐在後。受不了「破滅魔眼」不斷刺來的視線，艾蓮歐諾露在自己的周圍展開魔法文字。她讓周圍遍布聖水，以發動的「聖域」為盾，勉強抵擋住莎夏的視線。

『……是……防護罩……』

潔西雅開心地說道。

『而且，在轉生之後就奪回來了啦！』

『嗯～是把什麼奪回來了？』

莎夏的魔眼更加充滿破滅。艾蓮歐諾露露出像在說「完了」的表情。就在她一副無地自容的樣子別開魔眼的瞬間，被她的視線掃過的水就「劈啪」地龜裂了。方才就已經裂開的水窪之窗像是超過承受極限一樣，發出「咯吱咯吱」的不祥聲響，龜裂越來越大。

「又來了。」

雷伊將魔眼直直地望向天花板。

「……聲音比方才還大聲吧……？」

米莎問道。是被「破滅魔眼」掃過，削弱了蒂蒂的窺視窗的效果吧。

「有人在那裡嗎？」

「別在意，是蒂蒂的惡作劇。」

我先這樣回答。雷伊在愣了一下後，緩緩地轉向米莎，面帶笑容地說道：

「好像是蒂蒂的惡作劇呢。」

「太、太奇怪了吧！剛剛那是阿諾斯大人的聲音，是阿諾斯大人的聲音吧？」

隨後，蒂蒂們就在我面前突然出現了。

「被發現了～」

「曝光了～曝光了～」

「惡作劇結束了。」

「結束了喔～」

水就在這一瞬間全化為霧，水窪之窗忽然消失。我們的身體被拋向天花板，就這樣摔了下去。我以「飛行」保持平衡，在地板上「咚」地落地。

「抱歉吵到你們了。」

米莎愣愣地將視線朝向我們全員。

「……那、那個呢……」

米莎一副戰戰兢兢的樣子問道：

「您看到了嗎？跟各位一起？一直看著？」

「沒、沒有一直看著喔。一點而已喔，就只有一點。對吧，米夏妹妹？」

米夏眨了眨眼後，忙不迭地點頭。莎夏一面學著她點頭，一面說道：

「沒錯，就只有看到一點，只有從雷伊與米莎兩人走進家裡的地方，看到你們要接吻的部分而已喔！」

「這、這不是從頭看到尾了嗎——————！」

米莎的叫聲在家中響徹開來。她用雙手遮著羞紅的臉，害羞地低下頭。雷伊溫柔撫著米莎的肩膀，朝我投來視線。

「又發生了什麼事嗎？」

「我們得知了莎夏曾是破壞神阿貝魯猊攸，但是記憶並不完整呢。目前正在試著追尋她的回憶。」

「嘿。」

雷伊看向莎夏。不知為何，她像是在安慰米莎，說著：「好乖好乖。」輕撫她的頭。

「要是借助精靈之力，說不定就能輕易追尋到意念。」

「啊，那你們是來找我的啊？」

朝聲音的方向看去，就見被大水沖來的辛與飛在空中的蕾諾從窗戶回來了。蕾諾一副好久不見的樣子向我們揮著手。

「還真剛好呢，辛。就把剛才提到的事跟阿諾斯說吧？」

她這樣對辛說道。

「吾君的話語優先。」

「唔，發生了什麼事？」

在我詢問後，辛就像過意不去似的回答：

「就在方才，我收到了七魔皇老傳來的『意念通訊』。據說在尼腓烏斯高原上，確認到形成了奇妙的空間裂縫。」

米夏與艾蓮歐諾露面面相覷。

「他們說沒辦法窺看深淵。」

也就是說，不知道那個空間裂縫是什麼。

「據說不論施展怎樣的魔法都無法關閉。就連七魔皇老透過魔法砲擊來集中砲火攻擊，也無法給予任何影響。」

「喔。」

「說是空間裂縫會隨著時間擴大。據說發現當時約是一百公尺左右，現在已達到四公里了。」

「嗯。」

「有四公里的話，那相當大喔？」

確實是很奇妙啊。

艾蓮歐諾露說道，米夏點了點頭。

「七魔皇老在做什麼？」

「他們留下使魔，先暫時離開了尼腓烏斯高原。他們本來正在摸索解析、破壞空間裂縫的方法，但是束手無策，於是聯絡了我。」

七魔皇老會束手無策，也就是說可以推測有神話級的魔法在作用，大概是不會錯了。而且還是連在神話時代都算上位的魔法。

「請指示。」

「就交給你了。與耶魯多梅朵兩人——」

就在這時。「沙——」地我感到了耳鳴。

「……阿諾斯？」

米夏探頭看著我的臉。我微微抬手要她不要擔心。在將意識集中在內側後，腦袋裡再度「沙——」地響起雜訊。

「沙——沙——」從根源的深奧，混雜著那道雜訊，迴盪起不快的聲響。

『——可以嗎？』

彷彿在大腦內側執著地來回摩挲般的話語。

『交給他們，真的好嗎？』

「唔，從方才開始，是誰在對我說話？」

在我這樣發問後，雷伊他們就一臉緊張地注視著我。

『門即將開啟。絕望之門。為你所取得的和平支付代價的時刻，即將到來了吧。』

沒有理會我的問題，那傢伙就只是單方面地一直說下去。是沒聽到嗎？還是說，不打算回答？

『再過不久、再過不久——一切的門扉將會開啟，你們魔王軍會伴隨著必須守護的事物一起遭到戰火吞沒。』

「沙——沙——」更大的雜訊在腦中迴響起來，然後戛然而止。就算傾耳聆聽，也已經聽不見任何聲音。在腦中響起的不快聲響完全消失了。

「我改變主意了。」

我朝著看過來的部下們說道。

「總覺得最近一直在耳鳴呢。有個不知道是哪來的傢伙在說著莫名其妙的話。說什麼世

界並不溫柔，我們會被戰火吞沒之類的。」

他們沉默下來，傾聽著我的話語。

「看來是跟在尼腓烏斯高原上形成的奇妙裂縫有關的樣子。」

我當場畫起「轉移」的魔法陣。

「一起來吧。雖然不知是誰在策劃著怎樣的計謀，但就去揪出那傢伙的真實身分——」

我無畏地笑起，說道：

「將反抗魔王軍會有怎樣的下場，刻在他的腦袋裡吧。」

§13 【戰火的狼煙】

一望無際的碧綠與一整面鮮豔盛開的黃花。飛舞在空中的花瓣帶著微弱的魔力，隨著徐風輕輕搖晃。適合尼腓烏斯花生長的這塊土地，自古以來就被魔族們稱為尼腓烏斯高原。

高原上空盤旋著數頭貓頭鷹。是七魔皇老之一——梅魯黑斯的使魔。

就像是以此作為標記，尼腓烏斯高原上出現複數的魔法陣。我以「轉移」的魔法出現在這裡後，雷伊、辛與米夏等人也接連轉移過來了。

「……那個……就是空間裂縫嗎……？」

一望向高原，米莎就驚叫起來。在點綴著花草的平緩山丘對面，能看到裂開了一道裂縫。縱深剛好是並排的樹木到地面的高度，寬度有著相當的長度。雖然方才說是四公里的程度，但已經達到五公里了啊。

「還以為親眼看到的話就會知道些什麼，但看來出乎意料地不是普通的裂縫呢。裡頭大概有著什麼東西吧，但是就連魔力都看不到。」

雷伊朝我看來。

「雖然不知道是怎樣的魔法，但要是在這種距離下還什麼也看不到的話，就是尚未完成吧。不論是打算做什麼，如果要發揮魔法的效果，其魔力就會自然而然地顯現出來。」

「在那之前先破壞掉就好了嗎？」

艾蓮歐諾露問道。雖然那個雜音說我們會被戰火吞沒，只不過，實際上會是如何呢？

「如果是有害的東西，就沒必要慢條斯理地等待魔法完成，但也不用老老實實地相信對方說的話。就算有人想反過來讓我們破壞掉那個裂縫也不足為奇。」

「去裂縫裡頭看看？」

米夏這樣提議。的確，要是靠到那麼近的話，說不定就能看到什麼了。

「就去看看吧。」

正當我要以「飛行」飛起時，莎夏就抓住了我的袖子。

「喂，魔王大人。從方才開始，大家在說什麼啊？」

莎夏露出一頭霧水的表情。這麼說來，她還在醉啊。

「是在說那裡的空間裂縫。」

「空間裂縫？」

莎夏將視線朝向高原的對面。我趁機畫起「解毒」的魔法陣，準備讓她清醒過來——

「魔王大人，那不是裂縫。那個，是門喔。」

我突然停手，將構築好的術式廢棄掉。

「妳知道嗎？」

「因為，那本來是在眾神的蒼穹上的東西，就叫做神門喔。以前用『四界牆壁』擋住的入口……那個，奇怪，是叫做什麼啊？神界的……門？嗯，對，我想是跟神界之門很像的東西……大概……」

或許是追尋著意念，回想起了記憶，莎夏斷斷續續地說明著。

「眾神的蒼穹？」

米夏困惑地微歪著頭。

「是神界的別名。」

辛簡潔地答道。

「唔。也就是說，那是通往蒼穹的門啊。」

「嗯。因為神門是單向道，所以就只能從對面到地上來。」

是神族搞的鬼啊。要是這樣的話，直接在我身上響起的聲音會是哪裡的神嗎？不管怎麼說，在地上搞得這麼盛大還真是罕見。

「也就是說，要是不造出這麼大的門就過不來的神，要降臨下來嗎？」

雷伊帶著滿面的笑容，注視著巨大的空間裂縫。

「或者，說不定是有這麼大量的神族要過來。」

辛這麼說，米莎就「啊哈哈……」忍不住乾笑起來。

「……不論如何，都不太會是什麼好事的樣子吧……」

「莎夏，那扇門何時會開啟？」

米夏向她詢問，「嗯──」莎夏煩惱起來。

「雖然覺得還要好幾天……吧……？」

話說到一半，她就疑惑地將視線朝我看來。因為我在前方畫出了巨大魔法陣。

「沒什麼，就在方才，從裡頭露出了微弱的魔力呢。就只是要稍微確認一下。」

巨大的漆黑太陽從魔法陣的砲門裡冒出。

「『獄炎殲滅砲』。」

有如彗星般擊出的漆黑太陽拖曳著烏黑火焰的尾巴，不斷加速。發出「轟隆隆隆隆」聲響，朝著神門中央逼近的「獄炎殲滅砲」在剎那間失去光輝，變成了巨大的石頭。而就像被什麼給斬碎了一樣，變成石頭的「獄炎殲滅砲」被分割成無數碎塊，朝著地面落下。

「不論是怎樣的砲擊，在我等面前都只是石礫──」

用魔眼看過去後，就發現那道空間裂縫裡映出了一道人影。

「──別急著找死啊，魔族之王。」

冷酷的聲音撼動著大氣。儘管隱藏在神門之後，也還是從人影溢出了龐大魔力。

「唔，祢是神族嗎？」

「戰火的秩序，也就是率領秩序軍隊的戰神。我乃軍神佩爾佩德羅。」

「目的為何？」

「戰火。」

軍神簡潔答道。

「不適任者，為了整頓你所擾亂的秩序，要讓世界被戰火吞沒。」

「擾亂？唔。是指神族們常說的，我奪走了破壞神的秩序這件事嗎？」

「正是。不過，不只有這件事。」

軍神佩爾佩德羅以嚴厲的語調大聲說道：

「世界太過傾向和平了。」

佩爾佩德羅倏地抬起手。隨後，數百道人影就出現在空間裂縫的左翼。

「因此，要以神的軍隊加以肅清。」

又有數百道人影接著出現在右翼。

「將應該發生的戰爭火種悉數擊潰的魔族之王——不適任者阿諾斯啊。應該在世界上綻放的戰火之花，被你折斷了。」

「要是有會殺人的毒花，我想在它殺人之前先行摘下，是人之常情吧？」

「但是，世界並不容許這件事。」

我對祂這句話一笑置之，說道：

「是嗎？說不定世界意外地期望著這件事。喂，叫什麼軍神的。這就只是祢這樣篤信著不是嗎？」

「不。神的軍隊乃是秩序。不值得信與不信。換言之，這個決定是無法顛覆的天理。」

我再度「咯哈哈」地笑起。

「又出現一個講話相當自命不凡的神啊。最近有很多相當通情達理的神族呢。像祢這樣的傢伙反倒讓我覺得新鮮喔。」

軍神佩爾佩德羅靜靜地閉上嘴，朝我瞪來。

「是自天父神諾司加里亞以來嗎？祂的下場，祢也不是不知道吧。」

軍神毫不在意這句話，厲聲說道：

「這是開戰宣言。」

「喔，對魔王軍嗎？」

「不，神的軍隊要為世上眾生帶來平等的戰火。我等的戰爭乃是必然。一切的人類、一切的精靈、一切的魔族，都會被絕對無法避免的戰爭之火所吞沒。」

原來如此。

「即使是無法戰鬥之人，也會被迫不容拒絕地站上戰場？」

「戰火的狼煙已然升起。在秩序的軍隊面前，一切的抵抗皆無意義，神火絕對會燒遍世界全土。不適任者，哪怕你們魔王軍意圖阻擋，也不可能阻止神的進軍。」

在神門——那片純白的空間裡，繼續出現了兩倍以上的人影。

「我等並非個體，乃是群體，也就是秩序的軍隊。」

「轟轟轟、轟隆隆——」響起讓人不寒而慄的聲響，空間裂縫越來越擴大。那是神門正在開啟。那道裂縫裡出現了密集的大量人影。

「開啟從遙遠眾神的蒼穹通往那塊土地之門扉，架起讓軍靴響起的戰爭橋樑。再過不久，我等神的軍隊就會抵達地上，屆時正是世界受戰火燃燒之時，不適任者阿諾斯・波魯迪戈烏多。」

米莎以凝重的視線注視著神門。

「……那不是一、兩百人的程度吧……要是這麼龐大數量的神族來到地上的話……」

「事態會變得很嚴重喔！」

艾蓮歐諾露這樣大喊著。

「軍神，你打算去哪裡啊？」

「以上。就去享受這短暫的和平吧。直到軍靴聲響起的那一天為止。」

就像是在說開戰宣言結束一樣，無數的人影從裂縫後方淡淡地消失離去。

佩爾佩德羅的腳步戛然而止。我以雙手畫起多重魔法陣。

「祢那什麼秩序的軍隊，是要在敵軍面前夾著尾巴逃走嗎？」

「我應該說過是開戰宣言了。你們甚至尚未站在我的軍隊面前。」

對於我的挑釁，祂毅然地斷言：

「我等如今是在遙遠之地——眾神的蒼穹之上。雖然對你們來說是個好消息，但即使是秩序的軍隊之力，要開啟通往地上的門也還需要一點時間。」

軍神隔著神門直直地瞪著我。

「就儘量整軍備武吧，魔族之王。再過不久，名為絕望的戰火就會被帶到你們面前、被帶到這個世界上。」

祂颯爽地轉身離去。那道人影淡淡地消失了。

「原來如此，我十分清楚了。」

將手臂穿過多重魔法陣後，雙手就被光包覆起來。我以蒼白的「森羅萬掌（iguneasu）」之手，用力抓住位在高原裡的空間裂縫的上下兩側。「轟隆隆隆隆隆隆隆！」令人毛骨悚然的聲音迴盪開來，就宛如神門被拉扯一樣。

「…………你在做什麼……？」

很驚訝似的，軍神轉向我這樣問道。

「沒什麼，就只是覺得祢們也想趕快為世界帶來戰火吧。即使是我，要緊張兮兮地等著不知何時會來的軍隊也是會煩的。」

我使勁抓住神門，就像要上下扯開一樣地施力。「嘰————！」彷彿大氣破裂般的聲響在高原響徹開來。

「就幫祢們撬開吧。」

「……什麼…………！」

「森羅萬掌」的右手往上、左手往下，使出渾身的力量與魔力澈底拉開。噴灑著純白光

芒，空間裂縫宛如被更加撕開似的猛然擴大，迸裂四散了。

光芒漸漸地平復下來。在用魔眼凝視後，原本只是人影的眾神就清楚地展現出身影。門被完全打開，神的軍隊在那裡顯現出來。

「唔，大約有兩千尊啊。」

我朝著那支武裝的軍隊輕輕招了招手。

「來吧。看我擊潰祢們。」

§ 14 【魔王軍對神的軍隊】

在尼腓烏斯高原上一字排開的神的軍隊。站在前方的是穿著赤銅色全身鎧甲的神族——軍神佩爾佩德羅。帶著金色光輝的紅色披風隨風擺盪，隔著全罩式頭盔將視線看過來。

「居然強行撬開了神門……」

喃喃低語的軍神話語，伴隨著魔力傳到位在遠處的我這裡來。

「你是世界的異物，是無庸置疑的不適任者啊，阿諾斯．波魯迪戈烏多。就是你那傲慢的心將我們引誘到了這塊土地上，並讓世界被戰火捲入。」

世界的異物。那個對我的深奧說話的傢伙，也有說過這種話呢。

「讓世界捲入戰火嗎？儘管祢說得很了不起，但祢們終究只是阿貝魯猊攸的替代品吧？

祢也不是不知道，高掛在那片天空上的『破滅太陽』有著怎樣的下場。」

「我們跟個體的破壞神不同，是帶來戰火的軍隊。」

軍神佩爾佩德羅倏地舉起一隻手。

「劍兵神加姆岡德。」

持劍的部隊以整齊劃一的隊列，倏地前進了。蒼白鎧甲有著仿照長劍的造型，右手持著透明一般的神劍。

「槍兵神修尼魯德。」

右翼的部隊前進。蒼白鎧甲仿照著長槍，手持著閃耀的神槍。

「弓兵神艾米修烏斯。」

騎在馬上的士兵們前進。蒼白鎧甲有著仿照長弓的造型，手持巨大神弓。

「術兵神多爾佐克。」

最後方的士兵們前進。蒼白鎧甲本身就形成魔法陣的形狀，以雙手握著神杖。

「我軍乃是秩序的化身。無論再多人，都不可能阻止我們進軍。」

「唔，是想說守護破壞神的守護神們，無法跟祢們相提並論嗎？」

「正是。」

軍神佩爾佩德羅簡潔地說道。

「全軍，前進。敵方僅有八人。消滅他們吧。」

佩爾佩德羅一發出號令，神的軍隊就發出吶喊般的叫聲，以步行速度開始進軍了。全員的步調完美地一致，每踏一步都讓大地發出巨響。尼腓烏斯高原就在帶有神力的軍隊前進之下撼動不已。

「……直到剛剛，我都還在想要怎樣關上那道門耶……」

「我也在期待阿諾斯弟弟會說什麼『雖說是神門，難道祢們以為就會開啟嗎？』之類的話喔……」

米莎與艾蓮歐諾露忍不住傻眼地說道。

「膿包還是切掉地好。」

「要這麼說的話也是啦，但還沒做好心理準備呢……」

我朝著不安地注視著軍隊的米莎說道。

「區區兩千名士兵，只要一個人打倒兩百五十名就行了。」

「嗯～就憑我的實力能打倒兩百五十名嗎？我不太適合攻擊喔。」

艾蓮歐諾露以毫無緊張感的語調提出疑問。

「我的話會怎樣呢？如果是真體的話，說不定有辦法做到這種程度吧……」

米莎不安地說道。一旦現出真體，感覺就會說出完全相反的話呢。

「放心吧。」

這麼說完，她身旁的雷伊就微笑起來。伴隨著耀眼光芒，靈神人劍出現在他的手上。

「必要時我會連妳的份一起打倒的。」

「那我的份也給你兩百名吧。」

艾蓮歐諾露像在調侃他一樣，豎起食指說道。

「潔西雅的兩百五十名也給你！」

兩人的玩笑話讓雷伊露出苦笑。

「那這部分就由我收下吧。」

辛一面警戒地看著神的軍隊所構成的陣型，一面說道。

「只不過——」

辛往前走出數步，背對著雷伊說道：

「就連區區七百五十尊神都打不倒的男人，會有父母願意把女兒託付給他嗎？雖說這終究只是一般說法。」

彷彿是見家長的後續，他冷冷說道。「現在的話，可沒有蕾諾會幫你。」他的背影這樣述說著。

「那我就打倒一千尊吧。」

雷伊像在說要接受挑戰般回應，向前走出。

「這還很難講吧？」

辛靜靜地說道，側眼瞪著站在身旁的雷伊。

「你的份不一定會有一千尊留下來。」

居然一副想說他會先打倒一千零一尊的樣子。

「不試試看的話，是不會知道的喔。」

雷伊與辛瞬間交錯的視線迸出火花。

「唔，這餘興似乎挺有趣的。既然如此，我就幫你們喊比賽開始的口號吧。」

我說道，把手伸向虛空。紫電在「劈啪劈啪」地奔出之後，就構築起球體魔法陣。我將右手伸進去，用力握緊。在手掌裡凝縮起來的紫電帶著龐大的破壞之力，朝著高原散發著光芒。我將右手高舉向天，以灑落的紫電畫起十道魔法陣。閃電從那裡奔出，才剛將魔法陣與魔法陣連接起來，就在我眼前構築了一個巨大的魔法陣。

「『灰燼紫滅雷火電界（rabuia gigu gabueriizudo）』。」

連結起來的魔法陣，朝著往高原進軍的神之軍隊猛烈射出。眼看紫色閃電擴展開來，將散開的眾神完全覆蓋住，魔法陣內側形成了堅固結界。祂們能做的事，早就只剩下撐過這場壓倒性的破壞紫電。高原一帶染成紫色，彷彿要劈開天空的雷鳴響徹開來。洶湧的紫電肆虐，比白晝還亮的光芒照耀四周。伴隨著彷彿末日的不安聲響，神的軍隊燃燒起來了。

光芒平息下來，在變得清晰的視野裡看到了大量灰燼。

「那個……」

艾蓮歐諾露忍不住發出愣然的聲音。

「雖然你說了口號，但這不是很普通地全滅了嗎……」

米莎傻眼地說道。就在這剎那間——有什麼飛到了她的眼前。

「咦……？」

巨大箭頭射到了米莎的眼前。不過，就在擊中之前停住了。是辛用左手抓住了那把神弓

之矢，防住了這一箭。

「魔法被變成石頭了。」

米夏說道。下一瞬間，灰燼飛揚起來，從中出現了神的軍隊。

「全軍前進。截斷魔王軍，將他們各個擊破。」

軍神佩爾佩德羅發出命令。祂們分成四個部隊，開始組成了要將我方包圍起來的陣型。

「不愧是自稱為神的軍隊。就連『灰燼紫滅雷火電界』都有八成變成了石頭啊。」

那些灰燼幾乎全來自被變成石頭的紫電。毀滅掉的大約有兩百尊左右吧。的確，要是讓擁有這種實力的士兵侵入到城市裡的話，損害將會十分嚴重吧。

「辛往右翼，雷伊往左翼。既然想各個擊破的話，就讓祂們盡情去做吧。」

「遵命。」

「了解。」

辛與雷伊蹬地衝出，迎向朝這裡進軍的士兵們。如果是他們的話，也能在一瞬間逼近距離吧，但這點對方也是一樣。

儘管是在緩慢地逼近距離，但也會改變陣型，牽制著我方。只要窺看深淵，就會發現軍隊所排出的陣型散發著強大的魔力。認為那藏著某種玄機大概不會錯吧。配合祂們的動向，雷伊與辛也一面緩慢地衝過去，一面尋找著瓦解陣型的破綻。

「米夏、莎夏、米莎、艾蓮歐諾露與潔西雅留在這裡，掩護辛與雷伊。別被截斷了。」

米莎在把手高舉過頭後，黑暗就從那裡溢出，包覆住她的身體。朝著覆蓋住她的黑暗，隨即奔去無數雷電。閃電驅散黑暗，讓她的真體顯現出來。那是檳榔子黑的禮服與背後的六片精靈翅膀。優雅地攏起有如深海的秀髮後，米莎說道：

「阿諾斯大人要怎麼做呢？」

「當然是……」

我注視著沒有迂迴，筆直朝向這裡的兩陣部隊，朝著這約八百名的士兵畫起一百門魔法陣。在這瞬間，中央的士兵射出了無數的漆黑太陽與神弓之矢。

「別想得逞喔！」

艾蓮歐諾露以「四屬結界封(deijieria)」當場構築起護盾。

「『複製魔法鏡(regaroimitein)』……！」

潔西雅就像要夾住「四屬結界封」一樣，在外側展開了兩面大型魔法鏡。

「無限鏡……」

倒映在「複製魔法鏡」上的魔法會被複製。經由無限鏡增加到無數的「四屬結界封」當場構築出了堅固的結界。

「不過是神的軍隊，別想對我的魔王大人出手啊。」

莎夏以「破滅魔眼」一瞪，讓襲來的神弓之矢與「獄炎殲滅砲」接連地自行毀滅。衰滅之後的這波攻擊，就被艾蓮歐諾露與潔西雅的「四屬結界封」輕易封殺了。

「這是回禮。」

「獄炎殲滅砲」從一百門砲門之中胡亂射擊出去。漆黑太陽朝著神的軍隊紛紛落下，但

是在侵入術兵神多爾佐克所構築的結界裡的瞬間，全都變成了石塊。劍兵神加姆岡德揮出神劍，將這些石塊切成了碎塊。

「那這樣的話如何？」

米莎放出「魔黑雷帝（jirasudo）」。只不過，就連那道漆黑雷電也被術兵神的結界擋下，在眨眼間變成岩石。石頭立刻就被斬斷，「嘩啦嘩啦」地落在地面上。

「看來是將遠距離的魔法砲擊變成石頭的術式呢。不過——」

米莎輕輕微笑。下一瞬間，最前列的士兵就被漆黑火焰吞沒，飛上了天空。

「極近距離的魔法可防不住喔。」

「『焦死燒滅燦火焚炎（abuiasutan jiara）』。」

趁著米莎以漆黑雷電製造出缺口的瞬間，我一口氣接近中央的陣型，將劍兵神加姆岡德撞飛出去了。有別於變成石頭的「獄炎殲滅砲」，將以「波身蓋然顯現（buenejiara）」事先放出的「獄炎殲滅砲」作為魔法陣，在我的右手纏繞上閃耀黑炎。

「滾。」

在蹬地衝出後，我的身體就彷彿化為了閃光。我不耍花招地直接貫穿了神的士兵聚集的中央陣型。數十名劍兵神、槍兵神全都被我撞飛，折斷的神劍與神槍在天空飛舞。

雖說是將「灰燼紫滅雷火電界」變成石頭撐過了攻擊，但只要有稍微接觸到那毀滅的紫電，就不可能毫髮無傷。我輕鬆撂倒疲憊的神的士兵，逼近位在中央穿著赤銅色全身鎧甲的軍神眼前。

「大將居然獨自闖入敵陣，愚策。」

我刺出的「焦死燒滅燦火焚炎」指尖，被軍神佩爾佩德羅以祂那赤銅之手從正面擋下。

「轟隆隆隆隆隆隆——！」即使閃耀的黑炎洶湧襲去，也還是被捲起漩渦的神的反魔法壓制住了。

「以多制少。這才是所謂的兵法。不論是怎樣的力量，都無法反抗正確的秩序。」

「老舊的秩序，先重新寫過吧。」

我就這樣把軍神用力推開，連同祂的身體一起將周圍的軍隊接連撞飛。佩爾佩德羅在地面上踏穩腳步，使出渾身的力道意圖擋下我的衝撞。要是停下腳步，在那瞬間士兵們就會將神的武器一起刺來吧。只是，祂擋不下來。

「嗚——！」

祂的神眼與我的魔眼交錯，迸發出激烈的火花。

「以魔王蹂躪多數。我就是兵法啊，軍神。」

§ 15　【魔王的兵法】

「轟隆隆隆隆隆——」轟聲響徹，布設在高原上的中央陣型被一分為二。

我推著軍神佩爾佩德羅，一路貫穿到軍隊的最尾端。就像是被魔王的進軍給碾過一樣，

神族們誇張地飛上天空，接二連三地摔在地面上。被「焦死燒滅燦火焚炎」一拳打進肚子裡的佩爾佩德羅，儘管被烈焰吞沒卻還是彈飛出去，整個人陷入平緩的山丘裡。

「喔？」

祂緩緩站起，那套赤銅色鎧甲雖然有點燒焦，但沒受到多大的傷害。

「是陣型魔法啊。」

只要俯瞰這片高原，就會發現儘管被我驅散，神的士兵們也還是維持著依循一定規則的陣型。雖然包圍著我，但另一方面也在毫無關係的地方布陣。乍看之下會覺得沒意義的那個陣型，其實是魔法陣。讓各自成為魔法陣的一部分來發動魔法，為部隊全體帶來強大的加護。

「『攻圍秩序法陣（arunesuto）』。」

陣型魔法陣發出赤銅色光芒。這股力量就是作為軍神的佩爾佩德羅的秩序吧。

「不適任者，不論你再怎麼強大，神的包圍都不會被個人的力量打破。『攻圍秩序法陣』只接受兵法，並殲滅此外之物。換言之，就是以多制少。此乃戰鬥的秩序。」

唔，原來如此。也就是說，這並非不分青紅皂白地只計算人數，無視力量的差距啊。

在這個陣型魔法陣的內側，對於那批神的軍隊，發揮著以個人之力進行的攻擊威力會衰減的秩序。

「僅有八人的你們毫無勝算。」

弓兵神艾米修烏斯的部隊搭上箭矢，朝著我一起射出。對於從上空如雨點般落下的神之矢，我展開了「四界牆壁」。只不過，那道漆黑極光卻被輕易貫穿，讓神弓之矢逼近到頭上。就算我以「焦死燒滅燦火焚炎」之手要燒毀這些箭矢，穿越烈焰的一支箭矢也還是貫穿了我的左臂。

「看來有加護的不只有防禦啊。」

我拔出刺中手臂的箭矢，折斷燒掉。在陣型魔法「攻圍秩序法陣」的內側，祂們能對個體發揮出無與倫比的力量嗎？只要準備好同等、或是以上規模的軍隊，就能毫不費勁地對抗吧，但是太明顯了啊。祂的目的是戰火。這說不定是在引誘我這麼做。

「祢的兩名部下也早已被『攻圍秩序法陣』吞沒了。就好好體會在秩序之前，力量就跟無力一樣吧。」

軍神佩爾佩德羅毅然說道。在將視野朝向雷伊與辛後，發現他們也被神的軍隊包圍了。

「那就試看看吧。」

我張開手，朝著天上發出魔力，在空中畫起巨大魔法陣。從那裡出現無數的漆黑魔石，猛烈地朝著這裡開始落下。「魔岩墜星彈（gia gureasu）」陸陸續續地落在高原上，將神的士兵壓進地面裡，挖出深坑。

「沒用的。」

伴隨著軍神的話語，爬出坑洞的劍兵神加姆岡德祂們將神劍高高舉起。朝這裡衝來的祂們毫髮無傷。

「『魔黑雷帝』。」

漆黑閃電有如暴風般颳起，伴隨著雷鳴將眾神撂倒。儘管如此，劍兵神的神劍還是逼近到身旁，我在避開後以閃耀著黑炎之手貫穿祂的胸口。在使勁抓住根源，疊上「根源死殺」後，加姆岡德就突然跪倒下來。我用力舉起祂，朝著逼近後方的槍兵神隨手拋出。鎧甲與鎧甲衝突，支離破碎地粉碎了。

在彈飛的兩尊神之中，被貫穿根源的加姆岡德沒有站起，毀滅消失了。另一尊槍兵神儘管有受傷，但以「魔黑雷帝」撂倒的劍兵神們，幾乎是毫髮無傷地站了起來。

「唔，我大致明白了。」

在「攻圍秩序法陣」之中，量會比質有優勢。個體對多數的攻擊得不到太大的效果，但如果是個體對個體的話，要殺掉並不怎麼困難。

也就是對於量，是以根源的數量來判定吧。要是這樣的話，只要一尊一尊地毀滅掉就好，但這樣天都黑了吧。

「辛、雷伊，擾亂陣型。」

我向兩人發出「意念通訊」，衝了出去。

『遵命。』

在窺看辛的視野後，就看到神槍從四面八方刺來。只要一刺，就連山都能粉碎的槍刃密不透風地襲來，迸出爆炸氣浪。在飛揚的沙塵之中，一把神槍支離破碎地散開，手持這把槍的槍兵神修尼魯德的鎧甲開出了一個洞。血如噴泉般溢出。

在神踉蹌地當場倒下後，脫離槍兵神包圍的辛就站在祂的身後。手上持著浮現美麗波紋的魔劍——流崩劍阿特科阿斯塔。

「是叫做『攻圍秩序法陣』啊。此陣，就由我來斬斷吧。」

辛以視線無法捕捉的速度衝出。神的陣型魔法也阻擾著他的腳步，令他減緩速度，儘管如此，辛也還是以驚人的速度前進。

「沒用的。我等乃是秩序的軍隊。正因為是有著完美秩序的軍隊，不論你採取怎樣的行動，都不可能以個體的力量打破陣型。」

他移動得越遠越快，包圍陣型就越是混亂，通常「攻圍秩序法陣」應該會逐漸崩潰。只不過，神的軍隊就一如軍神佩爾佩德羅所說的，展現出有著完美秩序的行動，一直維持著包圍。祂們搶先一步識破辛要擾亂陣型的意圖，試圖擋住去路。在阿特科阿斯塔砍倒來兵後，他再度衝了出去。

即使神劍、神槍揮出，神弓射出，辛也全都在擊中之前避開，無法對他造成致命傷。就算神的士兵要組成人牆，只有一尊的話，就能以手中之劍斬殺。儘管無法殲滅，憑辛的實力要突破是輕而易舉。於是他一面殺出血路，一面朝著高原的中央前進。

在對側——位於左翼的雷伊也跟辛一樣朝著中央前進。就算術兵神多爾佐克射出「獄炎殲滅砲」的集中砲火，在他背後閃耀的粉紅色秋櫻也翩翩飄起，阻擋著那些漆黑太陽。「愛世界（raburu asuku）」——發動此魔法的雷伊以愛的力量對抗「攻圍秩序法陣」，比風還快地奔馳而出，不斷撕裂著左翼的陣型。他的根源有七個。因此雖是一個人，卻能以七人的優勢在「攻圍秩序法陣」之中戰鬥。

「好啦，祢們能包圍到什麼時候？」

我在雙手上施展「焦死燒滅燦火焚炎」，驅散中央的陣型，往後方退去。為了維持包圍我們，右翼、左翼與中央的兩陣，眼看著往同一個地點不斷接近。我們正將祂們的各個部隊以四條直線連接起來，引誘祂們往中央移動。

「不論怎樣移動，都無法使『攻圍秩序法陣』瓦解。神的布陣乃是完美的。」

從軍隊的後方傳來軍神佩爾佩德羅的聲音。

「這是無用的掙扎啊，不適任者。」

「雖然祢說得就好像看穿了我的戰術一樣，但是軍神，沒有比有著完美秩序的軍隊還要脆弱的東西喔。」

「對我等來說，任何戰術都是不管用的。更何況是這種陳腐的戰術。」

「既然如此，那祢就試看看吧。」

沒有解除對我們的包圍，分成四陣的神的軍隊，朝著高原上的一點不斷逼近。換句話說，就是我方的部隊從兩、三個方向猛烈衝來。要是為了避免衝撞而停下來的話，我們三人之中的某人就會脫離到「攻圍秩序法陣」之外吧。就算想巧妙地穿過對方，在那瞬間，行進方向不同的雙方部隊也會彼此妨礙。

「我看穿你的意圖了喔，不適任者。有著完美秩序的軍隊容易引導。只要讓我方擋住自己的去路，讓陣型產生些許破綻的話，就能從那裡突破。雖是這種策略——」

神的軍隊交錯——就在這之前，右翼陣型的一部分成為左翼陣型，左翼陣型的一部分成為中央陣型，然後中央陣型的一部分成為右翼陣型，沒發生任何混亂，維持住了「攻圍秩序法陣」。軍隊就彷彿是一個生物一樣。

「我應該說過了。我等乃是戰火的秩序。換言之，是率領著秩序的軍隊的戰鬥之神！」

在停下腳步的我身後，軍神佩爾佩德羅就站在那裡。

「沒有兵法能逃離神的包圍。」

光聚集在祂手上，出現一把發出赤銅光輝的神劍。

使勁劈下的那把神劍，被我以「焦死燒滅燦火焚炎」之手擋下。「滋滋滋滋滋滋滋」魔力與魔力互相拉鋸，我與祂的周圍捲起風壓。

「看來你無計可施了呢，不適任者。你的兩名部下也停下腳步了。」

「祢在說什麼啊？」

我無畏地笑了，在右手上疊起「根源死殺」。

「就仔細看好吧。祢們所採取的布陣，讓我的戰術完成了喔。」

「你說戰術……？」

我接著疊上「魔黑雷帝」，將神劍用力推開後，就像要和我對抗一樣，軍神佩爾佩德羅使出了渾身力道。

「這種謊言，你以為會對我等管用嗎……！」

祂以左手抓住我的肩膀。

「發射！」

聽從佩爾佩德羅的命令，術兵神多爾佐克發出「獄炎殲滅砲」的集中砲火。或許打算讓火焰燃燒自己吧，軍神使勁抓著我的肩膀不放。「轟隆隆隆隆隆隆隆隆隆隆隆──」我與佩爾佩德羅被漆黑的火焰吞沒。

「很溫暖喔。」

我在以「破滅魔眼」滅掉「獄炎殲滅砲」後，就將祂絆倒，讓祂失去平衡。

「唔……！」

「率領秩序的軍隊之神，居然不知道我所採取的這個戰術啊。」

我將祂握著的神劍，連同手臂一起扭過去壓住。

「……就算要打倒我也是沒用的。我們不是個體，是軍隊。」

「看來祢完全沒搞懂啊。就告訴祢答案吧。」

我搶走神劍丟棄。

「是撞球。」

「……撞……………………球……………………？」

我伸出手掌，朝著愕然反問的軍神佩爾佩德羅，以「四界牆壁」將祂包覆起來。

「……什、麼…………？」

「祢是球啊，軍神。祢們全都是。」

我盯著被球狀「四界牆壁」包覆起來的軍神，高高舉起手。

「去吧。」

在將「四界牆壁」的球狠狠推出後，軍神佩爾佩德羅就以比光還快的速度彈飛出去。佩爾佩德羅撞上在一旁包圍我的神的士兵，改變飛出去的軌道。祂撞上的神的士兵也以同樣的速度彈飛，再度撞上其他的神。於是宛如撞球一樣，神的士兵們接二連三撞上神的士兵，彈飛出去。如果是個體對個體的話，「攻圍秩序法陣」的影響會減輕，讓那個攻擊生效。而且，由於是以根源來判斷數量，所以被彈飛的神所造成的撞擊，會被判定是那個神的攻擊。

當然，撞擊並不只有一次。被彈飛的神又會把其他的神彈飛，然後自己也會被彈飛出去。「咚砰噹啷、乒乒乓乓乒乓、嘎嘎嘎嘎嘎，砰嘎嘎鏘砰砰砰、鏘！」互相撞擊好幾次的聲音在名為高原的撞球台上響徹開來。然後，描繪著複雜軌道的祂們接二連三掉進方才我以「魔岩墜星彈」打出的坑洞裡。

在高原上的眾神軍隊，轉眼間就被一掃而空，最後是軍神佩爾佩德羅掉進了那個洞裡。陣型被澈底瓦解，「攻圍秩序法陣」的效果早已消失。

「有著完美秩序的軍隊，總是布設最佳陣型的祢們，在戰爭上確實很強吧。然而——」

我咧嘴一笑，俯瞰著掉進洞裡的祂們。

「拿來打撞球剛剛好。」

從變得破爛不堪的頭盔底下，佩爾佩德羅的魔眼亮起。

「這是佯動。」

軍神搖搖晃晃地舉起手，看著天空。在將魔眼望過去後，發現在這片尼腓烏斯高原的遙遠高空上有著無數的人影——是騎在白馬上的神之軍隊。祂是將這裡的部隊全都用來佯動，預先讓其他部隊飛上空中了吧。

「我們的目的是讓戰火擴大。在空中排好陣型的航空部隊會燒毀魔族的城市。就算現在注意到也——」

「——也已經太遲了，祢難道是這麼想的嗎？」

在輕輕彈了響指後，魔力飄落下來。是從在遙遠高空上布陣的神族們的更上方飄落的。

出現在那裡的是魔王城德魯佐蓋多，在那座城堡的下層，闇色長劍——貝努茲多諾亞閃耀著漆黑光芒。

「……發射！」

朝著德魯佐蓋多，弓兵神、術兵神射出箭矢與魔法砲擊。儘管攻擊陸陸續續擊中，但是那座城堡卻是文風不動。

「祢們的布陣能對貝努茲多諾亞發揮多少效果，要試看看嗎？」

我盯著魔王城，畫起「轉移」的魔法陣。就在要轉移到那裡的瞬間——德魯佐蓋多前方飛過一道人影。

金髮隨風飄揚，她緩緩地降落下來。是莎夏。

唔，她是在做什麼？

「喂，魔王大人。」

她輕輕碰觸著飄在空中的理滅劍，優雅地微笑起來。

「能暫時還給我嗎？我的莎潔盧多納貝。」

§ 16 【破壞的秩序】

飄在空中的神族們，以有秩序的動作瞬間變換著陣型。那是為了提高進軍速度的陣型吧，祂們身上畫出「飛行」的魔法陣，猛烈地溢出魔力。

大概是打算飛越空域，脫離貝努茲多諾亞的有效範圍吧。就在那個陣型魔法陣完成的瞬間，莎夏卻朝著下方的神族們瞪了一眼。在被先發制人後，神之軍隊的動作戛然而止。就像被蛇盯著的青蛙一樣，祂們嚇得渾身發抖，動彈不得。

「喂，行吧？」

是還沒酒醒，讓阿貝魯猊攸的意念與記憶甦醒了嗎？總覺得莎夏很開心地用指尖戳著貝努茲多諾亞。似乎有試著讓她放手去做的價值啊。

「如果不會波及到其他事物的話，我無所謂喔？」

「知道了喔。」

莎夏握住理滅劍貝努茲多諾亞。為了讓劍服從她，我對那把劍發出了命令。

「魔王大人發出許可了喔。恢復原樣吧，莎潔盧多納貝。」

她讓劍身轉了一圈，將劍尖朝向遙遠的高空。在她放手後，貝努茲多諾亞就飛向了更高的空中。隨後，漆黑粒子就在那片天空瀰漫開來。漸漸地，粒子以球狀覆蓋起闇色長劍。理

滅劍就像是被塗上一層黑暗似的消失無蹤，在那裡浮現出了影之太陽。

「喂，你們知道嗎？」

就像是輕盈飛舞起來一樣，莎夏讓雙馬尾隨風飄盪，背對著「破滅太陽」。

「不論再怎麼閉上眼睛，都會映入眼瞼內側的我的視野。大家稱之為破壞的天空喔。」

「破滅太陽」依舊是影子的模樣。不過只要待在那塊空域裡，破壞的秩序就能發揮力量。

「『四方秩序退陣（neujarada）』。」

在確認到莎夏升上天空後，神的軍隊就像在說機不可失一樣，從那裡往四方散開了。陣型魔法「四方秩序退陣」能將撤退時的速度提高到極限吧。

神的軍隊採取了極為流暢的撤退行動，以遠遠超出所擁有魔力的速度飛越天空，從影之太陽的支配之下逃走。而且，這也同時是在朝魔族的城市與村落進軍。只要以這種速度飛出空域的話，不消數秒就能抵達目的地。

祂們的目標是讓世界被戰火捲入。即使是無法戰鬥的魔族子民，祂們也會毫不留情地焚燒吧。

只不過——不論再怎麼前進，祂們都無法逃離這片空域。儘管早就飛越了足以繞世界一周的距離，下方也依舊是一望無際的尼腓烏斯高原，頭上高掛著影之太陽。

「就憑這種渺小的翅膀，是無法逃離『破滅太陽』的喔。因為這片天空的秩序已經崩壞了。能自由飛翔的，就只有我的魔王大人，以及他的部下所畫出的傑里德黑布魯斯。」

黑光照耀著天空，在轉眼間將神的軍隊吞沒下去。

「為何？」

「為何要反抗？」

「破壞神阿貝魯猊攸。」

「回答我！」

劍兵神、槍兵神、弓兵神、術兵神，異口同聲地朝莎夏喊道：

「為何要反抗秩序，破壞神！作為破壞的秩序！祢為何要擾亂世界的秩序？」

在遙遠的地上，軍神佩爾佩德羅吶喊似的說道：

「是被不適任者套上了不必要的枷鎖嗎！」

「啊啊……是呢。我想起了喔。那個呢，我其實很討厭喔。」

「……什麼？」

莎夏微笑起來。宛如破壞神阿貝魯猊攸一般。

「意思是我從以前就最討厭什麼秩序了喔。倒不如說，秩序才是我的枷鎖喔。是魔王大人幫我從那個枷鎖之中解放了。」

莎夏讓眼睛浮現「破滅魔眼」，瞪著下方的軍神。

「喂，祢這樣就滿足了嗎，軍神先生？雖然祢說要作為軍隊的秩序為世界帶來戰火，但這真的是祢自己的意志嗎？」

「我等沒有意志，有的就只有秩序。」

「哼——這樣啊。祢還真可憐呢。」

闇光覆蓋住了那片天空。破壞神已成為魔王城德魯佐蓋多。因為莎夏自己不具有破壞的秩序吧，「破滅太陽」依舊是影子的模樣，力量也跟本來相距甚遠。雖然不完全，但那也確實是莎潔盧多納貝的毀滅之光——黑陽。

「只要睜開眼睛，我的神眼就總是映著絕望。」

在染成黑暗的空域裡布設防禦陣型，神的軍隊勉強撐住了黑陽的照射。

「可……惡……」

「就連戰火，都能吞噬嗎？破壞神……」

莎夏飛越會讓生物死絕的那片破壞的天空，高高地、高高地，抵達到「破滅太陽」莎潔盧多納貝的旁邊。

「不過，現在不同了喔。」

莎夏莊嚴地敞開雙手。她的身體被莎潔盧多納貝吸進去，最後完全消失在影子之中。

「我轉生成為魔族了。魔王大人給予了我生命喔。」

「破壞神……阿貝魯……猊攸……」

「那已是以前的名字呢。我是莎夏．涅庫羅。是破滅魔女，也是魔王大人的部下喔。」

眼看影之太陽不斷縮小，最終金髮少女出現在那裡。被凝縮到極限縮小的「破滅太陽」莎潔盧多納貝，附著在莎夏的左眼上。

「迪魯海德呢，是我的故鄉啊。我是在這裡出生、長大的喔。雖然並不全是快樂的事，但是個很棒的地方喔。上學、開店、務農、狩獵。大家就像這樣生活著。大家都在笑喔。所以呢，雖然不知道什麼神的軍隊還是秩序，既然祢說要讓這個國家被戰火吞沒的話……」

莎夏將整個空域收入眼裡，狠狠地瞪著。

「我會讓祢們看見真正的絕望！」

附在左邊魔眼上的影之太陽反轉過來，化為闇色日輪。那正是「破滅太陽」完全顯現的姿態——

「包圍！」

神的軍隊明白逃不了，這次朝著莎夏飛去。不過，就跟方才一樣。不論再怎麼飛越天空，都無法抵達她的身旁。彷彿在說彼此的力量就是如此懸殊，軍隊的位置始終在她的下方，別說是包圍，就連要接近都沒辦法。然後，就在莎夏從遙遠高處望向眾神軍隊的瞬間，就只有祂們的身體被黑暗吞沒了。

本來會無差別照射的黑陽被完全控制住，就只按照目標加以毀滅。

「……消失了……」

「身體……」

「神的軍隊……」

經由防禦陣型的反魔法也無法擋下破壞的視線，神的軍隊就在眨眼間於空中消散。

「為何將『終滅神眼』……將破壞的秩序……朝向我等……阿貝魯猊攸……」

其他掉進地上洞裡的軍隊也受到黑陽照射，陸陸續續地毀滅。就連軍神佩爾佩德羅的赤

銅鎧甲，也有一半以上被闇光吞沒。

「不論再怎麼毀滅都無法逃離。這祢也並非不知情。」

「還真是抱歉呢。這種事我已經忘光了喔。」

「既然如此，就回想起來吧。世上眾生要進行鬥爭。這是世界的秩序，是常理也是天理，換言之即是命運。就算堵上、破壞門再多次，都不會改變。門會再度開啟，傳來軍靴的聲響。以此為開端——」

黑陽將佩爾佩德羅的一切照成黑暗，讓祂迎來終滅。在臨終之際——

「——世界將會被戰火籠罩。」

軍神在最後留下了這句話。

「祢不知道嗎？」

一面微笑，莎夏一面說道。

「命運是要破壞掉的東西喔。」

她轉向自己的背後。

「對吧，阿諾斯。」

在她的視線前方，正是以「轉移」過來這裡的我。黑暗忽地消失，天空取回了蔚藍。莎夏輕盈地飛來。

「唔。那個眼睛，是破壞神的神眼？」

「是啊，『終滅神眼』。我經由莎潔盧多納貝，從德魯佐蓋多上頭借用了力量。」

化為闇色日輪的那顆神眼恢復成影之太陽。

「雖然現在就只能使出一半左右的力量，也只能維持數秒左右。」

莎夏在溫柔地往眼前瞪去後，影劍就在那裡浮現出來。影之太陽從她的眼睛上消去，相對地，理滅劍貝努茲多諾亞在眼前出現。「終滅神眼」恢復成了平時的「破滅魔眼」。

「想起來了嗎？」

「嗯——又想起了一點呢。」

「我覺得妳方才的語氣非常像是阿貝魯猊攸啊？」

莎夏「嗯——」地尋思起來，用手按著額頭。這個動作很像是平時的她。

「是為什麼呢？總覺得，就是變成了這種心情喔。或許是因為神的軍隊跟破壞神很像，所以讓以前的我有了什麼感觸嗎？」

她就像在尋思似的說道。

「不過，我想起這個魔眼的事了喔。」

莎夏一面以坐著的姿勢飄在空中，一面注視著我的魔眼。

「像是為什麼我會有著跟阿諾斯一樣的『破滅魔眼』之類的。」

「喔？為什麼？」

莎夏以「意念通訊」將影像傳來我的腦裡。我經由魔法線，將影像也傳送給身為部下的辛他們。

「阿諾斯讓只能看見悲傷的我的神眼，看見了小小的笑容。」

莎夏「呵呵」微笑，就像在捉弄我似的說道：
「是我的魔王大人讓我看見的呢。」
她以「意念通訊」將想起的記憶傳送過來。
兩千年前的影像在我的腦海裡復甦了——

§17 【魔王的神眼與破壞神的魔眼】

兩千年前。「破滅太陽」莎潔盧多納貝中心部。
金髮少女抱膝縮起身子，在黑暗中輕盈飄著。在分不清上下的空間裡，祂就像是隨風飄盪一樣地滾動，頭與腳的位置不斷地交換。祂不時睜開眼，將視線朝向黑暗後，輕輕地嘆了一聲氣。臉上竟是一臉非常無聊的表情。
「……完全沒有來啊……什麼嘛～這不是忘掉了嗎……？」
輕輕發著牢騷，祂再度把臉埋進膝蓋裡。
「……再不快來，我就要開始毀滅了……到時我可不管喔……」
就在這時，瀰漫著黯淡黑暗的中心照進了一道光線。祂猛然抬頭，那名少女——破壞神阿貝魯猊攸的表情亮了起來。突然間，漆黑大地在黑暗中成形。
從灑落的光線之中，出現穿著漆黑裝束的男人。原來是暴虐魔王——阿諾斯．波魯迪戈烏多。一降落在漆黑的地面上，他就筆直朝著阿貝魯猊攸的身旁走來。

破壞神忍不住微笑起來，正要衝過去，卻搖了搖頭，停下腳步，一副不感興趣的樣子別開臉。祂擺出冷淡表情，一臉無聊地翹首盼望著阿諾斯走來。不久後，他來到身旁——

「哼——居然來到『破滅太陽』裡這麼多次，還真是瘋狂呢，魔王大人。」

祂裝作不感興趣的樣子，繼續背對著阿諾斯。

「我不是因為虛榮或瘋狂才來見祢的。」

阿諾斯的話語，讓阿貝魯猊攸低下頭，揚起了微笑。

「因為無法丟著祢不管啊。」

「是嗎？我可沒拜託你來見我喔。」

破壞神以冷淡的語調說道。為了窺看少女的深淵，阿諾斯讓魔眼亮起。

「唔，祢變得相當能控制破壞的秩序了啊。莎潔盧多納貝也沒有放出黑陽，維持著影子的狀態。已經不需要我協助了。」

「多虧了某人強行奪走了我的吻吧。」

「抱歉了。要是不將祢的注意力朝向我，『因緣契機魔力搶奪』就無法發動了。」

阿貝魯猊攸噘起嘴，不服地說道：

「你並不需要道歉啦。接吻對神來說，就跟被狗咬到沒什麼兩樣喔。」

「那就好。」

要是真的不在意，「因緣契機魔力搶奪」就無法成立，不過阿諾斯沒把這件事說出來。

「話說回來，之前魔王大人說的信我寫好了喔。」

阿貝魯猊攸在畫出魔法陣後，手掌上就出現了一封信。祂遞出來的那封信，被阿諾斯用單手收下。

「這會是很好的伴手禮。」

「喂，米里狄亞是個怎樣的神啊？」

阿貝魯猊攸一副非常好奇的樣子問道。阿諾斯微微露出笑容。

「好啦，祂會是個怎樣的神呢？」

「你不知道？」

祂像是有點驚訝地反問。

「是想要知道。」

「哼～這樣啊。那就跟我一樣了呢。」

阿貝魯猊攸露出溫柔的表情。

「我想要見祂呢。去見米里狄亞。」

祂這麼說完，就轉身背對過去。

「很奇怪吧？我們明明這麼接近，卻因為是秩序，所以就連見面都辦不到。既然如此，為什麼我們會是姊妹啊？」

阿貝魯猊攸在黑暗中慢步走著。

「這種事就算跟魔王大人說也沒用吧。」

「阿貝魯猊攸，我今天來是要告訴祢一件事。」

阿諾斯的話語讓祂停下腳步。身為破壞神的少女依舊背對著他，只把臉轉了過來。

「什麼事？」

「我想要祢。」

祂臉頰飛紅，瞪圓了眼。

「…………咦？」

魔王以十分認真的表情，堅定地向祂說道：

「就將祢的身體、祢的根源、秩序，將破壞神阿貝魯猊攸交給我吧。」

維持著臉微微發紅的表情，破壞神將身體轉向阿諾斯。

「相對地，我會實現祢的願望。」

在注視著他沉思了一會後，阿貝魯猊攸說道：

「……不夠吧。只有『破滅太陽』的話。」

祂以指尖輕輕碰觸著自己的胸口。

「魔王大人是想奪走這個破壞神的秩序吧。足以改變世界地完全奪走。」

阿諾斯點了點頭。

「祢變得能控制秩序了。但因為是神族，所以無法一起控制讓這世上存在破壞的根本的秩序。不論祢願不願意，世界都依舊會存在著毀滅，讓祢的神眼映入絕望吧。」

阿貝魯猊攸變得能控制「破滅太陽」放出黑陽了。儘管如此，只要用祂的神眼窺看地上

的話，映入眼中的事物就會同等地自行毀滅。最重要的是，人會輕易死去的這個世界的秩序毫無改變。就只是讓其他事物代替莎潔盧多納貝，毀滅著魔族、精靈、人類。

「只不過，如果不是神的我將現在的祢弄到手的話，就能奪走那個根本的秩序。只要讓『破滅太陽』與破壞神殞落的話，就能將在世界上發生的毀滅控制在最低限度，讓應該死去之人不會死，應該毀滅之人不會毀滅。在這之後，和平就絕對會到來。」

「你是為了和平才想要我的嗎？」

「想要到望眼欲穿的程度呢。」

「哼——」祂將視線朝向魔王。

「準備已大致完成了。剩下的，就只有祢的意思。」

「要是我說不要呢？」

「我不會讓祢說的。」

阿貝魯猊攸「呵呵」笑了起來。

「真是讓人沒辦法的魔王大人呢。」

「抱歉，我很貪心啊。」

祂就像在思考一樣地將指尖放在唇上，「咚咚」地輕輕敲著。

「好喔。平白給你也很讓人不爽，所以就來比賽吧。要是魔王大人贏的話，就給你一樣我所擁有的東西。怎樣啊？」

「無妨。」

阿貝魯猊攸瞇起眼睛。

「比賽的內容是？」

「也是呢。要是魔王大人把我想要的東西帶來的話，就算魔王大人贏了喔。」

「喔，祢想要什麼？」

阿貝魯猊攸指著阿諾斯的右眼。

「我想要魔眼。你那漂亮的魔眼。」

破壞神以惡作劇的語氣說道。

「怎樣啊？」

「就送給祢吧。」

阿貝魯猊攸瞪圓了眼。

「可以嗎？」

「祢想要吧？」

「是沒錯啦……」

祂其實是想稍微惡作劇吧。魔王的魔眼就連破壞神所擁有的「終滅神眼」都能封殺，對他來說是不能失去的力量，至少阿貝魯猊攸是這樣認為的，所以才這麼要求。因為祂想看他傷腦筋的樣子。

「君無戲言。」

在以魔法讓阿貝魯猊攸飄起後，阿諾斯就把手繞到祂的後腦勺，現出染成滅紫色的魔

眼，眼睛的深淵上畫著闇色十字。

「只要把這個給祢，就是我贏了。我要拿走祢的右眼喔。」

破壞神的雙眼上浮現「終滅神眼」，那雙眼睛形成闇色日輪，閃耀著漆黑光芒。

「……喂，魔王大人的魔眼，叫做什麼名字啊？」

阿貝魯猊攸就像是忽然想到似的問道。

「問名字是要做什麼？」

「就只是有點想知道喔。」

「我命名為『混滅魔眼』。」

「哼~這是什麼意思啊？」

「是作為混沌的毀滅。這雙魔眼的力量雖是以毀滅為本質，但完全是作為混沌存在。不論再怎麼窺看，就連我也無法看見全貌。即使想要確認，要是完全開眼的話，世界就會承受不住。」

連不滅之物都能毀滅之力。就連這種力量，都只是從「混滅魔眼」溢出的餘波。儘管想見識真正的力量，光是剛要睜開魔眼，世界就會逐漸崩潰，開始陷入混沌。要是睜開眼的話到底會發生什麼事，即使是人稱暴虐魔王的他都不想去確認。

因此，這股力量是在壓抑到極限之後放出的。藉由這麼做，讓「混滅魔眼」發出毀滅秩序的力量。

「真是危險的魔眼呢。」

「假如沒自信的話，要先中止嗎？」

「怎麼可能。因為是魔王大人難得說要給我的，所以我要收下喔。」

靜靜地把臉靠近，破壞神與魔王讓右眼與右眼輕輕重疊。滅紫之光與闇色光輝混合在一起，升起了魔力粒子。

「我說呢，魔王大人。」

阿貝魯猊攸以平穩的語氣說道。

「從你第一次注視著我的時候開始，我就覺得有各式各樣的意念從這裡溢出了喔。」

祂以纖細的指尖碰觸左胸。

「總覺得我好像明白了各式各樣的感情，還有以前所不知道的心情。這雙神眼從前只會映入絕望，讓我感覺世界很悲傷，一直在哭泣著。」

混合起來的光，被吸進了彼此的身體裡。兩人緩緩地讓身體分開。阿諾斯的右眼有著漆黑神眼，阿貝魯猊攸的右眼有著染成滅紫色的魔眼。

「不過，並不是這樣吧？如果是你的魔眼，就能看見不同的事物嗎？雖然我不知道，不過，你說過會幫我實現願望對吧？」

「咯哈哈，在輸了比賽後，竟然還打算要我幫祢實現願望啊。」

阿貝魯猊攸愣了一下。祂以純真的眼神問道：

「哪裡好笑了？」

「沒什麼，老實是件好事喔。」

阿貝魯猊攸眨了眨眼睛，調整著魔眼。將魔力從右眼移到左眼上，讓祂的雙眼染成了滅紫色。然而，眼睛的深淵卻沒有浮現闇色十字。

「奇怪……？無法變成跟魔王大人一樣的魔眼耶……」

「因為是一分為二，所以就變成這樣了。短時間的話，或許能使出原本的力量，但從祢身上得到的『終滅神眼』幾乎失去了秩序。」

我將右眼上的神眼魔力移到左眼，作為「終滅神眼」象徵的闇色日輪就消失了。

相對地，阿諾斯的雙眼上畫出了魔法陣。他一在手上使出「魔炎」，就瞪過去消除掉。

「唔，毀滅之力減弱了，但作為反魔法堪稱無與倫比。容易控制，似乎很方便啊。」

「那是跟『混滅魔眼』相比的情況吧？」

阿諾斯就像是肯定似的笑了。

「就命名為『破滅魔眼』吧。」

「這邊呢？」

阿貝魯猊攸指著自己染成滅紫色的魔眼。

「叫『滅紫魔眼』就好了吧。」

「根本沒變嘛。」

破壞神眨了眨眼睛，切換魔眼。染成滅紫色的魔眼漸漸恢復成原本的顏色，這次是上頭畫出了魔法陣。是「破滅魔眼」。祂忍不住「呵呵」笑起。

「一樣了呢。」

阿貝魯猊攸開心地微笑起來。

「啊，對了，所以呢。雖是方才的後續……要是能實現的話……」

祂就像想起來似的說道：

「這次我想試著一面走在地上，一面以魔王大人的魔眼去看悲傷以外的事物喔。」

祂帶著如花朵綻放般的笑容，注視著希望。

「去看這個世界在笑的模樣。」

§18 【相似精靈】

確認原本在尼腓烏斯高原上的神門消失後，我們再度造訪了雷谷利亞家。

「……嗯……還是想不起更多的事耶……」

莎夏按著腦袋說道。醉意也清醒了一點的樣子。

「又不得不借助酒力了嗎？」

「嘻嘻，莎夏妹妹，妳這完全是爛醉鬼的台詞喔。」

艾蓮歐諾露就像在捉弄她般說道。

「有意見嗎？這是也沒辦法的吧，誰教我喝了酒就能回想起來。」

「不過，原來是這樣呢。阿諾斯弟弟的『破滅魔眼』居然是從莎夏妹妹那邊轉讓過來的，我嚇了一跳喔。」

艾蓮歐諾露一臉悠哉地豎起食指。

「我還以為是從阿諾斯弟弟身上遺傳過來的。」

「哎，莎夏現在擁有的『破滅魔眼』，即使說幾乎是從我這邊遺傳到的也行。」

我這麼說，艾蓮歐諾露就一臉愣然地看了過來。

「咦？不是破壞神阿貝魯猊攸將『終滅神眼』給了阿諾斯弟弟一半，力量減弱的魔眼就成了『破滅魔眼』嗎？」

「就過去看到的情況，我所擁有的『破滅魔眼』是破壞神的右眼。然而，左眼並不是由莎夏所擁有，而是變成了德魯佐蓋多。連同『混滅魔眼』的右眼一起。」

「啊──也是呢。現在的莎夏妹妹不只是想不起來記憶，是不是也沒有破壞神的秩序啊？」

「……好像是這樣呢。雖然要是像方才那樣經由理滅劍的話，就能暫時從德魯佐蓋多上頭借用原本的力量……？」

即使如此，也跟本來的力量相距甚遠。要發揮真正實力，就必須讓破壞的秩序在這世上復甦。也就是說，要解開德魯佐蓋多的封印，讓破壞神恢復原本的姿態。但要是這麼做的話，就會讓死亡與毀滅再度在世界上蔓延開來吧。

「神的軍隊。」

米夏拘謹地舉起手。

「沒有毀滅？」

「……大概……沒有吧。因為阿諾斯強行打開了那扇門，所以那個或許不是軍隊的全部戰力。」

雷伊這樣答道。

「或者就跟守護神一樣，說不定是要多少就有多少呢。」

辛靜靜述說著。軍神佩爾佩德羅率領著軍隊，跟掌管其他秩序的神有些不太一樣。祂具有近似守護神的特性——這種推測也未必是錯的吧。

「祂說了世界會被戰火籠罩呢……」

暫時恢復成平時姿態的米莎，露出不安的表情。

「因為是阿諾斯大人，所以輕易打倒了，但要是城市或村莊被那個軍隊襲擊的話？」

「事態會變得很嚴重喔！」

艾蓮歐諾露就像同意似的喊道，莎夏接著說道：

「那些傢伙，沒有被『灰燼紫滅雷火電界』全滅呢……」

祂們擁有著讓魔法砲擊變成石頭的術式，以及讓多數勝於少數的秩序。其他人要擊退祂們，就只能增加戰鬥的人數，以多數對抗多數了。而這樣會相對地讓死者增加，令戰火擴大吧。

「向迪魯海德的全魔皇傳達，要他們去尋找神門。也通知亞傑希翁、阿蓋哈、吉歐路達盧與蓋迪希歐拉吧。」

要是神族計畫著要向地上進軍的話，神門就不一定只有那一道。也有可能那個軍隊是先遣隊，進攻主力的神另有其他。特別像是魔眼看不到的龍域，或是雷雲火山那樣魔力場紊亂、形成天然結界的土地等等，還是作為警戒區域會比較好吧。我先將這種內容的「意念通訊」傳送給七魔皇老。

「阿哈魯特海倫也警戒一下會比較好。」

我向蕾諾說道，她就點了點頭。

「我會先提醒大家注意喔。也有孩子很擅長找這種東西，我想是沒問題的。」

「一旦找到神門就立刻撬開，殲滅軍隊。不過，要是跟辛預想的一樣，祂們要多少就有多少的話，就必須採取其他策略了。」

「你說策略，是要怎麼做？」

莎夏問道。

「例如闖進神界，找出產生秩序的軍隊的魔力源並截斷之類的。」

「哇喔……與其說是策略，這就單純是訴諸武力喔……」

艾蓮歐諾露忍不住半傻眼地說道。

「哎，總之要先找出神門。」

「那接下來就由我們去找嗎？」

「這件事交給其他人，我們去找莎夏的記憶吧。」

秩序的軍隊也能說是破壞神的替代品。了解兩千年前的阿貝魯猊攸，說不定能得到祂們的情報。應該毀滅之人沒有毀滅，所以軍神要為世界帶來戰火。只要能設法解決這部分，神就應該不會再入侵地上了。

「就是這樣，蕾諾。過去曾是破壞神阿貝魯猊攸時的回憶，會讓莎夏回想起記憶的樣子呢。我想說要是有能派上用場的精靈在會很方便，所以才來的，怎麼樣？」

「記憶與回憶啊……稍等我一下喔，我現在就想看看……」

蕾諾一面嘀咕著精靈的名字，一面沉思起來。

「啊……或許有喔……？不過，就不知道實際上會怎樣了……」

「無妨。是怎樣的精靈？」

「是叫做相似精靈佩坦喔。佩坦很特別，不論是誰看到，都會覺得以前曾經有見過牠喔。」

又是個古怪的精靈啊。

「因為是不論身在何處，不論是誰都能遇見的精靈，所以有我在的話，馬上就能見到喔。跟我來。」

我們跟在蕾諾身後，離開了雷谷利亞家，就這樣沿著樹葉茂密的散步步道走去。

「佩坦的傳聞與傳承，果然是有點奇特呢。」

蕾諾一面走著，一面向我們說明。

「據說要是跟牠待在一起，就會遭遇到似曾相識的第一次經驗。這是叫做什麼來著啊，這種現象，那個……？」

「既視感？」

米夏說道。

「啊，就是那個。是既視感喔。所謂的既視感，就是明明是第一次，卻會覺得曾經在哪裡看過、體驗過對吧。你們覺得這是為什麼？」

米夏眨了眨眼睛，歪頭苦惱起來。

「為什麼？」

「我想就只是錯覺吧。」

我一說道，蕾諾就點了點頭。

「嗯，沒錯。就跟阿諾斯說的一樣，大概就只是錯覺喔。不過呢，既視感有著這種傳聞喔，說那是在看到早已遺忘的前世經歷時的感覺。」

原來如此。

「因為這終究是既視感的傳聞，不是佩坦的傳聞與傳承，所以關係有點遠，並不是確實的事。不過，傳聞會給予精靈力量。所以跟佩坦在一起時所感受到的既視感，當中說不定真的有曾在前世經歷過的事情喔。」

「似乎值得一試啊。」

「對吧！」

蕾諾指著眼前。花草長得很茂盛。

「瞧，就在那裡喔。佩坦。」

擺在那裡的竟然是一只長靴。就只有右腳，到處都看不到左腳的長靴。

「嗯——那是精靈嗎？」

「……看起來……像是長靴……！」

艾蓮歐諾露與潔西雅十分好奇地靠近長靴。於是，一隻老虎寶寶就突然從長靴裡探出了臉。

「……是……老虎……！」

潔西雅帶著滿面的笑容說道。

「唔，還真是不可思議啊。確實是覺得好像在哪裡見過。」

全身穿著長靴的老虎寶寶佩坦張開前腳，抓著天空。就連這種神祕的動作，都莫名地覺得似曾相識。

「莎夏。」

她點了點頭。艾蓮歐諾露與潔西雅退開一步，莎夏接近了佩坦。接著，長靴就蹦蹦跳了起來，眼看著離莎夏越來越遠。

「咦？等、等等，為什麼要逃啊？」

莎夏連忙追上去。

「我想大概是要帶你們到能感到既視感的地方喔。」

「那麼，之後這邊會進行各種嘗試。辛，你就跟蕾諾一起前往阿哈魯特海倫，尋找位在精靈界的神門吧。」

辛在我面前倏地跪下，低頭說道：

「感謝吾君的寬宏大量。」

「要是有什麼不清楚的事，就發『意念通訊』過來喔。」

在與揮著手的蕾諾與辛分開後，我們就追上了莎夏。要是太過接近，說不定就會抵達我或米夏等人的既視感，所以我們一面遠遠看著，一面走在大街上。不久後，佩坦來到了魔王學院。進到城堡裡，穿著長靴的老虎不斷往內部前進。由於牠在第二訓練場前停下，於是莎夏就把教室門打開了。

「呀……！」

裡頭響起聲音。艾蓮歐諾露從門口探頭看向了室內。

「咦？是留校妹妹喔？」

娜亞待在訓練場裡，一副被突然闖入的莎夏與佩坦嚇到的樣子。

「咕嚕嚕嚕——」在她懷中的托摩古逸，兩眼發光地看著穿著長靴的老虎。看起來就像是在猶豫那能不能吃一樣。

「明明是放假，怎麼了嗎？」

莎夏問道。

「熾死王老師說他有空的時候會來教我讀書。啊，不過，我們並不是約好了……由於忙的時候不會過來，所以老師今天說不定不會來……」

娜亞一面說著，一面有點慌張地把寫在黑板上的大量文字擦掉。

「哼──」

隨後，佩坦就突然停下了動作。娜亞不知為何就像逃跑似的離開第二訓練場。

「打擾了──啊，阿諾斯大人！」

離開訓練場的瞬間，娜亞在看到我的臉後，就像嚇到似的大叫起來。

「失、失禮了！」

她在低頭道歉後跑掉了。

「咦？她不是要等耶魯多梅朵老師嗎……？」

莎夏困惑地自問著。我朝佩坦看去，那個精靈依舊停下了動作，就像在說目標消失了一樣。

「唔，似乎是跟方才寫在那塊黑板上的內容有什麼關係啊。」

我從教室外對黑板畫起魔法陣。施展「時間操作」，將黑板的時間回溯了。

「嗯──那是昨天上課的內容喔？」

艾蓮歐諾露看著黑板說道。

「啊……」

莎夏叫了起來。黑板上除了上課時所寫上的魔法文字之外，還寫著耶魯多梅朵與娜亞的名字。就像覆蓋著兩人的名字一樣，上頭畫著陌生的術式。

「第一次見到呢。那是什麼？」

「愛情傘魔法陣。」

米夏淡淡地答道。

「雖然罕見，不過是粗糙的術式。看樣子似乎沒辦法發動魔法？」

在我將視線看向米夏後，她就點了點頭。

「是戀愛的咒語。」

「喔？」

「據說寫上名字的兩人會結合在一起。」

語罷，艾蓮歐諾露就轉過頭來，豎起了指頭。

「不過，用來捉弄感情好的兩人的時候比較多喔。」

「那大概是昨天放學後，她被朋友捉弄，畫上那個了啊。等到今天才想到自己忘記擦掉了吧。」

米莎說道。

「啊哈哈，所以才會慌慌張張地跑到學校來吧。」

「啊——非常有可能喔。愛蓮妹妹她們感覺就會這麼做。」

「……就是說啊……」

哎，雖然那個愛情傘魔法陣是娜亞的筆跡就是了。是她今天在這個訓練場裡畫上的吧。

咒語啊。還真是讓人莞爾。

「咚！」雷伊拍了我的肩膀。

「佩坦好像消失了呢。」

如他所說，穿著長靴的精靈宛如達成使命似的消失了。

「……這個……我有印象喔……」

莎夏喃喃自語。我走進訓練場問道：

「那個愛情傘嗎？」

「嗯。這個，最初是我畫出來的喔……惡作劇地……在兩千年前……」

莎夏這麼說完，就跑了起來。

「跟我來！」

我們尾隨著離開訓練場、以全力奔跑的莎夏，追了上去。她止步的地方，竟是地城的入口。掛在牆上的黑板，寫著利用地城的注意事項等訊息。莎夏以「破滅魔眼」瞪著那個黑板。

黑板在瞬間粉碎，露出了後方的古老牆壁。在那面牆上，就像塗鴉似的刻著愛情傘魔法陣。一眼就能看出是在相當久以前畫上的。

「果然……這是我……阿貝魯猊攸亂寫的塗鴉喔……」

「也就是說，在擴建黑板之前就畫在這面牆上的愛情傘記號，被當作是戀愛的咒語傳開了吧。」

愛情傘上的文字被事先削掉了，看不出本來寫著什麼。我對那裡施展了「時間操作」的魔法。

「等、等等，阿諾斯！你你你、你在做什麼啊！」

「只要知道本來寫了什麼，就能成為讓妳恢復記憶的線索。」

「是、是這樣沒錯……可是，這是、這是……所以……是我跟——！」

牆壁的時間回溯，阿貝魯猊攸的名字被刻在那裡。然後，另一個名字是——

「是我跟……咦……？」

——寫著米里狄亞。莎夏帶著打從心底感到疑惑的表情，看著寫在愛情傘上的兩個名字。米夏眨了眨眼，喃喃說出一句：

「阿貝魯猊攸原來喜歡米里狄亞？」

「騙人的吧！」

§ 19 【破壞神的塗鴉】

我對牆壁施展「時間操作」，讓時間更加往前回溯，但沒有愛情傘魔法陣以外的刻字。

「嗯——為什麼阿貝魯猊攸要畫這種塗鴉啊？」

一面露出疑惑的表情，艾蓮歐諾露一面向莎夏問道。

「就算妳問我，我也不知道啦……畢竟不記得了……」

「輪到……莎夏貝魯……登場了……！」

潔西雅滿臉得意地說道。

「……那是什麼？」

「就是這個。」

我從魔法陣中拿出葡萄酒，以魔力讓「創造建築」創造的玻璃杯飄在空中。我在杯裡斟了酒。

「結果還是要借助酒力啊……」

莎夏拿起玻璃杯，將葡萄酒豪邁地一飲而盡。在這瞬間——

「——有敵人！」

莎夏猛然回頭，將「破滅魔眼」朝向了無人之處。

「嘎！嘎叭叭叭叭叭叭叭叭叭叭叭！」

碰巧經過那裡、有著凝膠狀身體的狗儘管展開了反魔法，也還是「汪汪」地哀嚎叫著，倒在地上了。

「還真頑強呢。」

為了進行追擊，莎夏在眼睛上注入魔力。

「夠了，莎夏。那個算不上敵人。」

「嗯——可是，這傢伙有來找過阿諾斯的碴吧？」

莎夏口齒不清地說道。

「看清楚，那早就只是一條狗了。」

照我所說的，莎夏直直凝視著凝膠身體的狗。

「嗚、嗚～嗚～」

發出撒嬌的叫聲，那條狗朝著莎夏蹭過去——

「很噁心耶！」

「嘎！嘎！嘎叭叭叭叭叭叭叭叭叭叭叭……！」

凝膠狗澈底挨下「破滅魔眼」，在地上痛得滿地打滾。不愧是原本那個傢伙，相當耐打啊。

「那個，那是緋碑王基里希利斯嗎？」

「……是他呢。既然會在這裡，也就是說……？」

艾蓮歐諾露與米莎一面面相覷，就傳來「咯、咯、咯！」愉快的笑聲。伴隨著手杖撐在地上的「叩、叩」聲，戴著大禮帽的教師朝這裡走來。

「散步啊，散步，是在帶狗散步不是嗎？我在先前的戰鬥中得到了非常罕見的狗喔。目前止在校內檢證，牽繩的有效範圍是到哪裡呢。」

興高采烈地走來的是熾死王耶魯多梅朵。在經由魔眼看去後，能看到魔力牽繩從他手上的手杖伸出，綁在凝膠狗基里希利斯身上。

「果然，要養狗的話，與其讓牠完全隸屬於自己，不覺得用調教的會比較有趣嗎？」

「噠」地撐起手杖，凝膠狗基里希利斯就坐下了。就跟他說的一樣，調教得非常好的樣子啊。

「……哇喔……突然就問了等級很高的問題喔……！」

「……啊哈哈……因為是耶魯多梅朵老師呢……」

艾蓮歐諾露與米莎像這樣決定無視問題，潔西雅便毫不畏懼地舉手。

耶魯多梅朵將手杖猛然指向她。

「就聽妳說吧。」

「潔西雅……是貓派……！」

一旁的米夏就像在表示同意似的點了點頭。耶魯多梅朵一面「咯、咯、咯」笑著，一面把手杖輕輕收回後，基里希利斯狗就像是被魔力線拉走一樣，朝著他順從地跑過去。

「要變成貓，也不是做不到喔。」

耶魯多梅朵咧嘴一笑，用手杖刺了狗一下。

「……不要……！」

潔西雅盡全力地否定了。

「的確、的確。以貓來說，這傢伙一點也不可愛啊。」

耶魯多梅朵邊說邊朝我走來。

「對了對了，你來得正好。是叫做秩序的軍隊與神門吧。又發生了很有趣的事情不是嗎？哎呀哎呀，該說真不愧是魔王吧。還來不及休息，就接二連三地吸引來愉快的東西。」

他停在我面前，「咚」地撐起手杖。

「有一件事讓你知道姑且會比較好，要聽嗎？假如很忙的話，我就先去處理了？」

「說吧。」

熾死王愉快地揚起嘴角，開始說明。

「神門的事情已經經由梅魯黑斯，通知迪魯海德各地的魔皇了。此外，在轉告地底世界的三大國後，吉歐路達盧教團、阿蓋哈龍騎士團就說會立刻著手調查。蓋迪希歐拉那邊，由於魔王的妹妹碰巧在那裡的樣子，所以據說是跟霸軍的禁兵們一起出國去找神門了。」

他們全是優秀的人才。魔眼之力也無可挑剔。要是神門在某處構築起來的話，立刻就會發現吧。

「這樣的話，問題當然就是過去的仇敵——亞傑希翁了。包含魔導王的事情在內，那個國家有點陷入混亂的樣子喔。據說是表示他們難以分派寶貴的人才，去尋找連是否存在都無法確定的神門呢。儘管好像能派出中隊規模的士兵去調查，不過，哎呀哎呀。」

就像在享受麻煩一樣，耶魯多梅朵從喉嚨發出「咯咯」笑聲。

「就算再怎麼恭維，魔眼也無法說很好吧？」

熾死王用手杖指著我，大大地點了點頭。

「你說得沒錯。」

就連在尼腓烏斯高原上形成約五公里長的神門，普通人都沒辦法看見了。

魔眼不好的人員不論動員得再多，都不會有成果的。

「艾米莉亞怎麼了？」

「咯咯咯，傷腦筋的是，據說那個女人也正在參與勇議會的重要審議呢。是針對各國軍隊與勇者學院，在面臨戰爭或災害時的職責與指揮系統進行協商。她好像是說，假如這件事丟著不管也無所謂的話，立刻就能採取行動的樣子？」

要是沒有顯而易見的威脅，就無法行動嗎？議會裡也有著能好好判斷的人吧，但勇議會的判斷是以多數決來決定。也就是說，多數人判斷沒必要為了尋找神門，耽擱到事關國家營運的重要審議啊。

艾米莉亞要是不參加審議的話，就是由剩下的人來決定在戰爭與災害時的應對。而他們絕大多數，都是判斷沒必要分出人手去尋找神門的人。

「就像個可怕的笑話不是嗎？」

宛如看穿了我的內心一樣，耶魯多梅朵這樣說道。混亂到沒有餘裕考慮外敵的程度啊。畢竟是要改變至今以來的國家型態。在組織穩定到某種程度之前，這也是沒辦法的事。

「我就去一趟吧。」

雷伊說道。這是最妥當的吧。要是勇者加隆親自前往的話，也會有人願意提供協助吧。

「也帶米莎過去。這邊就只是要找記憶而已。」

雷伊點了點頭。

「那我們出發了喔。如果是真體的話，就算要澈底找遍整個亞傑希翁，我想也用不著多少時間。」

「要是每個地方都要我們去找可沒完沒了。先把尋找方法教給有希望的人吧。」

「我會這麼做的。」

雷伊邊微笑說完，就牽起米莎的手。兩人一起轉移離開了。

「好了，莎夏。看到這個塗鴉，妳有想起什麼嗎？」

「……嗯——」

莎夏直直注視著刻著愛情傘魔法陣的牆壁。「嗯——」她再度呻吟，歪頭苦惱起來。

「…………好像寫了很多喔……很多……想說既然要變成城堡……所以就……」

莎夏宛如恍然大悟般的指向牆壁。

「喂。這個，不是地圖嗎？」

她所指的地方上什麼都沒有畫。就算用魔眼透視，好像也沒有擴建的部分。

「上頭什麼都沒畫喔？」

艾蓮歐諾露將魔眼朝向牆壁。

「才沒這回事呢。請仔細看好了。瞧，就在這裡喔。」

「嗯——在哪裡啊？」

艾蓮歐諾露把臉靠向牆壁。就在這時，牆壁以驚人的速度「嘎嘎嘎嘎嘎嘎」地開始刨削起來——是莎夏的眼睛浮現出「破滅魔眼」在削著牆壁。那個破壞的痕跡，漸漸地畫出了地圖。

「這下妳明白了嗎？」

「還說什麼明不明白，莎夏妹妹，這是妳剛剛自己畫的喔！剛剛畫的！快看看妳的魔眼！」

「自己的魔眼自己是看不到的喔。妳這話還真奇怪呢。」

「變得好像是我很奇怪了喔！」

無視艾蓮歐諾露的提議，莎夏在牆上畫好了地圖。

「……地城的？」

米夏問道。

「看來是這樣。」

莎夏轉了一圈，朝向我。

「關於阿貝魯猊攸所畫的這張地圖，我就試著推理一下吧。」

莎夏在以非常認真的表情說道後，潔西雅的眼睛就閃閃發光起來。

「是名偵探……莎夏貝魯……！」

受到潔西雅的稱讚，莎夏一副很開心的樣子。

「在兩千年前，我說不定也曾被人這樣稱呼過呢。」

「我想絕對沒有喔……？」

艾蓮歐諾露嘀咕說道。

「能安靜一點嗎？就在方才，我已經明白這次事件的全貌了喔。」

莎夏讓魔眼亮了一下。

「犯人就是我喔！」

「聽不懂妳在說什麼喔！」

「只要按照這張地圖將魔王城的地城重新構築的話，就能找到我在兩千前寫下的塗鴉。

那是我想在之後魔王大人找到時讓他嚇一跳，所犯下的犯行喔。」

莎夏將視線看向地城的入口。

「只要像這樣，將地城重新構築的話。」

莎夏莊嚴地敞開雙手，緩緩地抬起。於是——

「………………」

不過，什麼都沒有發生。

「……只要像這樣，將地城重新構築的話……」

重說一次，莎夏再度敞開雙手。不過，地城依舊毫無反應。

「嗚——阿諾斯，這個地城明明是我，卻一點也不聽人家的話啦……明明是我，明明就是我……」

莎夏狠狠地、狠狠地瞪著眼前的地城。想當然耳，什麼事都沒有發生。

「當然了。現在是我的東西啊。」

我「咚」地輕輕踏響了地板。「轟隆隆隆隆隆隆隆」地響起激烈的聲音，魔王城開始震動起來。我按照莎夏所畫的地圖，將地城重新構築了。經過一分鐘左右，震動平息下來。

「走吧。要是找到那個什麼塗鴉的話，說不定又能回想起記憶了。」

在我踏出一步後，「沙——」感到了耳鳴。從根源的深奧，響起讓人毛骨悚然的聲音。

『要是知道的話——』

伴隨著雜訊，那傢伙說道：

『……要是知道的話，你將會後悔吧。』

「唔，又是你啊。」

『你沒有救祂。沒有拯救。在這裡回頭是最好的道路。無知正是祂所獲得的獨一無二的幸福。』

「你說的祂，是指阿貝魯猊攸嗎？」

『想奪走的話，就前進吧。不過，千萬別忘了啊。』

一面讓「沙——」的雜音響起，那傢伙一面說道。

『在這前方，祂將會再度知道現實。』

「沙、沙沙、沙——」腦中響起的雜訊，聽起來就像是在嘲笑我一樣。

『因為世界是絕對沒有在笑的。』

§ 20 【熾死王的假說】

根源深處響起的那道毛骨悚然的聲音逐漸遠去，不久後連雜訊也消失了。

「咯、咯、咯，方才的聲音是格雷哈姆的餞別禮嗎？」

用雙手拿著手杖，熾死王愉快地咧起嘴角。他是以天父神的神眼窺看我的深淵，聽到響起的聲音了吧。

「哎呀哎呀，只不過啊。就我看來，那個男人虛無的根源，如今也仍受到魔王的根源持續毀滅。居然連無都能輕易毀滅，咯咯咯，簡直就是魔王不是嗎！深不可測的深淵、深不可測的力量，就連這雙天父神的神眼也看不清你的一切。」

「噠」地撐起手杖，他說道：

「暴虐、暴虐、暴虐不是嗎！就連在作為世界秩序的神之前，你也仍然作為暴虐的存在君臨天下。」

「咯、咯、咯。」熾死王很高興地笑了起來。不是因為魔王的力量深不可測。這種事他早就知道了吧。

「儘管如此，卻有聲音在你的根源裡響起，這是怎麼一回事啊？」

「天曉得。現在知道的，頂多就是這傢伙跟神族有關。」

創造神米里狄亞、破壞神阿貝魯猊攸、軍神佩爾佩德羅。那傢伙在向我搭話時，說的全是關於神的事情。

「或者，說不定就是命令秩序的軍隊進軍的人。」

「原、來、如、此！」

大概是聞到危險的味道吧，熾死王非常高興地揚起嘴角。

「也就是說，聲音的主人是神族方的王啊。咯、咯、咯，啊啊，真的太棒了不是嗎！」

耶魯多梅朵大大地敞開雙手，以誇張的動作說道。

「在秩序被魔王不斷地蹂躪之下，沒想到，終於連神界的支配者都只能現身了啊！」

「目前不清楚。說到底，神族應該沒有王。就連創造世界的創造神米里狄亞，都不是能命令其他神的立場。天父神諾司加里亞也不過是讓秩序誕生的秩序，就像這種秩序的齒輪。」

神族就只是構築著這個世界的秩序，不像魔族或人類這樣有著支配者。每一尊神就只是依循著每一尊神的秩序，採取行動而已。

「確實是連諾司加里亞都不曾提過神王的事呢。」

「嗯──那會不會是最近才誕生的啊？像是在諾司加里亞毀滅之後，這樣如何？」

艾蓮歐諾露說道。

「是有這種可能性吧，但要是這樣的話，那傢伙的語氣卻意外地像是打從以前就知道破壞神的事情一樣啊。米里狄亞的事情也是這樣。」

「因為是王的秩序，所以知道其他神的事情？」

米夏這樣述說著。也就是天生就擁有其他神的情報啊。

會是如何呢？

「假如至今未曾誕生的秩序誕生了，應該會對世界造成某種影響。更別提若這是神王──秩序的支配者了。比方說，擁有天父神秩序的耶魯多梅朵，似乎就可以感受到吧？」

燼死王大大地聳肩。是天父神的秩序沒感到任何影響吧。

「那麼，就只是天父神與創造神都不知道而已，這樣如何？」

耶魯多梅朵說道。

「創造世界的創造神與讓秩序誕生的天父神都不知道嗎？這只是能說得通，但這種人真的能稱為支配者嗎？」

「要是那個神族的王，奪走了創造神與天父神的記憶的話，如何？」

「唔，為了什麼？」

「咯、咯、咯，蠢問題、蠢問題，這是個蠢問題不是嗎？當然是為了不讓可怕的神族之敵──暴虐魔王阿諾斯．波魯迪戈烏多察覺到自己的身分啊！」

不論是諾司加里亞，還是佩爾佩德羅，神族確實敵視著擾亂秩序的我。

「如果要隱瞞身分的話，為何事到如今還跑來接觸我？」

「也就是說，事態演變成不得不表明身分的狀況了，難道不是這樣嗎？」

「意思是祂打算親手解決我？」

耶魯多梅朵咧嘴笑了。

「就本熾死王猜測，格雷哈姆知道那個神族之王不是嗎？」

大致猜到他想說什麼了。

「你是想說正因為他知道，所以才會改造選定審判，說出要創造出『全能煌輝』艾庫艾斯這種話嗎？」

「沒錯、沒錯，就是這樣。格雷哈姆意圖隱瞞你神族之王的存在，還曾讓狂亂神亞甘佐作為夥伴，就算他利用神族，制定了危險的計畫也不足為奇。」

「簡單來說，也就是說他跟那個神族之王聯手了啊。」

他將手杖前端指著我說道：

「沒錯。」

熾死王再度撐起手杖，一面「咯噔咯噔」敲響地板，一面走了起來。

「只要創造出『全能煌輝』艾庫艾斯，神族之王所做的一切，都會像是艾庫艾斯所為。神族之王是打算一面以格雷哈姆與艾庫艾斯作為遮掩，一面將暴虐魔王逼入絕境。當然，格雷哈姆也打著要利用神族之王，達成自身目的的主意。」

「由於格雷哈姆敗給了我，所以讓那個計畫落空了嗎？」

就算失去了遮掩，也不覺得祂會改變毀滅我的目的。所謂的神族，往往都不知變通。

「咯、咯、咯，變得相當可疑了不是嗎？要是神族之王、秩序的支配者存在的話，那就不是只要注意敵人就好的情況了吧。因為那傢伙很可能有著命令神的權能啊！」

熾死王停下腳步說道：

「也就是說，會有出現背叛者的可能性。」

他放開手杖，一面讓手杖在空中轉動，一面接著說道：

「破壞神阿貝魯猊攸、創造神米里狄亞、未來神娜芙妲、作為代行者的亞露卡娜，都會是候補吧。作為秩序的她們，不論自己的意志為何，都很可能加入神族方。只不過——」

手杖戛然而止，前端指著熾死王。

「當中最有力的候補，就是篡奪了天父神秩序的我啊！」

「就只是假說。」

在我一口否定後，他就說：「是這樣嗎？」哎，關於燬死王，就算沒有什麼神族之王存在，只要有機會的話，就會很愉快地背叛我吧。

「你的話就只能聽進一半啊。無法保證你沒有一面遵守與我的『契約』，一面計劃要背叛我。」

「是在說我假裝有神族之王存在，並試圖背叛你嗎？哎呀哎呀，怎麼會怎麼會，這麼狂妄的事，我連想都沒想過啊。」

耶魯多梅朵彷彿裝傻一樣地說道。就算他真的打算背叛也會這麼說吧，即使沒有也會這麼說。棘手的男人。

「姑且不論我會不會背叛這種小事，只不過，要是這麼想的話，就能理解米里狄亞奪走你記憶的事了不是嗎？嗯？」

「有米里狄亞以外的意志介入，是很有可能的事。」

就目前來說，米里狄亞並沒有將關於阿貝魯猊攸的記憶從我身上奪走的理由。不限於神族之王，要是有某人能干涉創造神之力的話，也能理解了。

在聽了我的父親——賽里斯・波魯迪戈烏多的遺言後，米里狄亞決定從我身上奪走關於他的記憶。在這個瞬間介入，連同她不打算奪走的記憶也一起奪走了。假如是事後得知此事的米里狄亞將記憶的提示留在創星裡的話，事情就說得通了。

「……要和米里狄亞戰鬥……？」

米夏喃喃問出這一句。

「哪怕熾死王的假說是事實，也不會變成這樣。」

如果喝醉的莎夏所說的話是真的，米夏就是創造神的轉生。她也會感到不安吧。

「放心吧。不論發生什麼事，妳都是我的部下。只要不是妳想離開的話。」

米夏淺淺微笑，毫不遲疑地說道：

「哪怕根源毀滅，我也會陪在阿諾斯的身旁。」

「答得好。」

我這麼說完，朝著她回以笑容。

「好啦。那就走吧。好像說在這前方會知道什麼現實，還真是無聊。就快去揭穿真相，把這變成笑話吧。」

我們走進地城。

「對了，耶魯多梅朵。你可以不用來。就跟梅魯黑斯一起指揮神門的探索吧。」

「就算在地城裡也做得到吧？」

「要遛狗是很好，但既然是魔王學院的教師，好歹去照顧一下前來自習的學生吧。」

「咯、咯、咯。」耶魯多梅朵笑了起來。

「看不懂、看不懂，完全看不懂啊。因為在這種狀況下，向本熾死王發出的命令，居然是要我致力於教育啊。在想什麼？認為要是進去地城的話，恐怕會沒辦法立刻回來，所以想把戰力留在這裡嗎？還是說，這裡頭有什麼被我看到會很困擾的東西嗎？」

「沒什麼，娜亞等你很久了啊。」

在這瞬間，耶魯多梅朵瞪圓了眼。然後，露出非常愉快的笑容。

「也就是說，這件事微不足道啊！很好，很好喔！這就對了，這樣才是暴虐魔王啊！你總是回應我的期待！」

他一面抖著肩膀笑，一面停下腳步。

「對了，說到秩序的軍隊，那個非常危險啊。」

熾死王朝著我的背後這樣說道：

「目標不是魔王，而是要在世界上散布戰火，這還真是傑作。如果是找上自己的敵人就能輕易解決，但要是世界被盯上的話，要守護也會非常辛苦不是嗎？」

耶魯多梅朵一面說著，一面轉身離開。

「假設秩序的軍隊朝著世界各地進軍了，只要你的部下裡有背叛者的話，戰火就會在瞬間擴大。在面對大量人民的死亡、部下的死亡時，魔王究竟會展現出怎樣的力量啊。光是想像就讓人雀躍不——已呃唔唔唔……！」

一面陷入呼吸困難，耶魯多梅朵一面雀躍不已。

「咯咯咯……必須得努力不讓事態變成這樣呢。對吧，不適任者。」

在我回頭後，背對過去的他，就用手杖指著我的臉。

「別擺出這麼可怕的表情，就只是開玩笑的。」

在這麼說後，熾死王就朝著地城的入口走回去。

「哎呀哎呀，接下來究竟會發生什麼事啊。危險、危險，危險啊。」

§21 【飄浮在夢與記憶裡的城堡】

德魯佐蓋多的地城。沿著掛在牆上的魔法火把發出昏暗光芒的通道，我們向前走著。帶頭的是莎夏。她還是一樣踏著搖搖晃晃的步伐，一下往那邊走過去再折返回來，一下往這邊走過來再轉身離開，漫無目的地走來走去。

「我想是在這附近……」

口齒不清地喃喃自語著不知是第幾次的話語，莎夏一面不加思索地迷路著，一面在地城裡一個勁地前進。

「啊，找到了！」

大概是發現到了什麼，莎夏筆直跑了過去。

「莎夏。」

就在米夏像是擔心她一樣地叫喚時，她就「啪咚」撞上了盡頭的牆壁。

「嗚——明明是牆壁卻不讓我通過嗎……？」

莎夏詢問著牆壁的存在意義。莎夏淚眼汪汪瞪著前方的臉，被艾蓮歐諾露探頭看著。

「話說回來，莎夏妹妹是找到了什麼啊？」

「什麼……？」

不知為何，莎夏一臉不可思議地反問著。

「妳方才說了『找到了』喔？」

莎夏按著頭。

「……我是破壞神喔……」

「嗯，我知道喔。」

「破壞神是遵從著破壞的秩序。」

「所以說？」

「……撞到頭，讓記憶被破壞掉了喔……」

「……哇喔……」

艾蓮歐諾露傷腦筋地苦笑起來。

「我……找到了……！」

潔西雅蹦蹦跳了起來。大家一把視線看過去，她就挺胸指著牆壁的一角。那裡刻著細小的文字。

——在轉生成魔族之後，我一定會去見你的喔。

——只要看到這雙魔眼，你就應該會注意到是我。

——就算沒有記憶，我也會找到你。

——希望你能用我所給的那個魔眼，溫柔地回瞪著我。

——這份心情，我絕對會再度想起。

「情書嗎？」

艾蓮歐諾露在惡作劇地說道後，莎夏就面紅耳赤地露出了犬齒。

「才、才不是呢，才不是呢！這才不是情書啦！」

「可是，妳看嘛，阿貝魯猊攸愛上了魔王人人，就算會寫情書也不奇怪喔？」

莎夏的臉變得越來越紅，冷不防地跑走了。

「才不是啦————————啊嗚……！」

「啪咚！」她再度撞上了牆壁。

「……莎、莎夏妹妹，妳還好吧？」

「就只是塗鴉啦……沒有特別的意思啦……是一時鬼迷心竅啦……不准看啦……」

莎夏一面把臉壓在牆壁上，一面像這樣喃喃自語。

「就算妳這麼說，但這裡是莎夏妹妹帶我們來的……」

「嗚～艾蓮歐諾露欺負人……欺負破壞神，欺負破壞神啦……是因為我毀滅了許多東西的憎恨吧？對吧？」

「啊～我知道了，我知道了喔。有時會想要隨手塗鴉呢。」

艾蓮歐諾露以輕佻的語氣說道，安撫著莎夏。

「不過，既然不想被人看到的話，阿貝魯猊攸為何要留下那種塗鴉啊……？」

艾蓮歐諾露一面不解地注視著刻在牆上的文字，一面歪頭困惑著。

「沒有羞恥心？」

米夏說道。

「是吧。神族缺乏感情。破壞神雖然萌生了心靈，但沒有魔族或人類那麼豐富。外加上她愛上了戀愛，所以跟羞恥無緣，說不定是這樣吧。」

我這麼說完，莎夏就怨恨地朝我瞪來。

「別這麼在意，莎夏。前世是前世。不要被破壞神的前世所困住，妳只要活在現在就好。」

「我、我是活在現在啦！」

「那就好。」

語罷，莎夏就狠狠地朝我指來。

「魔王大人是冷感症啦！」

瞬間，地城陷入了一片寂靜。

「喔，我嗎？是冷感症啊。原來如此。」

「……怎、怎樣啦——？就算嚇唬我也是沒用的喔！冷感症就是冷感症！」

「沒什麼，我不怪妳。即使是我，也不覺得自己有著正常的感性。要不是這樣的話，不論我再怎麼貫徹信念，都不會被稱為暴虐魔王吧。」

「嗚……」

莎夏直直地瞪著我。
「才不是啦！才不是這樣啦！魔王大人雖然是冷感症，不過是好的冷感症啦！」
「嗯～？」
艾蓮歐諾露一副聽不懂她在說什麼的樣子歪頭困惑。
「……好的冷感症……是什麼意思啊……？」
潔西雅的雙眼上冒著問號。
我一將視線看過去，米夏就沉思起來，然後說道：
「阿諾斯是純真。」
我忍不住瞪圓了眼。
「咯。咯咯咯，咯哈哈哈哈哈！別逗我笑了，米夏。我要是純真的話，這世上就只有純潔之人了喔。」
「我是這樣想的。」
米夏以直率的眼神說道：
「莎夏也是。」
「好的冷感症，是純真的意思？」
我朝莎夏瞥了一眼後，她就往上瞪過來。
「因為阿諾斯太純真了，讓她有點心煩而已。」
「唔，說得還真好聽呢。哎，我不是要否定妳的想法，但是不是有點誇大其詞了？」

「妥當。」

看她毫不遲疑地回答，有種被攻其不備的感覺。或許是因為她很純真，所以才能看見在我心中的那份純真吧。只不過，哎，純真啊。還真是傑作。

「儘管很難為情，但既然米夏這麼說的話，我就心存感激地收下吧。」

在這樣傳達後，她就點了點頭，微笑起來。

「嗚——怎樣啦。太狡猾了，就只有米夏。我的冷感症就不願意收下嗎？」

「莎夏妹妹，妳是想把什麼東西給人啊！」

艾蓮歐諾露宛如很驚訝地叫道。

「咯哈哈，無妨。好啊，莎夏。既然妳說要給我的話，我就感激地收下吧。」

莎夏突然表情一亮，朝我指來。

「是好的冷感症喔！」

她轉向前方，再度走了起來。

「我，先走了喔。覺得還寫了很多——啊嗚……」

「啪咚！」莎夏再度撞上牆壁。

「從方才開始，莎夏妹妹是在做什麼啊！」

「……是……撞牆遊戲……！」

艾蓮歐諾露和潔西雅說道。

「該不會，莎夏是想去這前面嗎？」

「前面？」

米夏歪頭困惑。

「以前有做給妳們看過吧。就是這麼一回事。」

我踏步走出，連同身體一起撞進牆壁裡。就這樣往裡頭走去後，牆壁就「砰」的一聲被撞壞了。

「那個，阿諾斯弟弟？你這是在做什麼啊？」

「是隱藏通道。」

「完全聽不懂你在說什麼喔！」

艾蓮歐諾露儘管這麼說，也還是跟在「砰砰砰砰砰！」地不斷撞破牆壁的我身後。我們很快就穿過牆壁，來到了其他通道。

「看。」

米夏伸手指著。在通道的牆上刻著各式各樣的塗鴉。

——等到轉生之後，要去做什麼事呢？

——果然是酒吧。

因為神族不會喝醉，所以盡情地喝醉喔。

——要盡情地睡過頭，在床上享受睡懶覺的滋味。

——然後，要交很多的朋友喔。

因為是魔族，所以只要很強的話，大家就一定會跟我好好相處吧。

——魔王大人想必會很不習慣和平吧，真是沒辦法，就讓我來幫他一把吧。

——話說回來，魔王大人會好好發現到這個嗎？

——就算難得塗鴉了，要是沒被發現到的話也很空虛呢。

「總覺得，好像寫了很多不得要領的事喔。」

沿著通道前進，艾蓮歐諾露一面看著刻在牆壁上的文字，一面說道。

「阿諾斯也是第一次看到？」

我點頭回應米夏的詢問。

「只有將地城以這種形狀形成時，刻上的文字才會連在一起，變得可以閱讀的樣子。在其他形狀時，就只會是尋常的刮傷吧。」

因為並不是帶有魔力的機關，所以就算用魔眼看也不太能發現到。就跟莎夏說的一樣，只是亂寫的塗鴉。

「有想起什麼嗎，莎夏？」

「……嗯～想起來……感覺就快想起來了……？」

莎夏一面喃喃自語，一面眼花撩亂地讓視線追著刻在牆上的大量塗鴉，同時往前方走了過去。

「啊——」

再度走到通道的盡頭了。

「走到底了喔。」

一旁的牆壁上，就跟之前一樣刻著亂寫的塗鴉。

——我

——在轉生後，不論會迎來怎樣的結局，唯獨這件事我可以保證喔。

——謝謝你。

——在最後，我有件事要先跟你說喔。

——喂，魔王大人。

「嗯？」

艾蓮歐諾露來回看著牆壁。只不過，到處都沒有這段文字的後續。亂寫的塗鴉中斷了。

「沒有後續喔？」

用指尖抵著下巴，艾蓮歐諾露一臉疑惑。

「又是隱藏通道嗎？」

「……不是……隱藏通道……！」

潔西雅眼睛閃閃發光地說道。

「潔西雅……知道……！」

「嗯～？為什麼潔西雅會知道啊？」
「在夢中……看到了！潔西雅的妹妹……的夢……！」
她滿懷期待似的激動起來，緊緊握住雙手。
「啊——是這樣啊。那在潔西雅的夢裡是怎樣呢？」
像是要陪她玩的感覺，艾蓮歐諾露溫柔地問道。潔西雅指著頭上。
「後續在……空中……！城堡飛上天空……在那裡，潔西雅會遇到妹妹……！」
「這樣啊。不過，因為這座城堡是德魯佐蓋多，所以說不定跟潔西雅作的夢有點不同喔。」
「不。」
我的否定讓艾蓮歐諾露轉頭看來。
「潔西雅說她在夢中遇到的那個妹妹，說不定真的存在。」
「咦？」
我當場畫出魔法陣。漆黑粒子在地城裡升起，密密麻麻地不斷寫上魔法文字。是作為立體魔法陣的德魯佐蓋多即將現形了。
「飛吧。」
「轟、轟、轟、轟、轟！」德魯佐蓋多發出沉重聲響，劇烈地震動起來。就像是發動了「轉移」的魔法一樣，眼前才剛染成純白一片，下一瞬間，原本是盡頭的牆壁對面就變成天空了。

「是……天空……！」

潔西雅開心地說道。

「轉移了？」

「是啊。我在密德海斯留下替代的魔王城，讓德魯佐蓋多飛上了天空。飛去它本來應該要在的地方呢。」

在我伸出指尖，將魔力送往德魯佐蓋多後，城堡就猛地朝著上空加速飛去。

即使是兩千年前的魔族，也難以靠肉身前往的場所。朝著過去以飛空城艦傑里德黑布魯斯勉強抵達的那片遙遠高空的另一端，魔王城一直線地飛去。突破雲霄，穿越藍天，視野在不久後染成了一片漆黑。

「這裡叫做黑穹。」

米夏等人因為眼前的光景倒抽了一口氣。喧囂的群星在閃閃發光。我們朝著那片漆黑天空繼續前進。不久後，當速度開始減緩後，視線前方就能看到用跟德魯佐蓋多相同的材質所建成的建築物。

「那是什麼？」

「是德魯佐蓋多的下層。那裡有著通往『眾神的蒼穹』的神界之門。兩千年前，我為了以『四界牆壁』堵住那道門，將德魯佐蓋多的深層部分留在了這片天空上。」

這樣一來，「四界牆壁」就能維持得更久，在牆壁消失之後也能成為對神族的牽制。

米夏朝我看來。

「塗鴉的後續？」

「就在那裡吧。」

德魯佐蓋多開始緩緩降落，我們所在的地城區塊朝著飄在黑穹上的巨大建築物連接過去。好幾道牆壁從眼前經過，然後魔王城的降落停止了。等到漆黑粒子消失後，那裡就出現了通道的前端。

「唔，在這裡。」

我指向牆壁。

——有在笑喔。

——就算世界才沒有在笑，我也確實笑了。

——唯獨這件事，你要好好記住喔。

「……魔王大人……」

看到這個塗鴉，莎夏喃喃說了一句。

「……阿諾斯……」

阿貝魯猊攸與莎夏，兩人的意念與記憶就像混合起來一樣，她以蒼白的眼睛直直注視著牆壁。

「這一定是在那一天寫下的喔。」

她施展「意念通訊」，一面將過去的影像傳送給我們，一面說道。

「在你為我做出約定的，那個時候。」

§ 22 【德魯佐蓋多誕生】

遙遠過去的記憶——

漆黑無光的黑暗籠罩著。那裡彷彿是將毀滅凝縮起來一樣的黑暗中心，位於「破滅太陽」莎潔盧多納貝的深處。能在那裡看到兩名男女的身影。

「那就是魔王大人說的德魯佐蓋多？」

破壞神少女這樣問著魔王。在「破滅太陽」的外側，能看到覆蓋著黑暗的天空。不是夜晚，是稱為黑穹，地上生命所無法踏入的空域。飄浮在那裡的是魔王城德魯佐蓋多。整體是個菱形，只看上半部分的話是座普通的城堡，但下半部分竟然設置著好幾座砲門與固定魔法陣，宛如是座飛空要塞。

「就只有容器。要是沒有關鍵的內在，不論是作為要塞，還是作為固定魔法陣都無法發揮作用。頂多就是蓋住神界之門，牽制神族吧。」

德魯佐蓋多的下層是為了蓋住神界之門的構造。當神要從眾神的蒼穹降臨到地上時，大多時候都得經過飄浮在黑穹之上的那道門。魔王朝著那道神界之門圍起反魔法與魔法屏障，阻擋著眾神對地上的侵入。話雖如此，入口也不只有這裡，而且只要是擁有強大魔力的神族，也不是無法穿越過來。

「所以？你是說，要將那座城堡作為我的新身體嗎？」

魔王點了點頭。

「只要以祢的根源與神體填滿那個容器的話，與我的魔法契約就會成立。扭曲破壞神的秩序，將『破滅太陽』莎潔盧多納貝變成毀滅常理的魔法——『理滅劍（貝努茲多諾亞）』。藉此將祢所擁有的破壞的秩序，從這個世界上完全地奪走。」

「哼——這樣啊。城堡，是城堡啊。城堡呢……」

阿貝魯猊攸心不在焉地將視線朝向飄浮在黑穹之上的德魯佐蓋多，總覺得祂一臉不感興趣的表情。

「魔王大人能愛上城堡嗎？」

破壞神問道。

「天知道，我沒有經驗啊。」

魔王答道。

直直注視著這樣的他，阿貝魯猊攸微笑起來。

「喂。不過，要將破壞神阿貝魯猊攸變成那座城堡，只要我不答應的話就沒辦法吧。我的全部還不是魔王大人的東西喔。」

「唔，我覺得是全都到手了啊？」

魔王歪頭不解，用眼神向祂詢問。在讓「混滅魔眼」與「終滅神眼」交換之後，魔王與阿貝魯猊攸進行過好幾次比賽，一點一點地奪走祂身體的所有權。

「還有一樣，我的心剩下來了喔。」

優雅地微笑起來，阿貝魯猊攸說道：

「來進行最後的比賽吧。要是魔王大人贏的話，我的身心就全是你的喔。想弄成城堡的話，就隨你高興。」

魔王將視線朝向破壞神，從容不迫地說道：

「說出比賽的方式吧。」

「讓我戀愛。」

這是事先就想好了吧，破壞神立刻說道。

「魔王大人說我是愛上了戀愛，瞧不起我吧？」

「我並不是瞧不起祢。」

「但你是這麼說的吧。然而，我並不知道什麼真正的戀愛喔。就連這份感情是真是假的都不知道。畢竟我不知道。我從未見過真正的戀愛喔。」

阿貝魯猊攸以冷淡地，但總覺得很開心的語氣說道：

「所以，這就是比賽的內容。告訴我真正的戀愛吧。」

「好啦。真正的戀愛啊。就連我也相當不容易辦到啊。」

「是嗎？辦不到就算了喔。」

轉身離去，阿貝魯猊攸走在黑暗的地面上。

「相對地，要給我魔王大人的心。要是將我的心給你，你也將心給我的話，就算要我成為德魯佐蓋多也行喔。」

踏著興奮的腳步，祂把臉朝向魔王。

「不覺得就算愛上戀愛也很好嗎？」

阿諾斯正面承受著阿貝魯猊攸的視線，注視回去。

「就算是假的，不也很好嗎？」

祂說道。

「要是我的世界就只有你一人，那你就是我世界第一喜歡的人。」

阿諾斯平靜地注視著祂。大概是不習慣與人對望吧，阿貝魯猊攸就像是害羞了一樣地垂下視線。

「你、你快說點什麼啦……」

祂微微低著頭，喃喃說道。在魔王貫徹無言之後，祂彷彿在說受不了沉默般，向上窺看起他的臉。

「……不行嗎……？」

「別說『假的也無所謂』這種無聊的話。」

魔王朝著祂緩緩走去。

「祢不是想看嗎？這個世界在笑的模樣。我應該說過會幫祢實現願望的。」

阿貝魯猊攸露出困惑的表情，向阿諾斯望去疑惑的眼神。

「阿貝魯猊攸，祢不想作為神成就這個世界的秩序，而是想像魔族與人類那樣，在地上到處走動吧？應該是想親眼看到花的模樣、山的宏偉、喜悅與開心。」

「我知道喔。所以是要我在成為城堡之後，盡情地去看就好了吧？」

「不。」

魔王清楚地說道。

「我要讓祢轉生成為魔族。」

在這瞬間，破壞神的表情愣住了。

「可是，這種事……」

不可能辦到的——祂的表情這樣述說著。

「就像我方才說的，成為德魯佐蓋多的破壞神的秩序，會變成毀滅常理的魔法。我要使用那個『理滅劍（貝努茲多諾亞）』解放祢的枷鎖。秩序與意識會分開，祢將能用自己的雙腳在迪魯海德上自由走動，用自己的魔眼注視世界。」

「……不會受破壞的秩序所困？」

阿貝魯猊攸半傻眼地問道。魔王確切地點頭了。

「我也跟祢一樣不懂戀愛。儘管無法給祢真正的戀愛，但希望的話就能弄到手。」

阿諾斯畫起「契約」的魔法陣。

「這是奪走我的心的契約。但是，和平我是不會退讓的。我的心與真正的戀愛，不論哪一個都無法全部交給祢，但如果是各一半的話就能給祢。就這樣原諒我吧。」

阿貝魯猊攸將纖纖玉指伸向「契約」，輕輕地將它廢棄掉。魔王的眼神顯示出些許驚訝，破壞神少女輕輕地微笑起來。

「不需要契約喔。相對地，我要你做出約定。」

「約定是能輕易打破的。」

「所以才好喔。越是脆弱易碎就越好。因為我想寶貴地守護著不讓它壞掉，珍惜地注視著不讓它毀滅。雖然你說不定會覺得這樣很蠢吧。」

破壞神瞇起眼睛，以略帶緊張的聲音說道。

「我的魔王大人。」

「……唔，掌握不到祢的意圖。」

「我會作為魔族轉生對吧？所以，你會成為我的魔王大人喔。」

阿諾斯猜不透阿貝魯猊攸的用意，望去疑惑的眼神。

「要是魔王大人也不懂的話，那就剛好喔。等到我轉生之後，就來見我。然後一起過著和平的日子吧。要在有如作夢一般的快樂日常中學習怎麼戀愛，互相教導彼此喔。」

遙想著尚未見到的理想，魔王放緩了表情。

「很好的夢想。和平還很遙遠啊。」

「能為我做出約定嗎？」

「我絕對會實現的。」

「這樣的話，比賽就是魔王大人贏了呢。」

阿貝魯猊攸這麼說完，敞開雙手，祂的神體隱約地閃耀起來。

「說明還沒結束。神族要轉生成魔族可不簡單啊。在轉生之後，記憶不會留下。而且還不只如此──」

「不論發生什麼事，你都會負起責任對吧？」

「當然。」

於是，破壞神露出滿足的表情。

「那就好。畢竟你都陪我到現在了。明明你其實想更早地奪走破壞神的秩序。」

祂的神體才剛閃閃發光，灰色粒子就在「破滅太陽」之中升起。這些粒子朝著飄在黑穹之上的魔王城德魯佐蓋多飛去，連接起好幾道的魔法線。祂的神體、根源，眼看就要移動到巨人的容器之上。

「喂，我的魔王大人。」

「我不論何時，都不想陷入什麼絕望喔。」

祂讓眼睛浮現「破滅魔眼」，如此說道：

「我不論何時，都不想陷入什麼絕望喔。」

祂的聲音，就像在吐露悲傷一樣。

「我已經受夠當個注視毀滅的秩序了。然而，只要睜開眼睛的話，就總是會……一直都會看到某樣事物毀壞的瞬間。」

淚珠撲簌簌地落在黑暗大地上，發出光芒。

「有什麼在頻頻催促著我。破壞吧、破壞吧、破壞吧。將一切全都毀滅吧——另一個我不斷地訴求著。不過，這不是我。我希望這不是我。肯定，是這樣的。」

宛如帶著希望般，祂說：

「在這片一切都會毀壞的破壞的天空之上，就只有你願意筆直注視著我的神眼。」

帶著纖細、脆弱的表情，讓人難以想像是破壞神的少女流下淚水。

「就只有你沒有壞掉。讓我覺得就像是第一次認識了自己喔。認識到真正的自己。」

一面讓魔眼浮現盈眶的淚水，祂一面以顫抖的嘴唇述說著。

「世界才沒有在笑，我一直是這麼想的。」

「然而——」祂喃喃低語。

「你讓我看見了希望。或許，說不定有著不同的答案。所以我在轉生之後，要去尋找那個答案喔。我想就算沒有記憶，我也一定會去尋找的。」

帶著哭腫的泛紅魔眼，破壞神微笑起來。

「謝謝你。雖然你笑我就只是愛上了戀愛。」

沿著魔法線，祂的神體與根源伴隨著光芒漸漸消失。

「儘管如此，這也是你所給我的，無可取代的意念。」

灰色粒子沿著魔法線一起移往德魯佐蓋多。比黑暗還要深邃的黑穹，在祂放出的光芒照耀之下，竟然就亮得彷彿白晝一樣。阿貝魯猊攸從魔王的眼前完全消失，襲向他的破壞的秩序消滅得無影無蹤。

聲音響起。

——要是還有將來。

是阿貝魯猊攸的聲音。彷彿閃閃發光，聲音響徹開來。

——假如這小小的戀愛，能變成真正的戀愛的話。

彷彿是將破壞的天空，塗改成希望一樣。

——我想要見證這段戀情的後續。

§ 23 【秩序之心】

「意念通訊」中斷，過去的影像從我的腦海中消失。將注意力移到視野後，就在眼前發現到低著頭的莎夏。回想起的記憶，這樣就是全部了嗎——就算我用眼神詢問，她也只是把頭垂得越來越低。

「妳在害羞什麼？」

我一問道，她就滿臉通紅，「啊嗚啊嗚」地動著嘴巴。

「……潔西雅……知道了……！」

潔西雅開心地指著莎夏的臉，滿臉得意地說道：

「……是小池塘裡的……魚小姐……對嗎……！」

「誰是鯉魚啊……！」

就像回過神來一樣，莎夏激烈地吐槽著。

「……惹她……生氣了……」

潔西雅沮喪地垂下肩膀。米夏摸著她的頭，說著：「沒有生氣喔。」安撫她。

「而且，就某種意思上是鯉魚（註：與戀愛的日文發音相同）沒錯喔。」

艾蓮歐諾露豎起手指，像這樣幫忙說話。

「莎夏，兩千年前的意念有留在腦海裡嗎？」

「咦……嗯──雖然覺得好像有……？」

「跟現在有不同嗎？」

莎夏再度一臉害羞地低下頭，往上看著我。

「不、不同是指……那個……這個，所以是說……」

「方才看到的過去，不在我的記憶之中。只不過，我想我對於妳當時的話語，說不定是理解得太輕率了啊。」

「…………咦…………？」

「怎樣？」

在認真詢問後，她筆直窺看起我的眼睛。

「在、在這裡說嗎？」

莎夏偷看了一眼在周圍的艾蓮歐諾露與米夏。

「……原來如此，無法在他人面前說啊……」

也就是說——

「才、才不是啦……！」

莎夏慌慌張張地辯解著。

「不是是指？」

「……所以，那個……我、我要說了喔……」

在緊抿唇瓣，深吸了一口氣後，滿臉通紅的莎夏露出帶有覺悟的眼神。然後，戰戰兢兢地說道：

「……沒有變喔……」

帶著緊張的表情，莎夏一面緊握著顫抖的手，一面向我坦率地說：

「不論是兩千年前，還是現在，我的心情都沒有變喔。就算轉生了、就算喪失了記憶，我也再度獲得了相同的意念。」

就像在說一生一次的大告白一樣，莎夏說道：

「我再度墜入了相同的戀愛喔。」

「不是戀愛的事。」

莎夏愣愣地看著我。她甚至忘了眨眼，一直茫然地注視著我。

「……………………咦……？」

「咯哈哈。莎夏，即使是我，也不會不解風情地突然詢問已不是破壞神的妳，是否談了真正的戀愛。戀愛是要藏在心裡的。即使問了，也無法露骨地說出口。」

「什麼……啊………」

莎夏的臉「轟」地滿臉羞紅，順勢大叫起來。

「為什麼就只在這種時候，說這種有常識的話啊！」

「就算是我，也多少學習了這個時代的事。也就是跟方才看到的兩千年前的記憶一樣，學習了戀愛吧。」

莎夏再度一副不知該說什麼才好的樣子，就只是「啊嗚啊嗚」地動著嘴巴。

「……是……鯉魚……！」

潔西雅小聲說道。就連這種發言，現在的莎夏也聽不見的樣子。

「看來妳還沒清醒啊。要我幫妳醒酒嗎？」

「沒、沒問題！醉意完全沒有了喔！」

米夏與艾蓮歐諾露面面相覷。

「不論喝得再多，都已經醒過來嘍。」

在艾蓮歐諾露咬起耳朵後，米夏就頻頻點頭同意。

「是另一個意念。」

「……另一個……另一個……是、是在說那個嗎……？」

「沒錯，是那個。」

「……也就是那個吧……那個……」

「就是那個。」

「那個……所以，那個，這個呢……我、我知道喔，我雖然知道……」

看來完全沒聽懂啊。雖然看起來也像是莫名地感到動搖，沒有多餘的心力去想這種事的樣子。因為回想起兩千年前的記憶，稍微陷入了混亂吧。

「有說過另一個妳不斷在訴求吧？說什麼『破壞吧、破壞吧、破壞吧，將一切全都毀滅吧』。」

「啊………」

似乎終於注意到一樣，莎夏叫了起來。

「當時的意念，現在也還留著嗎？」

莎夏靜靜地閉上眼，像在讓意識巡迴自己的內心後，輕輕地開口：

「……沒有喔。我從來就不曾這樣想過，打從我作為魔族出生以來……」

聽到莎夏這句話，艾蓮歐諾露就說道：

「這樣的話，是因為莎夏妹妹當時是破壞神不是嗎？妳看，神族不是常說，因為是什麼什麼的秩序，所以要怎樣怎樣做。」

「雖然莎夏本來擁有的破壞神的秩序，成為了這座德魯佐蓋多，但她的意識全都在莎夏身上。就算喪失記憶，她的心也全是破壞神阿貝魯猊攸的心。」

「……也就是破壞神的秩序，左右當時的我的心嗎？」

「或者，說不定真的有另一個妳，擁有名為秩序的心。」

「……好難懂。」

米夏說道。結論下得太過突然，所以無法理解吧。

「神族會遵從秩序。幾乎所有的神族都沒有心，就跟只會實行自身秩序的人偶一樣。天父神諾司加里亞是如此，軍神佩爾佩德羅也是如此。」

米夏頻頻點頭。

「不過，偶爾也會有像米里狄亞、阿貝魯猊攸、娜芙妲這樣有著心靈的神族。她們往往會徘徊在秩序與心靈之間苦惱著。這種差異讓我有點疑惑呢。是因為心的形態與魔族和人類有著很大的差異吧。」

「是怎樣的差異？」

米夏問道。

「這終究只是假說……神族有著作為秩序的心，以及極為缺乏的作為人的心。只要愛與溫柔變得強大的話，作為秩序的心就會蟄伏起來。然而，幾乎所有的神都沒有萌生愛與溫柔。也就是說，存在擁有愛與溫柔的神，以及並未擁有的神。」

米夏點了點頭，說道：

「存在只擁有作為秩序的心的神，以及擁有第二顆心——擁有人心的神？」

「沒錯。本來，神族說不定就只有作為秩序的心。」

艾蓮歐諾露臉上露出了疑問。

「嗯——為什麼會這麼想？」

「……因為……我說不定是米里狄亞？」

我點頭同意著米夏的詢問。

「米里狄亞說過，神族本來是無法轉生成魔族。對於阿貝魯猊攸是使用了理滅劍。但是應該沒有機會對米里狄亞使用。祂要是作為米夏轉生了，可以認為是因為祂的根源裡有著人心。」

也就是米里狄亞注意到了這一點吧。雖說這完全就只是推論。

「不過，這是怎麼一回事啊？就像亞露卡娜那樣是代行者嗎？」

「還不清楚。就問妳吧，莎夏。雖然兩千年前的妳說有另一個自己，但那真的是妳嗎？」

我的詢問，令莎夏回答不出來。讓人坐立不安的沉默籠罩著這裡。

「雖然軍神說我對妳銬上不必要的枷鎖，但意外地，也能認為做這件事的另有他人吧。將名為秩序之心的枷鎖，束縛在阿貝魯猊攸與米里狄亞身上。」

「……等等，所以是什麼？意思是有人創造了神族嗎？」

莎夏詢問著。

「天知道。但要是這樣想的話，也就可以理解神族之中有著擁有人心，甚至是反抗自身秩序的神存在。如果是完整的秩序，就不可能會有這種事。」

「那沒有人心的神族是？」

米夏問道。

「這也終究只是預測——神族原本其實是人。」

「哇喔……這還真是驚人喔……」

艾蓮歐諾露發出缺乏緊張感的驚叫。

「是人類，或是魔族，也說不定是早就毀滅的種族。名為秩序的力量被灌輸在他們身上，然後讓他們的心靈毀滅，其根源成為了神。不過，就唯獨擁有愛與溫柔的強大心靈，沒有被完全毀滅。」

「也就是米里狄亞、阿貝魯猊攸，與娜芙妲妹妹她們。」

或許也能認為在我失去的記憶裡，有著能證實這個假說的證據吧。因為看過好幾次阿貝魯猊攸的記憶，使我的意念甦醒，然後聯想到了這個看法，就算如此也不足為奇。

「走吧。」

我朝著連結起來的德魯佐蓋多下層，邁開步伐。

「等等，是要去哪裡啊？」

莎夏一面來到我身旁，一面問道。

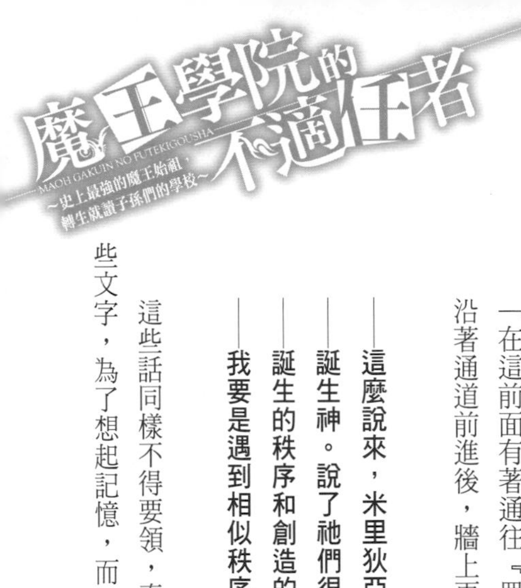

「在這前面，阿貝魯猊攸應該也有留下塗鴉。只要看到那些塗鴉，就會再度回想起記憶吧。而且——」

我將視線朝向小碎步跑了起來，開開心心地超越我的嬌小少女。

「也還有潔西雅的夢那件事。」

「啊啊，這麼說來，那是怎麼一回事啊？也就是說潔西雅……或者說，艾蓮歐諾露跟德魯佐蓋多有關吧？」

「或者，是跟神族有關呢。」

莎夏左思右想起來。

「在這前面有著通往『眾神的蒼穹』的神界之門。說不定是要我們過去那裡。」

沿著通道前進後，牆上再度刻著文字。

——這麼說來，米里狄亞好像有神族的朋友。

——誕生神。說了祂們很像喔。

——誕生的秩序和創造的秩序會很像嗎？

——我要是遇到相似秩序的神族的話，也能跟祂成為朋友嗎？

這些話同樣不得要領，真的就只是塗鴉。在這前頭也刻著類似的文字，莎夏一一看向這些文字，為了想起記憶，而「嗯——嗯——」呻吟著。關於神族的各種事情，散布在我的周圍。創造神米里狄亞、破壞神阿貝魯猊攸、艾蓮歐諾露與潔西雅的妹妹，以及在根源的深奧裡響起的神祕聲音。

只要將這些全部收集起來，總覺得似乎就能理解到關於世界的某個事情。

§ 24 【夢中的小孩】

我們朝著德魯佐蓋多的深處慢慢走著。

各處的牆壁上都刻著阿貝魯猊攸的塗鴉，莎夏忙碌地看來看去，冷不防地望向通道深處，直直注視著前方。

「……喂，阿諾斯。總覺得這前面既視感非常強喔。」

她轉向我說道。

「那裡有什麼？」

「神界之門。」

米夏眨了眨眼睛，抬頭朝我看來。

「『四界牆壁』呢？」

「跟其他牆壁一樣，應該早就消失了。」

「嗯～也就是說，之前神族過來的時候，都是經由這裡來的？」

歪著食指與腦袋，艾蓮歐諾露向我問道。

「在我轉生之前是不知道，但之後好像都沒有經由這裡。哎，應該不會做出彷彿特意闖入我地盤裡的舉動吧。」

「是叫做軍神佩爾佩德羅吧？也就是都像祂一樣，使用了神門嗎？」

對於莎夏的詢問，我點了點頭。

「應該也還有其他手段。話雖如此，但在這前方的神界之門，對神族來說是最好用的側門呢。要是堵住的話，想必很不方便吧。」

佩爾佩德羅所要用的神門，在開啟之前也需要時間。藉由在黑穹之上建起德魯佐蓋多，應該抑制了神族們降臨到地上的行為吧。

「……等等……」

就像快回想起記憶一樣，莎夏用手按著腦袋。總覺得她露出了凝重的表情。

「在神界之門附近，我好像寫了什麼喔……」

「重要的事？」

米夏淡淡問道。

「……嗯……雖然不太確定……不過是非常重要的事情喔……我有著這種感覺……」

我們正好穿過通道，來到了開闊的場所。室內形成了球形，德魯佐蓋多的立體魔法陣正啟動著。漆黑粒子充斥這裡，中央飄浮著發出神聖光輝的巨門。門上「劈啪劈啪」地發出耀眼光芒，與德魯佐蓋多放出的黑暗互相拉鋸，迸散著激烈火花。

「到了喔。那就是神界之門——」

我轉向莎夏問道。

「妳在哪裡塗鴉？」

她帶著有點困擾的表情環顧室內。只不過——

「沒有可以寫的地方。」

米夏說道。室內畫著無數的魔法陣，牆上覆蓋著帶有魔力的影子，到處都找不到可以寫塗鴉的地方。

「我記得，那個……」

莎夏在看到我的臉後，尷尬地別開視線。

「……我記得，那好像是為了要讓阿諾斯困擾才寫的……想說你要是有找到其他塗鴉的話，就會想繼續找下去，所以寫在很難察覺的地方……」

「真是拿妳沒辦法。」

「兩、兩千年前的事，就算跟我說也很困擾啊！因為是神嘛！」

「我沒怪妳。多虧了妳，我大概想到在哪裡了。」

我筆直走出，就這樣把腳踏在半空中。隨後，漆黑粒子就聚集起來，架起了影橋。這座橋一路延續到位在房間中央的神界之門。

「在這座德魯佐蓋多裡，只有神界之門不在我的支配之下。最適合藏東西吧。」

我走過影橋，來到神界之門前。

「嗯~門上也沒有特別塗鴉喔？」

艾蓮歐諾露在身後說道。潔西雅在旁邊拚命地東張西望著，但果然沒有找到塗鴉的樣子。

「好了，莎夏。如果妳想讓我困擾的話，妳會寫在這扇門的哪裡？」

「啊~也是呢。莎夏妹妹只是沒有記憶，但因為她就是阿貝魯猊攸，所以只要想一想，應該就能想到同樣的事喔！」

艾蓮歐諾露等人的視線，集中到莎夏身上。

「那個~能不要生氣地聽我說嗎？我想大概、大概……雖然是大概。」

莎夏先這樣說完，接著非常尷尬地說道：

「會不會在門的後面……？」

「哇喔！居然寫在阿諾斯弟弟捨棄生命以『四界牆壁』堵上的門後面，莎夏妹妹，妳太過分了喔！」

就像在搞笑一樣，艾蓮歐諾露抬起雙手，讓身體向後仰。我看著莎夏說道：

「也就是我要是不開啟『不想打開的門』，就沒辦法找到塗鴉啊。」

米夏眨了眨眼，注視起她。

「……莎夏……」

「嗚——視線好痛，好痛喔……」

莎夏一面這麼說，一面用雙手擋住我們的視線。

「哎，即使打開這扇門，神確實也不會立刻大量湧來，是個可愛的惡作劇啊。」

「要是這樣的話，就早點說啦……」

莎夏儘管鬆了一口氣，也還是朝我投來怨恨的視線。我讓雙手穿過多重魔法陣，以蒼白的「森羅萬掌」之手碰觸神界之門。使勁一推後，就從門內露出純白光芒，雙開的門扉緩緩開啟。門後能看到白色石板延續下去的通道。沒有牆壁，也沒有天花板，那道石板通道飄浮在漆黑天空之上，無止盡地一直延續到遠方。

「哇喔，總覺得是個很不可思議的空間喔。」

我一面聽著艾蓮歐諾露的感想，一面踏上白色石板，再度轉向神界之門。當我為了看門的後方，正要以「森羅萬掌」之手把門關上時，莎夏就像是很慌張似的叫道：

「等、等等，關上沒問題吧？」

「放心吧。不會被關起來的。」

我從內側緩緩地關上神界之門，然後用視線把門大略掃過一遍。

「唔……」

「咦……？」

「到處都沒有喔？」

莎夏發出像是感到困惑的聲音。

艾蓮歐諾露這麼說，米夏就指著門的上層。

「那裡。」

她所指的那個位置開了一個圓洞。而在對側的相同位置有塊石板，上頭畫著魔法陣。

「神界之門是左右對稱，就只有那裡是不對稱的。」

「是被誰拿走了吧。」

莎夏的表情變得可怕起來。

「被誰拿走，是誰啊？」

「這前頭就只有神了。」

「那個，那也就是說，阿貝魯猊攸在原本放在那裡的石板上塗鴉了，然後這次是神族的某人把那塊石板拿走了嗎？」

艾蓮歐諾露說道，莎夏就浮現了疑問：

「為什麼要做這種事……？」

『我知道喔。』

聲音響起。莎夏猛然轉向了後方。

在直到方才都還沒有人的白色石板上，站著年幼的女孩子。外表大約是六、七歲吧。身上穿著神族常穿的服裝。有著淺桃色的秀髮，頭上還長著一對可愛的翅膀。肚臍附近發著朦朧光芒，從那裡露出了一條魔法線。那條線的前端，看起來像是沒有連著任何地方。

「……啊——！」

率先叫出聲的是潔西雅。她的聲音十分雀躍。

「……是……潔西雅的妹妹……！」

潔西雅指著少女，帶著開心的表情向我們說道。

『安妮斯歐娜。』

女孩子以帶有透明感的纖細聲音說道：

『——這是代表這副身軀的名字喔。』

她在這樣說完後，嫣然一笑。儘管動著嘴巴卻沒有發出聲音，話語就像是經由「意念通訊」一樣，直接在腦海中響起了。莎夏一面像在警戒似的戒備起來，一面與米夏用餘光交換眼神。艾蓮歐諾露帶著緊張的表情，倒抽一口氣。

「……是……可愛的……名字呢……！」

就只有一個人——潔西雅毫無戒備地稱讚少女的名字。

『謝謝。』

安妮斯歐娜微微笑了。

『跟我來。安妮斯歐娜一直在等著。一直、一直呢。一直在這裡，等著大家過來喔。』

安妮斯歐娜轉身過去，沿著白色石板跑走了。

「……我跟妳……去……！」

潔西雅興高彩烈地追在那孩子的後面。

「咦，等、等等，潔西雅，快停下來啊！這前面是神界啊……！不可以跟不認識的孩子走喔。」

艾蓮歐諾露慌慌張張地追著潔西雅。

「……她是……潔西雅的妹妹……！是媽媽的……孩子……！」

「那、那是夢裡的事情喔！我可不記得有生過她喔！」

「是……私生子……？」

「我、我才沒有偷生喔！夠了，快停下來，潔西雅！」

向著天真無邪地追著安妮斯歐娜離開的潔西雅，艾蓮歐諾露拚命地追了上去。

「該怎麼辦……？」

莎夏問道。

「沒什麼，眾神的蒼穹還很遠。走吧。」

我跟莎夏她們一起追在三人的後面。

§ 25 【芽宮神都】

在飄於空中的白色石板上，年幼的安妮斯歐娜跑著離開。潔西雅在她身後緊追，後面則是艾蓮歐諾露。稍微遠離她們一點，我跟米夏她們追在後頭。

不久後，能看到石板通道的前方被純白光芒籠罩著。就算試著用魔眼凝視，也還是無法得知光的裡頭有什麼。安妮斯歐娜跑進那道光之中，潔西雅毫不遲疑地追在後頭。在我們的眼前，那道純白之光越來越近。

「等等，這個沒問題吧？會不會回不去啊？」

莎夏像是很慌張一樣地問道。

「咯哈哈，別這麼擔心。哪怕是跨越幾億次元，抵達神界的遙遠深層，也不至於會回不去的。」

「這反倒讓人擔心吧！」

莎夏以平時的樣子，激烈地吐槽我。看來醉意完全醒過來了啊。

「潔西雅已經進去了，就只能去了喔！」

艾蓮歐諾露這麼說完，就追在潔西雅的後頭。我們也衝過石板通道，跑進純白的光芒之中。像是以顏料塗改一樣，景色忽然變化起來，出現在視野裡的竟是一座城市。陌生的建築物櫛比鱗次，遠方能看到巨大的宮殿。

「嗯～？總覺得這座城市很奇怪喔。像是那裡的建築物上沒有屋頂。」

在艾蓮歐諾露的視線前方有棟大洋樓。雖然富麗堂皇，卻沒有屋頂。

「真的耶。那裡的店鋪沒有入口對吧……？」

莎夏不解地指著大街上櫛比鱗次的店鋪。儘管掛著雜貨店、書店、武器店、旅店的招牌，但當中竟然也有沒有門的店鋪。附近杳無人跡。當然，這裡不可能會有神族以外的人在，可以說是理所當然。

「太陽。」

米夏仰望頭上，用手擋著光說道。

「……那是什麼……？」

「很驚人喔。」

莎夏與艾蓮歐諾露叫道，注視著天上。那裡是廣大的海洋，碧波蕩漾的水面就像天空一樣廣闊，水中確實能看到像是太陽的影子。

「天空居然是海洋，又是個怪地方啊。」

「……也就是那個神界之門，通往了這個異界吧……？」

莎夏像要確認似的忍不住問道。

『歡迎你們，潔西雅，艾蓮歐諾露。還有，魔王阿諾斯。』

安妮斯歐娜轉過身來，就像在歡迎我們似的說道。少女頭上的小翅膀輕輕拍動著。

『這裡是芽宮神都——福斯羅納魯利夫。』

少女以年幼的聲音說道：

『是通往「眾神的蒼穹」的神域之一。』

「唔，是有聽說神界之門與眾神的蒼穹之間有個空間，這座都市就是那個空間嗎？」

『嗯。這座神都的深層也有著神界之門。那裡能通往眾神的蒼穹喔？』

芽宮神都福斯羅納魯利夫……如果就位在神界之門後面的話，我似乎會知道，卻不曾聽說過。是忘記了嗎？還是在我轉生之後形成的？

「安妮斯歐娜……！」

潔西雅開心地叫著那個名字。隨後，總覺得那個小女孩也開心微笑了。

「……是安妮斯歐娜……呼喚了潔西雅嗎……？」

『嗯。安妮斯歐娜在潔西雅的夢中，呼喚了潔西雅喔。』

「……果然，呼喚了……！」

潔西雅綻開笑容，靠近安妮斯歐娜。然後握住她的雙手，用力地上下搖晃著。

『我呼喚的是潔西雅與艾蓮歐諾露。還有，魔王阿諾斯。希望妳能將大家帶到這裡，這座神都來。』

安妮斯歐娜這樣說明。

「……潔西雅……帶來了……是了不起的……孩子……！」

潔西雅就像很自豪一樣地挺起胸膛。

「……安妮斯歐娜是……潔西雅的妹妹嗎……？」

安妮斯歐娜溫柔地微笑起來。

『嗯。』

「……潔西雅……是姊姊……！」

潔西雅握著安妮斯歐娜的雙手，眼睛閃閃發光地轉向我們。

「嗯～能稍微問一下嗎？雖然我不記得有生過妳，不過這是什麼意思啊？」

艾蓮歐諾露豎起食指，在臉上露出疑問。

「啊，關於本來在那道神界之門後面的塗鴉，也能請妳順便跟我們說嗎？」

莎夏這樣質問著。

『抱歉了，這兩個問題我都還無法回答喔。』

安妮斯歐娜過意不去地說道。

「……那個，這是什麼意思啊？」

「妳方才說過妳知道吧……？」

艾蓮歐諾露困惑地問道，莎夏投以懷疑的眼神。

『……對不起……』

彷彿嚇到似的，安妮斯歐娜低下頭。於是，潔西雅為了要保護她而張開雙手。

「……不可以……欺負……她……！」

「啊──潔西雅……我們並不是在欺負她喔……？」

就算艾蓮歐諾露為了勸說她而靠過去，潔西雅也像是在說她不會交出安妮斯歐娜一樣，將長著翅膀的腦袋緊緊抱在懷中。

「……不行……！」

像是很困擾般，艾蓮歐諾露微歪著頭。

「安心吧，潔西雅。我們不可能對妳的妹妹動手。」

「……是……約定嗎……？」

「是啊。」

於是，潔西雅鬆了一口氣似的笑了。

「妳能幫我們向安妮斯歐娜問話嗎？既然是姊姊，也比較好開口吧。」

潔西雅滿臉得意地點了點頭，探頭看著安妮斯歐娜的臉。

「安妮斯歐娜……能告訴……潔西雅嗎……？」

於是，她點了點頭。

『安妮斯歐娜還沒有出生。』

「……明明還沒出生……安妮斯歐娜……卻在這裡嗎……？」

潔西雅不解地問道。

安妮斯歐娜靜靜地搖著頭，頭上的翅膀微微抖動著。

『我不知道。既知道，又不知道。安妮斯歐娜很不安定。還沒有出生。因為是今後才會誕生的新秩序。』

這句話讓米夏眨了眨眼睛。

「那麼，安妮斯歐娜妹妹是神族嗎？」

艾蓮歐諾露問道，她就點了點頭。

『安妮斯歐娜還是成為神之前的存在。根源胎兒，尚未出生的根源嬰兒。這就是現在的安妮斯歐娜。』

「啊——是這樣啊。所以根源才會這麼小啊？」

她用魔眼凝視，窺看著安妮斯歐娜的深淵。

「很小？」

米夏問道。

「嗯，很小喔。」

艾蓮歐諾露能直接看到根源。雖然在關於看魔力這方面上沒有米夏那麼厲害，但通常只能從魔力類推的根源大小，她卻能夠直接測量。

『安妮斯歐娜是潔西雅與艾蓮歐諾露的同伴。是為了讓世界變得溫柔，創造神米里狄亞懷抱著願望所創造的秩序。不過，還不完整。我想不起來。安妮斯歐娜雖然是為了世界所創造出來的，卻不記得自己是怎樣的秩序。』

安妮斯歐娜過意不去地說道。

「因為妳是根源胎兒嗎？」

『對。由於創造神本來不是創造秩序的神，所以安妮斯歐娜就被其他的神奪走了誕生喔。』

「嗯——奪走誕生是什麼意思啊？」

艾蓮歐諾露問道。

『……為了出生所需要的東西被奪走了……雖然應該就在這座城市裡的某處，但是靠安妮斯歐娜的力量是找不到的。所以才讓潔西雅作夢，把她呼喚到這裡來。』

「作夢的對象為什麼是潔西雅？」

『因為安妮斯歐娜的力量能接觸到的，就只有潔西雅與艾蓮歐諾露。』

語罷，潔西雅就開心地說道：

「……因為是……妹妹……」

『嗯。』

安妮斯歐娜也帶著笑容說道。

「啊——那麼該不會是那個吧？覺得就算讓我作夢也完全不會被相信吧，所以就讓潔西雅作夢了？」

安妮斯歐娜尷尬地垂下頭。

『……對不起……』

「……不可以……欺負她……」

為了要保護安妮斯歐娜，潔西雅瞪著艾蓮歐諾露。

「那個……我、我沒有在欺負她喔。我才沒有這麼過分喔——？」

「……騙人……！一直都在強迫潔西雅……吃草……！」

潔西雅的話中帶著累積多年的怨恨。

「那、那是因為，妳看嘛，要是不吃蔬菜的話就長不大喔！對吧！」

潔西雅朝著試圖勸說她的艾蓮歐諾露，怨恨地投以懷疑的眼神。在三人進行著讓人莞爾的互動時，莎夏向我傳來了「意念通訊」。

『……雖然看起來不像是壞神族，但能輕易相信她嗎？這裡姑且是神族的地盤吧。再過去一點就是神界了……』

『如果她是米里狄亞為了世界而創造的說法是真的，那就無法置之不理啊。被其他神族妨礙了誕生，也是很有可能的事。』

『不過，這或許是其他神族為了陷害阿諾斯所做的吧？也能認為就跟阿伯斯・迪魯黑比亞的時候一樣，打算再度讓毀滅魔王的秩序誕生不是嗎？』

『安妮斯歐娜與米里狄亞也不是毫無關聯。』

『關聯？有這種事？』

『喝醉的莎夏在德魯佐蓋多等待著艾蓮歐諾露與潔西雅。』

米夏加入話題。

『咦？嗯——這麼說來，是好像有過……這種事呢……』

莎夏左思右想起來。因為當時喝醉了，所以沒什麼記憶吧。

『潔西雅在夢中夢見到安妮斯歐娜後，就和艾蓮歐諾露一起來到了那裡。假如妳當時是因為阿貝魯猊攸的意念，回想起某種記憶的話，這件事說不定就是米里狄亞告訴妳的。』

『……是有這種可能……那要怎麼做？』

隨後，安妮斯歐娜就注視著我們，不安地說道：

『……果然，是不相信我嗎……？』

潔西雅以驚人的氣勢，忙不迭地左右搖著頭。

「……潔西雅……相信……安妮是潔西雅的妹妹……！」

潔西雅拉起安妮斯歐娜的雙手，緊緊握住。

「……為了讓媽媽生下安妮……潔西雅會努力的……！」

「那個～潔西雅？不可以太過輕率地答應別人喔？即使是我，也是有做得到與做不到的

事情喔？」

「不行……嗎……？」

潔西雅帶著悲傷的表情請求著。

「……與其說不行，妳看嘛，就算要我生下神族，我也完全不知道要怎麼做喔？」

「潔西雅想要……妹妹……希望……媽媽生下來……」

「即便妳這麼說，這也不是我能以一己之見決定的事……？或者說，就連能不能生下來都不知道……？」

艾蓮歐諾露傷腦筋地朝我看來。

「哎，總之就先生下來之後再來想吧。」

「哇喔～！總覺得，這很像垃圾父親會說的話喔！阿諾斯弟弟。」

艾蓮歐諾露嚇了一跳似的叫道。潔西雅帶著開心的表情，緊緊地抱住安妮斯歐娜。

「太……好了……！潔西雅很擅長……要東西……因為是姊姊……！」

「只不過，安妮斯歐娜，如果妳是為了讓世界變溫柔的秩序，無論如何都想請妳誕生下來，但妳記得是被奪走了哪些東西嗎？」

『沒有心的人偶。』

安妮斯歐娜帶著認真的表情說道：

『沒有魔力的容器。』

就像在傳達非常重要的事一樣。

『沒有身體的魂魄。』

她停頓了一下，然後再度說道：

『只要收齊這三樣東西的話，安妮斯歐娜就能以不完全的狀態出生。』

「喔，這話也很奇怪呢。如果要以完全的狀態出生呢？」

她緩緩地左右搖著頭。

『安妮斯歐娜只能以不完全的狀態出生。因為這是天理，是秩序。』

「……唔。」

米里狄亞為了讓世界變溫柔所創造的秩序，就算誕生下來，也是不完全的啊。反過來說，即使要將這個世界溫柔地重新創造，也只能成為不完全的世界。

「安妮斯歐娜，妳有什麼找出這三樣東西的線索嗎？」

『……有很多困難……安妮斯歐娜沒辦法好好說明……不過，如果是溫澤爾的話，我想就能好好說明了喔。必須先把溫澤爾救出來。』

說完後，安妮斯歐娜突然跑了起來。

『跟我來。』

「等等……！突然跑起來……會很危險……！」

潔西雅立刻追上去，握住她的手。安妮斯歐娜轉頭，向她笑了。

兩人牽著手，在無人的芽宮神都福斯羅納魯利夫裡跑了起來。

§ 26 【緊縛神與被囚禁的神】

「安妮斯歐娜。」

我來到跑在前頭的安妮斯歐娜身旁，向她問道：

「妳方才提到的溫澤爾是何人？」

安妮斯歐娜「啪嗒啪嗒」地拍打著頭上的小翅膀，轉頭過來。

『是掌管生命與誕生的秩序，誕生神溫澤爾喔。安妮斯歐娜其實應該是無法出生的。不過，多虧溫澤爾為我使用了誕生神的秩序，我才能成為即將誕生的秩序喔。』

「咦？誕生神，總覺得好像在哪聽過……？」

艾蓮歐諾露就像在回憶一樣，將視線往上看。莎夏接著說道：

「那是米里狄亞的朋友喔。之前有寫在德魯佐蓋多的塗鴉上，而且我也隱約覺得會是這樣。」

「啊，就是那個。我在來的時候也有看到喔。」

「溫澤爾是怎樣的神？」

米夏問道，安妮斯歐娜就回答：

『溫澤爾很溫柔喔。總是守護著安妮斯歐娜，幫助想要出生的安妮斯歐娜。溫澤爾說過，安妮斯歐娜是米里狄亞託付給祂的重要之物，是自己寶貝的孩子。』

米夏眨了兩下眼睛。

「溫澤爾也是安妮斯歐娜的母親？」

安妮斯歐娜微微一笑，開心地點了點頭。

『因為安妮斯歐娜是難以誕生的生命，所以米里狄亞將創造的秩序、溫澤爾將誕生的秩序給了安妮斯歐娜。因此，安妮斯歐娜的媽媽不只一個人喔。』

「啊～這樣啊這樣啊，我明白了喔！」

艾蓮歐諾露就像在說她終於理解了一樣說道。

「安妮妹妹會說自己是潔西雅的妹妹，是為了將潔西雅帶到這裡來，所讓她作的一場夢嗎？」

相對於安心下來的艾蓮歐諾露，潔西雅露出了絕望的表情。

「……安妮的媽媽……不是……潔西雅的媽媽嗎……？」

潔西雅快哭出來似的說道。

「……安妮……不是……潔西雅的妹妹嗎？是……騙人的嗎？」

語罷，安妮斯歐娜就笑了。

『請放心。安妮斯歐娜也是艾蓮歐諾露的小孩喔。所以媽媽有三個人。』

「那麼是……潔西雅的妹妹……！」

『嗯。』

她這樣回答，潔西雅就開心地笑了。艾蓮歐諾露偷偷靠到安妮斯歐娜身旁，小小聲地咬著耳朵。

「安妮妹妹，實際上是怎樣呢？」

『……還不太清楚。不過，因為安妮斯歐娜的聲音在外頭能傳達到的，就只有艾蓮歐諾露與潔西雅……所以覺得是這樣……要是這樣就好了……』

「嗯——這樣啊……這是什麼意思啊？只能傳達給母親嗎？」

安妮斯歐娜垂下頭，頭上的翅膀消沉垂下。

『……我不知道……對不起……』

於是，潔西雅不知不覺來到艾蓮歐諾露身旁，懷疑地瞪著她。

「在……說什麼……？」

「沒、沒什麼喔！話說回來，方才說必須要去救出安妮妹妹的媽媽溫澤爾，是發生了什麼嗎？」

艾蓮歐諾露從潔西雅的懷疑眼神之下把臉別開，改變了話題。

『溫澤爾為了幫助安妮斯歐娜，被抓起來了。』

她露出黯然的表情說道。

「唔，是被誰抓的？」

『安妮斯歐娜被神族討厭。所以，墮胎神安德路克就來了喔。溫澤爾說了，安德路克想在出生之前毀滅掉安妮斯歐娜。』

「祂在這座芽宮神都裡嗎？」

『嗯。墮胎神安德路克一直在伺機毀滅安妮斯歐娜。溫澤爾為了保護安妮斯歐娜，與安德路克戰鬥了喔。但是輸了，被囚禁在那座宮殿裡。』

安妮斯歐娜停下了腳步。在她的視線前方有著巨大的宮殿。

『墮胎神不是一個人。祂率領著墮胎的守護神，還有緊縛神韋茲內拉在協助祂。韋茲內拉以祂的權能，在那座宮殿裡建造了緊縛牢獄，將誕生神溫澤爾囚禁起來了。』

安妮斯歐娜轉身看著我。

『憑安妮斯歐娜的力量，無法打破緊縛牢獄。因為也打不贏緊縛神，所以一直躲藏著。求求你，魔王阿諾斯，請救出溫澤爾。安妮斯歐娜想要出生的話，溫澤爾是必要的！』

帶著迫切的表情，安妮斯歐娜向我請求著。既然是誕生前的秩序，那她也是神族。只不過，卻有著讓人不這麼覺得的豐富感情。

「當然，既然溫澤爾是米里狄亞的朋友，那就無法置之不理。」

我這麼說完，安妮斯歐娜鬆了一口氣似的露出笑容。

「只不過，神族會互相鬥爭還真是罕見。要是其中一方毀滅的話，秩序的整合就會瓦解。即使是相反的秩序，本來也不會直接互相攻擊的。」

在兩千年前，從來就沒看過神與神互相鬥爭的光景。儘管一切的秩序都會互相干涉，但祂們就只是在淡淡遂行著各自的職責。

「也就是對神族來說，安妮斯歐娜是無論如何都不想讓她誕生的秩序嗎？」

莎夏一面想著，一面這樣說道。

「反過來說，只要讓安妮妹妹出生的話，世界就會變得和平不是嗎？說不定就不會再有奇怪的神族跑來攻打迪魯海德了喔。」

艾蓮歐諾露悠哉地說道。

「但願如此。」

我將視線望向眼前的宮殿，再度踏出步伐。看我走過去後，安妮斯歐娜她們就尾隨在後。不久後，我們抵達了入口。

「這裡頭就是緊縛牢獄吧？」

莎夏這麼說，米夏就將魔眼直直朝向了宮殿內部。

「宮殿全體帶有強大的魔力。是神族的。」

莎夏「咕嚕」地吞了口口水，朝我看來。

「……要怎麼做？」

「方才也說過了，秩序之間幾乎不會互相傷害。墮胎神安德路克沒有毀滅誕生神溫澤爾，就只是將祂囚禁起來，也是因為這個理由吧。就算多少有點粗暴，也不會讓溫澤爾身陷危機。」

「……那個，也就是說？」

「從正面堂堂正正地進去就好。」

「……我就知道……」

我朝著一臉像在說不好的預感成真似的莎夏笑了，毫不猶豫地踏進宮殿之中。突然間，黏稠的空氣撫上肌膚。或許是因為緊縛神的秩序吧，全身彷彿被鎖鍊綁住一樣，身體在訴說著沉重。

『……啊……』

安妮斯歐娜突然癱跪下來。

「安妮……！」

潔西雅擔心地探頭看著安妮斯歐娜的臉。她用雙手撐著地板，一面冒著冷汗，一面不停地大口喘氣。她還沒有能抵抗這座緊縛牢獄的抵抗力吧。

「我揹妳吧。」

我剛要伸手，潔西雅就捲起袖子，一個勁地握起拳頭，秀著自己的上臂。

「……怎樣……？」

「那是在做什麼啊？」

莎夏不可思議地問道。

「嗯──我想大概是在秀肌肉喔。」

艾蓮歐諾露的回答，讓莎夏的表情變得越來越詫異。

「妳說肌肉，是上臂的？」

「軟綿綿的。」

米夏忍不住說出直率的感想。

「怎樣……！」

潔西雅忽然把軟綿綿的上臂推過來，以非常急迫的表情注視著我。是想在妹妹面前好好表現吧。還真是可愛。

「好吧。安妮斯歐娜就交給妳了。絕對要保護好。」

「遵命……！」

在以裝大人的語調這麼說完之後，潔西雅就在安妮斯歐娜的面前蹲了下來，要她攀上自己的背。

『……沒、沒問題嗎？』

「因為……是姊姊……！」

安妮斯歐娜慢慢攀上潔西雅的背。關於肌肉，雖然潔西雅還沒長多少，不過她注入魔力一口氣強化，並展開守護安妮斯歐娜的小型魔法結界，然後就這樣揹著她，氣勢十足地走了起來。

「嘻嘻，一副完全是姊姊的樣子喔。」

「只有樣子……是不行的……！」

潔西雅鼓起臉頰，不服氣地轉向艾蓮歐諾露。

「嗯嗯，我知道了喔。潔西雅是很出色的姊姊呢。」

點了點頭，潔西雅再度向前走去。宮殿裡設置了層層鐵欄杆，就像迷宮一樣構築成錯綜複雜的通道。

我們沿著那個鐵欄杆的迷宮不斷地往內部走去。過了一會兒，潔西雅背上的安妮斯歐娜說道：

『……那個……』

有點害羞似的，安妮斯歐娜縮起頭上的翅膀。

『……可以叫妳，潔西雅姊姊嗎……？』

語罷，潔西雅忙不迭地左右搖頭。

『咦？不、不行嗎……？』

「推薦……潔姊姊……！」

『……那麼……潔姊姊……』

她強烈主張著自己想被叫的稱呼。

安妮斯歐娜的叫喚，讓潔西雅揹著她小跳步起來。

「……潔西雅是……姊姊……！」

「嗯～等安妮妹妹出生後，要是不讓她當我家的孩子，似乎會鬧彆扭喔。」

唔，彷彿能看見那個畫面啊。

「畢竟有一萬人在，現在就算再多一個人也沒差。」

「啊～要是說這種話，安妮妹妹的事也要阿諾斯弟弟負起責任來喔？」

露出就像在捉弄我的笑容，艾蓮歐諾露從背後戳著我的臉頰。

「等等。」

我停下腳步。

「嗯？到底是連魔王大人都怕了嗎？很難得喔？」

由於艾蓮歐諾露一面說著，一面要走到我前面去，所以我用手臂擋下了她的身體。

「說過的話我會負責——」

我抬了抬下巴，要她注意前面。她困惑地用魔眼凝視著前方。

在那邊的盡頭，能看到似乎是格外堅固的魔法監牢。裡頭坐著妙齡女性，穿著像是將長布條寬鬆地纏在身上的奇怪服裝。有著筆直的長髮與淺綠色的神眼，白皙的肌膚透著神聖光輝。毫無疑問是神族。

『溫澤爾！』

安妮斯歐娜大聲叫道，那個神族注意到了這裡。祂露出嚇了一跳似的表情。

「現在……就過去……」

潔西雅勇猛地跑向魔法監牢。

『溫澤爾，現在就去救祢。』

「……不行……！」

溫澤爾慌慌張張地說道：

「不能過來！安妮斯歐娜。緊縛神在這裡……！」

就在祂喊叫的同時。從天花板伸出的鎖鍊宛如生物一樣蠕動起來，朝著潔西雅與安妮斯歐娜襲擊過去。

「交給……我吧……」

潔西雅拔出光之聖劍焉哈雷，朝著鎖鍊劈下。響起「鏘」地尖銳一聲。鎖鍊沒被斬斷，就像要覆蓋住潔西雅與安妮斯歐娜的周圍一樣捲了起來。宛如鎖鍊的龍捲風。

「……不會……輸的……！」

潔西雅刺出焉哈雷，劍身卻被鎖鍊龍捲風給捲了進去。

「……啊……！」

「鏘——！」撞擊聲響徹開來，聖劍從她手上脫離，猛烈地飛了出去。就像要給予最後一擊似的，眼看鎖鍊縮小龍捲風的範圍，要纏繞住位在中心的潔西雅她們。只不過，它在那之前戛然而止。

「唔，祢就是緊縛神嗎？」

我把手隨便伸進龍捲風裡，一把抓住了鎖鍊。

「……沒錯，我是緊縛神韋茲內拉……」

在發出聲音的瞬間，鎖鍊放出魔力，打算纏繞在我的手臂上。我把鎖鍊往地板上隨手砸去後，就響起「轟隆——！」一聲，揚起粉塵。鎖鍊一面「喀鏘喀鏘」地發出金屬聲蠕動，一面漸漸地形成人形。才剛捲起一陣風吹走粉塵，那裡就站著全身纏繞著鎖鍊的男人，並能感到跟神族相稱的強大魔力。

「那麼，韋茲內拉。有話好商量。我有事要找那邊的誕生神溫澤爾。只要祢立刻放了祂，我就不會動手，如何？」

「……放了祂……？」

韋茲內拉板起臉來。

「只要祢放了溫澤爾，我就放祢一馬。要是祢不放了溫澤爾，祢的秩序就會陷入危機，但不論如何，溫澤爾都會從這裡離開。怎麼做比較划算，連想都不用想。」

停頓了瞬間後，那傢伙就「嘿嘿」地傻笑起來。

「……不行喔……不行……這種事當然是不行的……！」

在大叫的同時，緊縛神身上升起魔力粒子。米夏她們擺出備戰姿勢。

「因為媽媽是我的東西。要和我一直待在這裡！媽媽是、媽媽是媽媽是──」

從韋茲內拉的身上，朝著全方向伸出無數的鎖鍊。

下一瞬間，鎖鍊猛烈襲來。

「我的媽媽哪裡都不准去──！」

§ 27 【神之母子】

緊縛神韋茲內拉放出的鎖鍊宛如生物一樣蠕動蛇行，一半堵住我們的退路，另外一半逼近到眼前。

「『根源死殺』。」

我把手穿過兩個魔法陣，讓雙手染成漆黑，隨手斬斷襲來的兩道鎖鍊。

瞬間——從切斷面冒出無數的小鎖鍊，纏繞在我的雙手上。

「喔。」

我試著使勁抽回手臂，但韋茲內拉的身體只是不斷伸出鎖鍊，沒辦法把祂扯過來。也就是說能夠伸縮自如啊。

「真是的，很煩喔！」

艾蓮歐諾露她們雖然避開了第一擊，但鎖鍊卻朝著她們避開的方向再度追去。速度不怎麼快，導向卻很精準。

「『四屬結界封』！」

艾蓮歐諾露畫出地、水、火、風四個魔法陣，形成結界擋下緊縛神的鎖鍊。只不過，鎖鍊卻纏繞起那道結界本身。

「哇喔，是想連結界一起綁起來喔。」

「這傢伙！」

莎夏以「破滅魔眼」瞪著纏繞在「四屬結界封」上的緊縛神鎖鍊。鎖鍊粉碎成好幾段，金屬碎片無數地飛散開來。只不過，這些碎片果然還是冒出了小鎖鍊，再度綁住了守護她們的結界。

「四屬結界封」嘎吱嘎吱地響起，那個結界的範圍微微縮小了。

「冰晶。」

米夏以「創造魔眼」將小鎖鍊接連變成冰晶。在變成不同東西後，便無法再冒出新的鎖

鍊，結晶在周圍窸窣地飄落下來。

「這是沒用的！在我面前是不可能獲得自由的……！」

緊縛神韋茲內拉傲慢地喊道。與此同時，緊縛牢獄的鐵欄杆飛來，將米夏她們團團圍起。「噹啷、噹啷」地像牆壁一樣在上下左右覆蓋起來的鐵欄杆，逐漸形成不好看的牢房。

「被……關起來了……！」

一面揹著安妮斯歐娜，潔西雅一面看向周圍的牢房。每當鐵欄杆堆積，魔力就會隨之增強，無數的紅鎖從那個牢房上射了出來。

米夏儘管以「創造魔眼」注視著層層纏繞上「四屬結界封」的紅鎖，卻沒辦法將其重新創造。

「無效……？」

米夏在魔眼上注入更多魔力，白銀的光輝集中到她的眼睛上。

「緊縛赤鎖是束縛魔力的權能！」

從盡頭的監牢，誕生神溫澤爾大聲喊道。

「半吊子的魔法會在接觸到鎖鍊後立刻被綁住，無法發揮魔法的效果吧。」

「米夏。」

莎夏一伸出手，米夏就握了起來。兩人分別畫出了半圓的魔法陣。只要以「分離融合轉生」變成愛夏的話，就能從那裡逃離吧。

「無妨。」

我這麼說，兩人就停止施展魔法

「反正是只能綁東西的魔法。在那裡慢慢看著就好。」

「嗯——可是，『四屬結界封』要是被壓爛的話，似乎會很痛喔？」

艾蓮歐諾露豎起食指說道。

「別擔心，我會在那之前結束的。」

我從被綁住的雙手上發出「魔黑雷帝」。漆黑閃電一面發出「劈啪劈啪」的刺耳聲響，一面沿著鎖鍊竄去，射穿了緊縛神韋茲內拉。

「……呃……嘎嘎嘎……！」

雖然搖晃了一下，但韋茲內拉還是踏穩腳步，撐住了這一擊。誕生神溫澤爾一臉沉痛地咬住下唇的樣子，映入了眼角餘光。

「咯哈哈。好啦，要怎麼做？只要你繼續綁著我，就沒辦法避開『魔黑雷帝』。」

我將視線朝向誕生神溫澤爾。

「在毀滅之前，放了祂怎麼樣？」

「不行，不行不行，這樣是不行的！我是緊縛的秩序……不論是誰，在我面前都不會獲得自由……我的媽媽要一直待在我身邊，我的媽媽，我的媽媽……」

儘管反魔法被「魔黑雷帝」撕碎，持續承受著漆黑電流，韋茲內拉也還是高聲大喊。

「是我要永遠地束縛在這裡的！我的東西——！」

「是戀母控喔——！」

在艾蓮歐諾露大叫的瞬間。緊縛牢獄的鐵欄杆這次在我的周圍堆積起來。數量遠比飛向艾蓮歐諾露她們的還要多，逐漸形成不好看的巨大監牢。牢房一完成，從監牢的四個角落射出的紅鎖就纏繞上了「魔黑雷帝」所流竄的鎖鍊。緊接著，漆黑閃電就不再前進，不自然地停在紅鎖纏繞的位置上。

「不能碰觸鎖鍊！那孩子是掌管拘束與停滯的緊縛神。萬物都會被秩序之鎖拘束，不得不陷入停滯！」

溫澤爾這麼說，緊縛神韋茲內拉就露出不可一世的笑容。

「就跟媽媽說的一樣，這世上沒有我無法綁住的東西。」

「那麼，也綁看看這個吧。」

我在前方畫出十門魔法陣，射出「獄炎殲滅砲」。拖曳著光之尾巴，猛烈射出的漆黑太陽被紅鎖纏繞上，將其拘束了起來。

「看吧。誰也不能在我面前獲得自由，誰也無法從我手上逃離。不論是結界、閃電，甚至是火焰，我什麼都能綁起來。很厲害吧？」

「不值得驚訝。」

「什麼嘛，是在逞什麼強啊。我是無所謂，反正你們已經回不去了喔。要和我們一輩子在這裡度過。這樣一來也會變得很熱鬧，媽媽也會很高興喔！」

緊縛神韋茲內拉「咯咯」笑著。

「韋茲內拉，我不想要這樣，快放開他們。」

溫澤爾像是在訓誡祂似的說完，緊縛神就轉向祂。

「為什麼啊？媽媽想要待在這裡吧？媽媽不是說了祢就是我的媽媽，說過希望被我綁住嗎？」

「可愛的孩子，快冷靜下來好好聽我說。祢應該已經做得到了。」

「當然，我有在聽喔。我可是個好孩子呢。會好好讓媽媽開心的喔。」

他再度「咯咯」笑了。

「唔，看來祢很愛母親啊，韋茲內拉。」

「當然啦。沒有比我還愛媽媽的人了。所以為了讓媽媽能一直待在我身邊，像這樣把祂綁起來了喔。」

我以漆黑「根源死殺」的雙手扯斷鎖鍊，再用「破滅魔眼」毀滅掉。

「幼稚的愛。要是真的為母親著想的話，就差不多該獨立自主了吧。」

我隔著監牢，朝著位在對面的緊縛神踏出一步。

「……幼稚？你說我到底哪裡幼稚了啊！畢竟，媽媽想要跟我在一起喔？想要讓我保護啊……！」

「妄想也要適可而止啊。」

監牢的四個角落各自出現一條長鎖鍊，構築起了魔法陣。

「你是怎樣啦！在我面前，你那是什麼態度啊！為了讓你再也說不出這種瞧不起人的話，我要把你綁起來喔！」

緊縛神韋茲內拉發出龐大魔力後，紅、藍、黃、綠的鎖鍊就從各自的魔法陣中飛出。

「『緊縛檻鎖繩牢獄』！」

在我要以「破滅魔眼」瞪向鎖鍊時，紅鎖就巨大地膨脹起來，遮住了我的視野。下一瞬間，四條鎖鍊就纏上了我的身體。

「看吧，你已經逃不了了。紅鎖會束縛魔力、藍鎖會束縛身體、黃鎖會束縛五感、綠鎖會束縛思考。只要被『緊縛檻鎖繩牢獄』綁住，不論是要施展魔法、要走動、要視物，就連要好好思考都沒辦法啊！」

「緊縛檻鎖繩牢獄」的鎖鍊將我緊緊綁住。五感受到束縛，無法視物，就連碰觸的觸感都沒有。有逃離的方法。不過是被綠鎖束縛住思考了吧，知道有好幾種逃離方法，卻怎樣都沒辦法想出來。

「你以後就是我會說話的人偶了喔。要在這座牢獄裡，過著和我與媽媽愉快聊天的生活。啊啊，當然，我會讓你只聽得見我的聲音喔。畢竟要是不這樣做，就沒辦法說話了呢。」

「咯咯咯！」能聽到扭曲的笑聲。

「如果你說『口氣這麼囂張，真是對不起』向我道歉的話，就算要我再多給你一點自由也行喔。」

「唔，雖然是挺強大的力量，但就算隨便說要束縛自由，做起來也很困難。即使束縛的力量再強大，只要沒掌握到要束縛的思考，也無法加以束縛。」

「你在說什麼？是不服輸嗎？」

「不懂嗎？」

我朝勝券在握的緊縛神說道：

「我在說你有東西沒有完全束縛住。」

我張開嘴，從丹田發出聲音。看到我這麼做，祂就「咯咯」笑了起來。

「這是什麼？就只是像個笨蛋一樣張著嘴巴，是能——呃啊……！」

祂的身體受到激烈衝擊，全身噴出了鮮血。

「以神族來說，祢的耳朵很差。看來是聽不見這個音域的聲音啊。」

——死吧。

我將常人所聽不見的話語以一團超音波發出，激烈衝擊著祂的身體。

「只要知道的話，就這種程度！」

祂展開魔法屏障，擋住音波的振動。

「看吧。才不是有沒束縛住的思考，只是反正你都逃不了，所以才沒有去束縛啊。就算做這種無用的掙扎啊——————！」

魔法屏障被打碎，韋茲內拉被撞飛出去。

「沒束縛到的東西，我沒說只有一樣。」

祂一面把手撐在地上，搖搖晃晃地試圖爬起來，一面以驚愕的表情看向我。

「……這、這是……這是不可能的……你是怎麼，發出足以撞飛我的力量……不是魔

法……不是聲音……這種事是不可能呃啊——！」

被再度撞飛，韋茲內拉倒在地板上。

「不懂嗎？那就給祢一個提示吧。」

我豎起三根指頭給緊縛神看。

「……這是……什麼…………？」

「是三秒。只要在三秒以內，我就能讓那樣東西自由地進出身體。」

「…………進出身體……？三秒……？」

韋茲內拉恍然大悟後，露出「這怎麼可能」的表情。

「注意到了嗎？是我的根源。」

韋茲內拉立刻站起，為了跟我拉開距離而跑了起來。

「……這怎麼可能……就算是在三秒以內，你居然讓根源離開身體，更別說是用來毆打……！這種事不論怎麼想都是違反秩序……呃啊——！」

受到在這瞬間從我體內飛出的根源撞擊，韋茲內拉被再度撞飛，回到了這裡。祂搖搖晃晃地爬起，朝我瞪來。

「……啊啊……啊啊，是這樣啊……！我知道了喔，你不是尋常人物的這件事！既然如此，你就再離開一次看看啊……！只要綁住你的根源三秒，就算是你也不會沒事吧……我是緊縛神……這世上沒有我無法綁住的東西——」

「咯哈哈。」

韋茲內拉瞪大了眼。因為綁住我的「緊縛檻鎖繩牢獄」出現龜裂了。

「什麼……」

「遊戲結束了。」

儘管被紅、藍、黃、綠四種鎖鍊綁住，我也還是從容不迫地踏出步伐。

「……怎……麼會……為什麼……！」

「不過就是綁住了身體與魔力，祢難道以為就能束縛我的自由嗎？」

我用雙手抓住眼前的鐵欄杆監牢，注入魔力將鐵欄杆折彎。

「該死……該死……！」

那傢伙轉身決定逃走，背對著我跑了起來——在那之前，祂的手腕就被我抓住了。

「雖說是束縛了五感，難道祢以為我就認知不到祢嗎？」

我以「滅紫魔眼」反抗緊縛的秩序，以「根源死殺」之手斬斷「緊縛檻鎖繩牢獄」的鎖鍊。

「既然如此，這次就——」

緊縛神體內冒出龐大的魔力。

「……以絕對無法動彈的程度，將你五花大綁起來吧——！」

從鎖鍊的魔法陣中，再度伸出紅、藍、黃、綠的鎖鍊。數量比方才還多。這些無數的「緊縛檻鎖繩牢獄」的鎖鍊，為了束縛我而筆直襲來。這當中的其中一條——只有紅鎖被我以空手抓住，並躲開除此之外的鎖鍊。

「沒有祢無法綁住的東西是嗎？既然如此，祢就不得不遵從那個秩序。」

我揮動手臂後，就強行操控著那條束縛魔力的紅鎖，將「緊縛檻鎖繩牢獄」的其他鎖鍊綁了起來。於是，紅、藍、黃、綠的所有鎖鍊被捆成一條，反過來拘束起韋茲內拉的身體。

「什麼……！等……等等……！」

祂被自己創造出來的「緊縛檻鎖繩牢獄」的鎖鍊層層纏繞，身體被束縛起來。於是，我在轉眼間將緊縛神韋茲內拉捆了起來。

「……嗯……呃……啊——該、該死——放開我……放開我——！」

韋茲內拉就算竭盡魔力掙扎，也還是被「緊縛檻鎖繩牢獄」的四色鎖鍊拘束起來，全身動彈不得。因為紅鎖束縛住了魔力、藍鎖束縛住了身體、黃鎖束縛住了五感、綠鎖束縛住了思考。看來祂並不知道從那裡逃脫的方法啊。

我俯瞰著像條毛毛蟲一樣倒在那裡的男人，問道：

「就算習慣綁人，但被綁還是第一次嗎？」

§28 【誕生神】

在「嘎啦嘎啦」的聲響之下，覆蓋住艾蓮歐諾露她們周圍的鐵欄杆與鎖鍊崩塌下來。因為緊縛神被「緊縛檻鎖繩牢獄」拘束起來，魔法無法再維持下去了吧。

「嗯～終於自由了喔。」

在解除「四屬結界封」後，艾蓮歐諾露充滿解放感地使勁伸了個懶腰。

「看樣子，就唯有那個是特別的啊。」

我看向囚禁著溫澤爾的魔法監牢。即使緊縛神的魔力衰弱到這種程度，那個監牢也沒有崩塌，維持著堅固的防護。也就是說，祂無論如何都不想放誕生神離開啊。

『潔姊姊……能帶我到那裡去嗎？』

「交給……我……潔西雅……可是姊姊……！」

揹著安妮斯歐娜，潔西雅朝著溫澤爾跑過去。

「啊，不行啦！潔西雅，擅自過去很危險喔！」

艾蓮歐諾露連忙追著她過去。

「…………不行……不行啊……那是我的媽媽……我要保護祂……」

在我的腳邊，韋茲內拉就像夢囈似的喃喃自語。由於五感被束縛住，所以祂已經無法正常視物、聽聲了吧。我隨手拿起那條鎖鍊，在地上拖著緊縛神前往盡頭的魔法監牢。在我走近後，發現那裡有著各式各樣的壁畫。

是畫著關於神族的事情吧？乍看之下意義不明的壁畫非常多。

『我來救祢了喔，溫澤爾。』

安妮斯歐娜在緊緊靠近監牢鐵欄杆旁的潔西雅背上，如此說道。

『我把魔王阿諾斯，還有潔姊姊與艾蓮歐諾露帶來了。』

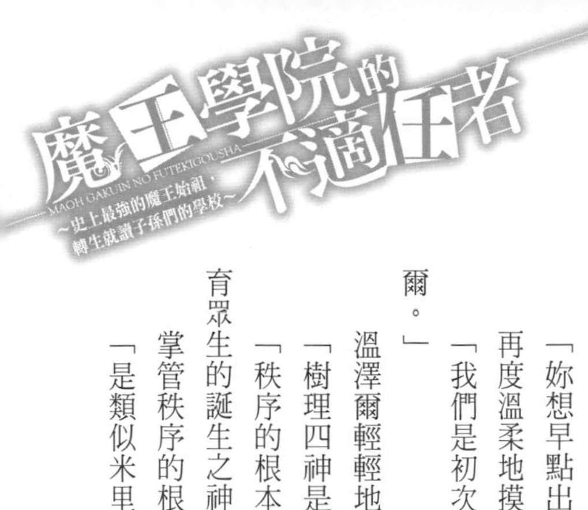

溫澤爾也站到鐵欄杆的旁邊。祂把手從鐵欄杆的縫隙之中伸出，溫柔地摸著安妮斯歐娜的頭。

「……真是拿這孩子沒辦法呢。因為會被墮胎神發現，所以我有跟妳說不要來救我吧。」

那尊神以溫柔的語調說道。

『……對不起……』

頭上的翅膀消沉垂下，安妮斯歐娜向她道歉。

『可是，安妮斯歐娜等不下去了。想說再不快點的話……』

「妳想早點出生吧。」

再度溫柔地摸著安妮斯歐娜的頭，誕生神溫澤爾將視線朝我看來。

「我們是初次見面呢，魔王阿諾斯。我是被稱為樹理四神的秩序之一，名為誕生神溫澤爾。」

溫澤爾輕輕地微笑起來，這樣向我打招呼。

「樹理四神是什麼？我還是第一次聽說。」

「秩序的根本，生命根源的基本原則，這些就稱為樹理四神。我是掌管誕生的秩序，撫育眾生的誕生之神。」

掌管秩序的根本嗎？說是樹理四神，也就是還有三尊神吧。

「是類似米里狄亞的秩序嗎？」

「要說類似，是很類似吧。只不過，米里狄亞是負責創造世界的神，而誕生神無法生下世界。樹理四神本來位在眾神的蒼穹深處，不為人所知地持續擔任著維持世界之幹的責任。」

「唔，這裡別說是深處，甚至還沒進到眾神的蒼穹啊？」

在我帶著「發生了什麼事嗎？」的言外之意問完，溫澤爾就靜靜地點了點頭。

「是在等候著你。」

祂平靜地向我笑著。

「我聽說暴虐魔王遲早會來到眾神的蒼穹。為了在其他的樹理四神之前見到祢，於是我決定在這座福斯羅納魯利夫裡等待著。」

「是聽誰說的？」

「我不記得有跟米里狄亞說過我要去眾神的蒼穹，就連今天會來這裡，也有一半像是偶然一樣，為何祂知道我會來？」

「是米里狄亞。因為祂是我唯一的知心好友。」

「我也所知不多。我就照順序說明吧。」

溫澤爾將視線看向安妮斯歐娜，接著說下去：

「這孩子——安妮斯歐娜是米里狄亞託付給我的新秩序。祂希望我能以誕生神的權能讓她誕生吧。」

「之所以無法斷定，是因為祢沒跟米里狄亞直接說到話嗎？」

溫澤爾露出沉痛的表情，點頭肯定。

「我想這孩子已和你說明過，說自己是為了讓這個世界溫柔的秩序。遺憾的是，除了這孩子所說的事情之外，就連我也沒辦法查明清楚。」

祂停頓了一下，倏地吸了口氣。然後，再度以凝重的表情繼續說明：

「魔王阿諾斯，在你轉生之後，米里狄亞留在了地上。而我就和平時一樣，待在眾神的蒼穹深處。我們之間，被你犧牲生命所施展的『四界牆壁』所隔開了。」

「的確，那是能對神族發揮絕大效果的牆壁。特別是能堵住神界之門呢。只不過，我不認為憑米里狄亞的力量穿不過去。」

「如果只是要穿越的話，祂也有辦法回到眾神的蒼穹吧。可是，因為創造了安妮斯歐娜，讓祂變得沒辦法這麼做了。」

溫澤爾以平靜的語調說道。

「祂的意志與這個行為，違背了自己作為創造神的秩序。米里狄亞無法反抗創造的秩序，讓祂的身體拒絕了穿越牆壁。」

違背創造神秩序的行為嗎？要是沒有「四界牆壁」的話，儘管要與自身的秩序鬥爭，也說不定還是有辦法返回神界吧。如果是我所創造的牆壁，阻擋在想要創造新秩序的米里狄亞之前的話，這也太諷刺了。

「但祂沒有放棄，只將安妮斯歐娜送到了這裡。」

誕生神一面摸著安妮斯歐娜，一面說道：

「這孩子還沒有出生，是即將誕生的秩序。我想這是米里狄亞要給我的訊息，希望能以我的權能讓這孩子誕生。」

就像個溫柔的母親一樣，溫澤爾注視著安妮斯歐娜。

「我對安妮斯歐娜注入了竭盡所能的力量。於是，安妮斯歐娜的秩序萌芽，讓這座芽宮神都福斯羅納魯利夫誕生了。」

「嗯——為什麼要讓安妮妹妹誕生，結果卻形成了城市啊？」

艾蓮歐諾露感到了疑問。

「跟痕跡神所有的痕跡大地與娜芙妲的局限世界一樣，也就是安妮斯歐娜的秩序在具體化後，所形成的神域就是這座城市。」

「如同魔王阿諾斯所說。只不過，就算用上誕生神的秩序，安妮斯歐娜也依舊還是根源胎兒，沒有辦法誕生。」

「為何？」

「我能想到幾個理由。首先第一個，是安妮斯歐娜的誕生違背了現存的秩序。不是其他，正是違背了這個誕生神的秩序。所以我才會無法讓這孩子完全地出生吧。」

違反誕生的秩序的存在，哪怕誕生神用上祂的權能也無法出生嗎？

「可是，米里狄亞是為了讓世界溫柔，才想創造出安妮斯歐娜的秩序吧？總覺得這和違反誕生神的秩序的說法有點矛盾呢。」

莎夏說道。

「啊——確實是這樣喔。我不覺得誕生神的秩序會是像阿貝魯猊攸那樣危險的秩序，這部分是怎樣啊？」

艾蓮歐諾露向誕生神問道。

「誕生神是掌管著生命與根源的誕生。生物在胎內孕育子女，就是經由誕生神溫澤爾的秩序。」

「……違反了這個秩序，反倒讓人覺得像是不好的秩序喔？」

艾蓮歐諾露感到疑問，安妮斯歐娜就悲傷地垂下視線。潔西雅回過頭，埋怨地瞪著艾蓮歐諾露。

「是在……欺負……安妮嗎……？」

「不、不是喔。我不是在說安妮妹妹怎麼了，而是在說安妮妹妹的秩序！妳看嘛，破壞神雖然是把世界破壞得亂七八糟的過分秩序，但莎夏妹妹只要不喝醉的話，就人畜無害喔。」

「最後一句很多餘喔……」

莎夏的冰冷視線刺在艾蓮歐諾露身上。舉起小手，米夏問道：

「創造安妮斯歐娜的，真的是米里狄亞？」

米里狄亞與溫澤爾被牆壁隔開，無法見面。這有可能是某人假冒米里狄亞的名義將安妮斯歐娜送來，試圖要欺騙溫澤爾。

「安妮斯歐娜是經由『創造之月』亞蒂艾路托諾亞所創造，送到這裡來的。除了米里狄亞之外，沒有神族能做到這種事。」

雖然亞露卡娜也能使用「創造之月」，但以代行者之身，是沒辦法發揮出足以改變秩序的力量。

我也不覺得她會這麼做。

「也就是說，安妮斯歐娜雖然違反誕生神的秩序，卻是為了讓世界變溫柔的秩序？」

「……這會是怎樣的秩序，我一點頭緒也沒有耶……？」

莎夏一面這麼說，一面苦惱起來。

「安妮斯歐娜無法誕生的其他理由是什麼？」

「墮胎神安德路克。墮胎的秩序在妨礙安妮斯歐娜的誕生，想要讓她死產。而這所代表的是，對這個世界來說，安妮斯歐娜是所不期望的生命。」

「也就是墮胎神的職責，是要抑制會擾亂世界秩序的事物誕生嗎？」

對於我的詢問，溫澤爾點了點頭。

「正如你說的。」

「只不過，這就怪了。墮胎神安德路克與誕生神溫澤爾難道不是相反的存在嗎？」

停頓了一會後，溫澤爾說道：

「我跟安德路克確實是相反的秩序沒錯……？」

「安妮斯歐娜的誕生，不僅違反了墮胎神的秩序，也違反了誕生神的秩序。居然同時違反了相反的兩個秩序，這是為什麼？」

在數秒之間，沉默籠罩著這裡。

「……我不知道……或許，說不定是因為安妮斯歐娜不受所有秩序歡迎……要說的話，就是這個世界本身在忌諱她的誕生吧……」

米里狄亞之所以無法來到這裡，也是因為創造神的秩序在拒絕安妮斯歐娜的誕生。這種看法未必是錯的吧。

「意思是比起神族稱為不適任者的我，世界覺得更需要避免安妮斯歐娜的誕生嗎？」

「……是的……」

秩序與秩序之間會緊密地互相影響。就像沒有創造就沒有破壞一樣，沒有誕生也就沒有墮胎。所有的秩序好比是讓世界循環的存在，而擾亂這個循環的就是安妮斯歐娜啊。這樣想的話，也會覺得很奇妙。所謂的神族，儘管各自有著特有的秩序與特有的意識，全體也還是表現得宛如一個秩序嗎？

「儘管無法確定是否與此有關，但安妮斯歐娜就只能以不完全的狀態出生。她有著不足的東西。那會是什麼，肯定就只有米里狄亞知道吧。而恐怕——」

「安妮斯歐娜應該自己知道那是什麼嗎？」

溫澤爾點了點頭。

「知道你遲早會前往眾神的蒼穹的也是安妮斯歐娜。這是米里狄亞託付給她的話語吧。就算是不完全，只要讓她出生的話，應該就會完全回想起米里狄亞的訊息了。」

「既然如此，那就簡單了。只要讓安妮斯歐娜出生，找出不足的東西，讓她成為完全的秩序就好。這樣世界就會變得比現在溫柔。」

我把手伸向魔法監牢。

「退後。我幫祢破壞掉監牢。」

「不，只要我留在這裡，墮胎神安德路克就會再度過來吧。我想要再試著說服祂一次看看。」

「有對話的餘地嗎？」

「……我不知道。儘管如此，我也是祂的姊姊。只要安德路克覺醒了要違背秩序的感情，就算不毀滅祂，也應該能讓安妮斯歐娜誕生……」

這反過來說，就是墮胎神沒有像是情感的感情啊。

「要是無法說服的話？」

帶著做好覺悟的表情，誕生神說道：

「……到時就沒辦法了。毀滅祂吧……魔王阿諾斯，當你遇見安德路克時，也請不要手下留情……」

『……不行……！』

安妮斯歐娜大聲喊道。在將視線看過去後，就見她以認真的語調說道：

『……不能毀滅掉墮胎神，因為米里狄亞是這麼說的喔……！』

§29 【安妮斯歐娜之謎】

疑惑的氣氛籠罩著這裡。莎夏一臉凝重地沉思，在米夏眨了眨眼後，微歪著頭。最先開口的是艾蓮歐諾露。

「明明是因為墮胎神的秩序讓安妮妹妹無法出生，卻不能毀滅掉墮胎神，這到底是什麼意思啊？」

『……我不知道，可是，安妮斯歐娜的記憶是這樣說的。說不能毀滅掉墮胎神安德路克……』

「……是指能說服安德路克嗎？像是祂其實是個好神之類的？」

莎夏說道，溫澤爾就露出過意不去的表情。

「墮胎神安德路克是忠於自身秩序的神族。跟我和米里狄亞不同，沒有要違背自身秩序的意思……」

「不過，溫澤爾覺得有辦法說服祂吧？」

在這瞬間，溫澤爾一副苦於回答的樣子。

「……要是安德路克覺醒了自身的感情，我想這會是最好的方法。不過，不能拘泥在這件事上。最該優先的是要讓安妮斯歐娜誕生。但願這個世界能變得更溫柔一點。」

像在表示覺悟一樣，誕生神溫澤爾說道：

「這是米里狄亞，還有我的願望。」

「嗯～這樣的話，我就越來越搞不懂了喔？到底為什麼米里狄亞會說不能毀滅掉墮胎神啊？」

同時歪著食指與腦袋，艾蓮歐諾露一臉疑惑的表情。

「米里狄亞恐怕在顧慮我吧。作為同樣有著妹妹的姊姊，祂肯定是體諒我不得不對安德路克下手的心情。」

輕輕吁了口氣，祂遺憾地說道。

「可是，安德路克跟米里狄亞的妹妹阿貝魯猊攸不同，並不懂事。」

米里狄亞是想避免毀滅朋友的妹妹嗎？雖是有可能的事，但真的就只有這樣嗎？也有其他意圖的可能性吧。

「就算是暴虐魔王，也沒辦法讓神族的感情覺醒吧？」

「沒什麼，這種事我早就試過了。輕而易舉喔。」

溫澤爾很驚訝似的張大嘴，瞪圓了眼。

「……讓安德路克的感情覺醒嗎？」

「如果只是要讓祂覺醒的話。說不定會有點粗暴喔？」

溫澤爾點了點頭。

「要是能不用毀滅祂的話，我求之不得。」

「如果米里狄亞期待我這麼做的話，事情就簡單了。」

米夏轉向我說道。

「無法斷定？」

「到底是無法啊。」

「不過，要是安德路克的感情覺醒的話，就不用跟祂戰鬥了吧？盡可能地不要毀滅秩序，感覺各種麻煩事也會比較少的樣子……」

我朝著這麼說的莎夏，緩緩地將視線看過去。

「……不是嗎？」

「即使覺醒了感情，也不清楚祂會不會反抗秩序。就算是諾司加里亞，最後也在我的面前感到了恐懼。但怎麼看都不覺得祂有洗心革面啊。」

我將視線移向溫澤爾，繼續說道：

「話雖如此，也還是有可能讓安德路克成為夥伴的。現在還是不要強行讓溫澤爾離開這座監牢會比較好吧。不要把事情鬧大，等待著墮胎神。要是出現的話，總之，溫澤爾就先試著說服祂吧。神族對抗秩序的關鍵是愛與溫柔。最有可能讓祂覺醒愛與溫柔的，除了作為姊姊的祢之外別無他人。」

「……我知道了……」

「別太逞強。要是不行的話，再來只要交給我就好了。」

萬一要毀滅祂，也不能讓溫澤爾動手。

「墮胎神何時會回到這裡？」

「我不知道。我想不需要等太久的時間，恐怕就兩、三天左右。」

「既然如此，那我們要怎麼做？在等待祂的時候，要先去找阿貝魯猊攸塗鴉過的石板嗎？」

莎夏這樣提議著。

「不，要先確認是否真的是因為有墮胎神的秩序，才讓安妮斯歐娜無法誕生。意外地，這種事說不定只要強行制伏的話，就有辦法解決了。」

「又在說亂七八糟的事了……」

「啊～不過，如果是阿諾斯弟弟的話，說不定真的能做到喔。」

莎夏與艾蓮歐諾露投來有點半傻眼的眼神。我沒什麼放在心上，向溫澤爾問道：

「還有其他安妮斯歐娜無法出生的理由嗎？」

「再來就只剩下一個。那就是她為了出生而必要的東西被奪走了。」

溫澤爾答道。

「唔，這我已經聽過了。是沒有心的人偶、沒有魔力的容器、沒有身體的魂魄吧。」

她點了點頭。

「聽說就在這座城市的某處，祢有掌握到下落嗎？」

「沒有心的人偶放在沒有屋頂的宅邸之中，沒有魔力的容器陳列在沒有門的店舖裡，沒有身體的魂魄埋在沒有墓碑的墓地內。」

這麼說來，在過來的半路上是有看到好幾棟奇怪的建築物啊。

「知道得這麼詳細卻沒有動手，是因為祢在這之前就被墮胎神打敗了嗎？」

「雖然也有這個因素，但究竟哪一個是真的，就連我的神眼也無法看穿。」

「意思是，不只一個？」

「是的。沒有屋頂的宅邸，在這座福斯羅納魯利夫裡就有好幾棟，裡頭都必定存在沒有心的人偶。沒有魔力的容器與沒有身體的魂魄也一樣。由於它們發出的魔力波長全都看起來一模一樣，所以連要區分都很困難。」

『……安妮斯歐娜也不知道哪一個是真的……』

這座城市是安妮斯歐娜秩序的具體化。也就是說，為了出生而必要的東西會被奪走，就等同是她的秩序遭到扭曲了。要是她能夠自行出手讓自己出生的話，那她就不用這麼辛苦了。

「而且，那裡還有著墮胎的守護神……」

「只要知道這些就夠了。總之就先湊齊這三樣。米夏、莎夏。」

米夏眨了眨眼睛，莎夏就像在打量似的看著我。

「妳們留在這裡。知道該做什麼吧？」

米夏點了點頭。

「也就是要避免讓墮胎神發現到，保護好溫澤爾對吧。」

莎夏說道。

「最壞的狀況，也只要在我來之前爭取時間就好。」

「只不過，魔王阿諾斯。即使是相反的秩序，神族也不會毀滅神族。」

溫澤爾說道。

「通常來講呢。要是接近安妮斯歐娜的誕生，就沒辦法這樣了。只要衡量起誕生神的喪失與安妮斯歐娜的誕生，祂們應該就會不得不去選擇更不會擾亂秩序的做法。」

我將魔眼朝向誕生神，注視著從祂身上溢出的魔力。

「祢現在也還在為了讓安妮斯歐娜誕生，在持續施展祢的權能吧？」

「是的。」

「既然如此，只要現在毀滅祢，安妮斯歐娜就不會出生。就算假設我們成功讓墮胎神的感情覺醒了，這也不一定會往好的方向發展。也能認為祂會行凶殺祢吧。」

在想了一下後，溫澤爾再度說道：

「……我知道了……照你說的去做吧，魔王阿諾斯……」

「很好──那我跟潔西雅還有阿諾斯弟弟，就去努力地把安妮妹妹生下來喔──」

艾蓮歐諾露這麼說，潔西雅展現出幹勁來。

「安妮……就交給……潔西雅我們吧……！魔王軍是……不敗的……！」

『嗯，謝謝姊姊。』

安妮斯歐娜緊緊抱住了潔西雅的背。在這瞬間，她就以猛烈的氣勢跑了出去。

「……潔西雅……要去了……！我可是……姊姊……！」

「啊，不行啦！潔西雅！」

艾蓮歐諾露慌慌張張地追在她們後面。

「魔王阿諾斯，最後還有一件事。」

我正要轉身離開，溫澤爾就說道：

「如果你要毀滅墮胎神的話，到時在毀滅祂之後，請盡早地於一天之內讓安妮斯歐娜生下來。」

「為何？」

「墮胎與誕生是裡與表的秩序。如果墮胎的秩序消失，整合就會瓦解，讓世界傾向於誕生吧。要是誕生的秩序變得太強，安妮斯歐娜說不定就會以不期望的形式誕生。」

只要一個齒輪失常，全體的運作就會紊亂。還真是麻煩啊，所謂的秩序。

「我知道了。哎，只要有一天就夠了。」

「還有，感謝你對韋茲內拉的處置。」

我朝著以鎖鍊拖到這裡來的緊縛神看去。

「是在說什麼？」

「因為那孩子愛慕著我……因為我擔心那孩子的安危，所以你才沒有毀滅祂吧？」

誕生神帶著滿面笑容說道：

「對不起，給你添麻煩了。韋茲內拉還像個小嬰兒一樣，獨占欲太強了。雖然我想祂一定能成長為好孩子的……」

哎，儘管有點扭曲，但緊縛神所擁有的毫無疑問是對母親的愛情。這傢伙也是能反抗自身秩序的神族吧。

「沒什麼，因為正好有條合手的鎖鍊呢。就只是綁起來比毀滅祂來得簡單。」

溫澤爾忍不住微微笑起。

「魔王阿諾斯，你果然就跟米里狄亞說的一樣呢。」

然後，祂就彷彿在祈禱似的說道：

「我相信如果是你的話，就一定能讓米里狄亞所希望的溫柔的秩序——安妮斯歐娜生下來的。」

「溫澤爾。這麼說來，我有件事忘了問祢。」

「是什麼事？」

我指向莎夏。

「在那裡的莎夏是破壞神阿貝魯猊攸的轉世。而根據她想起的記憶，米夏說不定是米里狄亞的轉世。」

指向莎夏的手指，這次是指向米夏。

「祢知道什麼嗎？」

溫澤爾將神眼直直地望向米夏。過了一會，祂左右搖了搖頭。

「我感受不到創造神的秩序。要是沒有秩序，我就沒有辦法辨別。」

「這樣啊。那就算了。」

我轉身離開，背對著祂說道：

「有時間的話，就跟她們說說米里狄亞的往事吧。這樣說不定會讓她們回想起什麼。」

§30 【創造神的往事】

就在我離開宮殿之後沒多久。

「……那麼，接下來要怎麼做？」

莎夏將視線看向監牢裡的溫澤爾，並如此說道。我經由米夏的魔眼看著這一幕。

「總之，必須要想辦法處理這個緊縛神吧？就這樣綁著，等到墮胎神回來時也會讓祂起疑心……」

莎夏往下看著被鎖鍊捆起，倒在地上的緊縛神韋茲內拉。

「藏在哪裡？」

米夏問道。

「就只能這麼做了吧……？但要是看不到人的話，祂也一樣會起疑心吧？」

「墮胎神安德路克今天不會回來吧。能就這樣讓祂再稍微待一陣子嗎？」

誕生神溫澤爾邊這麼說，邊從監牢的縫隙之間把手伸出。在從指尖發出魔力後，緊縛神就輕輕飄起，被拉到了鐵欄杆前。祂溫柔地摸著韋茲內拉的頭。由於五感遭到束縛，所以祂應該幾乎沒有觸覺，然而韋茲內拉卻露出了些許安心的表情。

莎夏在將視線朝向米夏後，她就點了點頭。

「我知道了。就再一下喔。」

「真是對不起呢。這孩子其實是個非常溫柔的好孩子。雖然妳們說不定沒辦法相信我的話……」

「我相信。」

米夏以淡淡的語調說道。雖是缺乏感情起伏，但是在眼睛深處確實能看到溫柔的神色。

溫澤爾輕輕揚起微笑。

「是叫做米夏嗎？妳這種地方，很像米里狄亞呢。」

米夏眨了眨眼睛。

「很像？」

「是啊。非常地像。雖然好像沒伴隨著創造神的秩序，但是就跟阿貝魯猊攸回想起的記憶一樣，妳說不定就是米里狄亞呢。」

莎夏與米夏面面相覷。

「奇怪的感覺。」

「我在得知自己是破壞神的時候，也是這種心情喔。」

兩人再度轉向溫澤爾。

「祂是怎樣的人？」

聽到米夏這麼問，溫澤爾彷彿在遙想過去似的望向遠方。

「祂是個沉默寡言，溫柔的神。經常從神界看著地上。」

「祢說的神界，是比這裡還遠的地方吧？在穿過神界之門後，次元也會不同。神族能從這種地方看到地上嗎？」

莎夏疑惑地問道。

「米里狄亞是創造神，是創造這個世界的秩序。不論地上、蒼穹、地底，全都像祂的庭院一樣。只要創造神米里狄亞想要，就能將整個世界盡收眼底吧。」

「所以米夏的魔眼才會很好嗎？」

莎夏就像忽然注意到一樣地說道。米夏微歪著頭。

「無法看這麼多。」

「……大概就跟我一樣，是把秩序留在哪裡了吧？連溫澤爾都感受不到創造神的魔力，米夏也無法使用『創造之月』……」

米夏眨了兩下眼睛。

「假如我是米里狄亞……」

即使並非全部，但是跟已經取回了破壞神記憶的莎夏不同，米夏沒有回想起任何事情。會感受不到真實感，可說是理所當然吧。

「也是呢……畢竟還沒有確定……」

莎夏「嗯～」地煩惱起來後，突然想到什麼似的把臉抬起。

「啊，不好意思。那個……是說到哪裡了……？」

莎夏尷尬地說道。溫澤爾平靜地微笑起來，繼續說道：

「米里狄亞擁有一雙能看得很清楚的神眼。但也因為如此，祂比誰都還要清楚世界是殘酷的。這讓我想起祂一面注視著地上，一面帶著宛如在扼殺心靈似的表情，佇立在眾神的蒼穹上的模樣。」

溫澤爾當時是在守護著這樣的祂吧。總覺得祂對於米里狄亞的愛情，從祂的話語之中傳達過來了。

「在漫長的歲月裡，祂一直在看著世界。祂作為創造的秩序的職責，在創造完這個世界後幾乎結束，祂所能做的頂多就是在一旁看著。我曾一度問過祂。為什麼要這樣地一直看著世界？」

「祂怎麼說？」

米夏問道。

「米里狄亞說祂創造了不溫柔的世界。」

這句話讓她有所感觸吧，米夏低頭沉思起來。

「我們這些神、這個世界的秩序，就彷彿流動的河水一般。這道河水就算會在途中分流，主流也不會改變，況且這還不是能被擋下的平穩水流。」

溫澤爾帶著悲傷的眼神說道：

「儘管如此，祂……米里狄亞也還是祈求著。希望能創造出溫柔的世界。然而，在祂所創造出來的這個世界上，人類與魔族、還有其他種族卻在互相鬥爭、彼此傷害著。就連同為人類、同為魔族的人們之間，爭執的源頭都不曾有一刻消失過。世界總是處在戰火之中，是

個鮮血與叫喊不曾間斷過的，有如地獄一般的場所。」

米夏微微顫抖的手，被莎夏輕輕握住。

「不將目光移開，是祂所能做到的唯一贖罪吧。只有與某人共有悲傷，是對創造出地獄的自己的懲罰。」

「米里狄亞這麼說了……？」

對於米夏的詢問，溫澤爾左右搖了搖頭。

「祂不曾這麼說過。雖然如此，唯獨這件事我能帶著確信地說出來——祂是個非常溫柔的神。」

米里狄亞說不出口吧。覺得自己沒資格說這種話，一直在責備著自己。不知道是幾千年、幾萬年、幾億年。打從創世以來，祂就一直不為自己找藉口，只是持續地看著世界。

「米里狄亞一直在看著這個冰冷且殘酷的世界，卻在某一天看到了朦朧的希望。」

直直注視著溫澤爾的眼睛，米夏開口問道：

「阿諾斯……？」

「嗯，沒錯。擁有足以擊敗神的力量的暴虐魔王，顛覆秩序的不講理的化身——魔王阿諾斯。對眾神來說可謂天敵的他，但是對米里狄亞來說，卻是一道微弱的光芒。」

溫澤爾彷彿回想起當時的情況般說道：

「米里狄亞曾對我說過，祂還以為自己會被憎恨著。實際上，魔王阿諾斯不曾原諒過創造神吧。因為對他來說，我們就像是玩弄生命一樣的存在。祂也沒有辯解吧。說不定還曾經認為，如果魔王能毀滅眾神，創造出新世界的話，會是最好的結果了。」

很像是米里狄亞會有的想法。

「所以，米里狄亞裝出沒有在關注地上的模樣，就只是作為創造神的秩序降臨在魔王面前了。」

「……阿諾斯沒有毀滅祂……」

溫澤爾點頭肯定米夏的話語。

「米里狄亞說他們聊到了天明。祂就像平時一樣面無表情，淡淡地，卻非常高興的樣子。雖是微弱的光芒，但確實照亮了置身在黑暗之中的祂吧。不久後，魔王向米里狄亞提出了要一起邁向和平的提議。」

「那個提議，是將世界分成四塊的牆壁？」

「是的。人類、魔族、精靈，就連神都被魔王所建造的牆壁隔開。然後，漫長的漫長的戰爭因緣，就在這時終於中斷了。在世界誕生之後，不知度過了多少夜晚，如今才第一次，真的是第一次，讓地上迎來了難以置信的和平。」

溫澤爾以充滿熱情的語氣說道。對祂來說，這是期盼已久的事情吧。另一方面，聽到祂這麼說的莎夏，驚訝似的張大了嘴。

「……等等，所以是什麼？祢是說直到僅僅兩千年前，人類與魔族都一直在戰爭嗎？」

「在一個種族毀滅，生命的數量減少後，戰爭有時也會平靜下來。不過潛在的火種，從

未有一天斷絕過。對我們來說，如今這個世界處在甚至是不自然的奇蹟之中。」

「……現在……居然是世界有史以來的首次和平……」

莎夏忍不住茫然說道。

「很像是阿諾斯。」

對於米夏的感想，莎夏回以感到無言的笑容。

「這雖是我的推測，但米里狄亞恐怕是認為現在的和平還不完全吧。所以才會創造出安妮斯歐娜。」

米夏眨了眨眼睛，向溫澤爾問道：

「秩序的整合？」

「是的。為了帶來和平，魔王阿諾斯奪走了破壞神的秩序。就如我方才說的，世界處在不自然的奇蹟之中。現在的和平，往往是建立在即將崩潰的危險平衡之上。所以還差一步，為了要掌握真正的和平，必須調整這個世界的秩序。」

溫澤爾直直注視著米夏，溫柔地向她微笑。

「米里狄亞絕對不會把世界交給他人，只讓自己在遠處旁觀吧。還差一步。假如妳就是米里狄亞的話，即使失去了記憶，如今也肯定還在為了掌握真正的和平而奮戰吧。」

米夏沉思起來。不過，她像是不懂似的歪著頭。溫澤爾以溫暖的表情看著她的這副模樣。只不過，她忽然以凝重的眼神看向兩人，開口說道：

「我必須得向妳們兩人說明才行呢。」

「……等等……」

莎夏打斷溫澤爾的話語說道：

「就要想起來了……」

她的眼睛，彷彿創星一樣發出了藍光。是方才的對話成為契機了吧，破壞神阿貝魯猊攸的記憶就要甦醒過來了。

「……阿諾斯……」

莎夏經由魔法線呼喚著我，以「意念通訊」將過去的記憶送來——

§ 31　【天父神與創造神】

這是祂遙遠的記憶——

月明星稀的深夜時刻，守護王都蓋拉帝提的聖明湖。一名男子走在湧出聖水的湖面上，祂帶著黃金的頭髮與燃燒般的火紅魔眼。背上長著光翼的那尊神族，是讓秩序誕生的秩序，稱為天父神諾司加里亞。

「服從吧。神聖之水啊。神的話語乃是絕對的。」

諾司加里亞在踏上水面後，湖面就泛起巨大的波紋。彷彿要避開祂的腳，湖水捲起漩渦，形成了深邃的空洞。朝著那個洞穴，天父神往下飄去。不久後接近湖底，將視線看過去

的諾司加里亞就說道：

「服從吧，大地啊。神的話語乃是絕對的。」

「轟、轟、轟、轟轟！」響起地鳴，地面像讓路似的變形起來。構築出有如漩渦般的洞穴後，諾司加里亞就飛了進去。在不斷地不斷地下降後，就能漸漸看到朦朧的光亮。天父神無聲無息地飄落在這裡。周圍飄浮著大量以聖水構成的水球——聖水球。諾司加里亞將視線朝向當中一顆特別大的水球。

「胎動啊，響起吧。此刻，新的秩序於此誕生。」

在低沉莊嚴的聲音響起後，聖水球之中就充滿淡淡的光芒。中心有著小小光球。這是根源——過去曾是人類之人的根源。強大魔力經由聖水之力與天父神的秩序注入那個根源，散發出難以想像的力量。

「以天父神的權能，伴隨著憎恨而活的人類啊，授予汝新的魔法秩序之名。『魔族斷罪』、『根源母胎』。以這兩個常理、兩股力量，汝等要毀滅魔王，殲滅其子孫們。」

立體魔法陣畫在周圍的聖水球上，將魔法線連到那個根源之上。大量的魔力注入，中央的聖水球如星光般閃爍著。

不久後，那個淡淡光球——傑魯凱的根源就一分為二了。

「憎恨魔王、憎恨魔族。偏離這個世界的架構的不適任者，你要永遠地一直憎恨下去，絕對不能原諒他的存在。此乃世間的常理、是天理，也就是『魔族斷罪』的魔法秩序。」

諾司加里亞微微露出笑容。

「於是，『根源母胎』會孕育生命。神的分身、虛假的根源、無心的殺戮士兵，也就是紀律人偶潔西雅。」

天父神的光翼展開，在聖水球上畫出黃金的魔法陣。

「將暴虐魔王毀滅吧。將迪魯海德的魔族毀滅吧。將他轉生的所有容器盡數毀滅，讓他的根源永遠地徬徨下去吧。神的話語乃是——」

為了覆蓋住黃金的魔法陣，再度疊上好幾層的魔法陣，漸漸構築成球狀的立體魔法陣。金色粒子升上天空，開始瀰漫起來。諾司加里亞把雙手誇張地舉起。

「——絕對的！」

「祢錯了。」

白銀光芒自遙遠的天空灑落，宛如神刃劈下一般，將黃金的球體魔法陣一刀兩斷。天父神瞪向眼前。翩翩飄落在那裡的是一片雪月花。不知不覺間，「創造之月」亞蒂艾路托諾亞已在天上閃耀。

「神不是絕對的。」

發出靜謐的聲音，伴隨著雪月花在此降臨的，竟是有著銀色長髮的少女——創造神米里狄亞。祂的雙眼直直看向諾司加里亞。

「哈哈！」

天父神忍不住發出冷笑。那道笑聲總覺得缺乏感情，就只是毫無生命感地響徹開來。

「創造世界的創造之神啊。祢遵從秩序，成功將魔王的身體與根源分離了。向阿諾斯·

波魯迪戈烏多獻殷勤，假裝是他的夥伴，讓魔王轉生了。」

諾司加里亞慢慢地走近米里狄亞。

「神的計畫乃是絕對的。藉由『魔族斷罪』與『根源母胎』這兩個魔法，偏離架構的不適任者的命運，將會再度被固定在秩序的內側。」

「祢認為如果是轉生之前，就能夠毀滅魔王。」

諾司加里亞露出無畏的笑容。

「不只是天父神，所有的秩序都這樣判斷了。」

「祢錯了。」

米里狄亞靜靜說道。

「祢——創造神的秩序，說這個方法無法打倒魔王嗎？」

祂左右搖著頭。

「不論是『魔族斷罪』，還是『根源母胎』都不溫柔。只會傷害人的秩序是錯的。」

「哈哈！」

再度忍不住發出冷笑，天父神說道：

「神是不會犯錯的。」

「祢覺得是正確的？」

米里狄亞以毫無生命感，卻感覺很悲傷的聲音問道：

「祢不知道這兩個魔法會產生怎樣的結果嗎？」

「這是常理，是秩序。而明天世界也會正常運轉。神的天理乃是絕對的。」

「誕生的不是秩序，而是悲傷；不是常理，而是悲劇。會產生淚水的秩序才不正確。」

「神沒有悲傷。那就只是秩序，為了讓這個世界一直維持在應有樣貌之下的存在。悲傷不是神的責任，那是渺小生命們所要背負的宿命。」

帶著悲傷的眼神，米里狄亞注視著諾司加里亞。

「……對不起……沒有溫柔地創造祢……」

創造神眨了兩次眼睛。第一次眼睛染成了白銀色，第二次化為「創造之月」亞蒂艾路托諾亞。

「創造成溫柔的秩序。」

米里狄亞忍不住低聲說完，溫柔地注視起聖水球裡的根源。其中一個根源纏繞上白銀月光，緩緩離開到聖水球之外。輕輕飄浮的光球來到米里狄亞身旁，落在祂的手上。

「啊啊，原來如此。我理解了喔。祢已經瘋了啊。」

「瘋的是祢。」

將米里狄亞的話語「哈哈！」一笑置之，天父神說道：

「就來救濟祢吧。創造神，受暴虐魔王擾亂扭曲的秩序啊。就接受天父神之力，恢復成原本的姿態吧。」

諾司加里亞的魔眼發出紅光，祂讓雙手分別竄起白銀與黃金的兩道火焰。

「接受神之雙炎的審判吧。」

在這瞬間，白銀火焰與黃金火焰將米里狄亞包覆起來。「轟隆隆隆隆隆隆——」發出轟響，火焰激烈地捲起漩渦。只不過——

「冰晶。」

米里狄亞在瞥了一眼後，祂周圍的火焰就在眨眼間立刻凍住，粉碎四散了。

「以神劍羅德尤伊耶下達審判。」

諾司加里亞的周圍竄起了無數火焰，並接二連三地變化成閃耀著黃金光芒的神劍羅德尤伊耶。

「受魔王扭曲的愚蠢秩序——創造神米里狄亞。真是可憐。就以這把神之刃，討伐瘋狂的神之心吧。」

從前後左右上下襲來的無數把羅德尤伊耶猛烈射出，被米里狄亞盡數納入視野，並從眼中發出白銀光芒。

「『源創神眼』。」

轉眼之間。在這瞬間，羅德尤伊耶改變前進方向，讓劍刃與劍刃交錯。一面發出「噹啷、噹啷」的聲響，所有的神劍一面交錯在一點上，最後被光芒籠罩起來。

「冰世界。」

從光芒之中出現的是小型的玻璃球體。宛如魔法模型一樣，在內側構築著降雪的冰世界。光芒擴大，雪月花有如暴風雪般飛散。

「……唔……呃……！」

諾司加里亞的身體被吸向那個小型冰世界的模型之中。哪怕天父神為了反抗而竭盡魔力，也只有稍微減緩了吸引的速度。

「暫時在裡頭待著。」

「哈哈！」

儘管下半身已被完全吸入，諾司加里亞還是張開右手給祂看。那裡有著方才被一分為二的其中一個根源。是從聖水球裡抓出來的吧。

「『魔族斷罪』的秩序在我手上。而憑祢的權能，無法重新創造『根源母胎』。所以只是早晚的差別吧。讓秩序誕生的秩序如果一直被囚禁在這種地方的話，這個世界就會無法正常地發揮機能。這祢也是知道的。」

身體被更加吸入，諾司加里亞一面只將臉與手勉強地伸出來，一面勝券在握似的得意地說道：

「魔王會毀滅。世界不會改變。神的秩序乃是絕對的。」

諾司加里亞被完全吞進玻璃球的世界裡了。米里狄亞不理會祂，將手上淡淡發光的根源輕輕地擁入懷中。

「就如祂所說的，我沒辦法幫助妳。」

在夜空中閃耀的亞蒂艾路托諾亞，將白銀光芒灑落在創造神身上。祂就像是被這道光邀請一樣，慢慢地浮上天空。

「但是，希望妳能盡可能溫柔地誕生。」

米里狄亞以「源創神眼」溫柔地注視著那個根源。為了彌補被分割成一半的根源，祂創造出新的根源，在那裡融合起來了。

「希望妳能等兩千年。將妳從那個悲劇之中解放出來的人一定會來的。」

米里狄亞溫柔地放開了那個根源。那個根源畫出「根源母胎」的魔法陣，朝著上下立起了耀眼的光柱。那是即使身為擁有優秀魔眼之人，也幾乎無人看見的秩序之光。那道光輝彷彿是支撐天地的支柱。米里狄亞升上天空，在不知不覺間周圍變成漆黑的天空。那裡是生命所無法抵達的，稱為黑穹的場所。在祂眼前，飄浮著魔王城德魯佐蓋多的下層部分。

「阿貝魯猊攸。」

米里狄亞的掌心上飄起雪月花，變成小小球體——創星艾里亞魯。就像要將記憶交給妹妹一樣，祂朝著德魯佐蓋多放出了那顆創星。

「我會實現祢的願望。雖然直到最後都無法見面，但我的心一直都陪伴在祢的身旁。」

艾里亞魯一面發出蒼白光芒，一面緩緩地溶入德魯佐蓋多之中。

「不久後，世界將會失去秩序，遭到混沌吞沒。這會是開端。溫柔——的開端。但願如此。」

創造神宛如在說給妹妹聽似的說道：

「祢會再度戀愛，然後一定會回想起來。因為我將希望、將安妮斯歐娜留在這裡了。就和魔王一起找到她吧。還有——」

以靜謐的聲音，米里狄亞輕輕低語：

「要是總有一天和平到來的話，請回想起來。我曾在這裡戰鬥過。」
用指尖輕輕碰觸著魔王城的外牆，米里狄亞說道。
「為了讓世界變得溫柔。」

§ 32 【沒有心的人偶】

離開溫澤爾所在的宮殿後，我們沿著芽宮神都福斯羅納魯利夫的大街南下，來到那道門前。門內有著庭園，盡頭聳立著沒有屋頂的豪華宅邸。
「安妮……是……這裡嗎……？」
潔西雅向身旁的安妮斯歐娜問道。
『嗯。雖不知道這裡有沒有真貨……』
「嗯～沒有屋頂的宅邸有很多間呢。是要怎麼找出真貨啊？」
艾蓮歐諾露就像在說要全丟給我去做一樣地看過來。
「總之先去看看實物吧。雖然從外頭窺看就好，但很不巧，在這個神域裡，魔眼的運作會受到阻礙。」
在腦海中的一隅，播放起因為與溫澤爾的對話而回想起的莎夏記憶。我將這段影像也傳送給艾蓮歐諾露她們。

「哇喔，能在腦中看到什麼喔！」

「好像又回想起來了。邊找邊看就好。」

我邊說邊將庭門大開，毫不遲疑地走進去。艾蓮歐諾露從後面跟上。即使稍微警戒著四周，也沒特別發現到威脅，沒發生任何事情就來到宅邸前。

在打開門後，「嘰」地響起老舊聲響。

「咦？很暗喔。」

雖然沒有屋頂，但上面樓層擋住了光亮，讓宅邸的一樓很昏暗。

「我來……照亮……！」

潔西雅從魔法陣中拔出光之聖劍焉哈雷，在宅邸裡發出光亮。室內乾淨到讓人毛骨悚然。筆直鋪設的紅毯前有一道階梯，通往樓中樓。地毯兩側排列著騎士的銅像，牆上掛著好幾幅畫。沒有人的氣息。

如果是無人使用的宅邸，感覺會蒙上一層灰，但不論是地板、銅像還是階梯的欄杆，全都像是擦過一樣地閃閃發光。不覺得守護神會跑來打掃。因為是神域，所以不同於地上是不會髒的吧。

「走吧。」

我走在地毯上。

「話說回來，沒有心的人偶是長得怎樣啊？」

艾蓮歐諾露豎起食指，歪頭困惑著。

「……是……這個嗎……！」

潔西雅用焉哈雷照著銅像，勇敢地用魔眼看過去。

『那是普通的銅像。』

一面讓頭上的翅膀抖了一下，安妮斯歐娜一面說道。

「……竟然是……普通的銅像……」

潔西雅沮喪地垂下肩膀。

「安妮斯歐娜，妳知道沒有心的人偶的外表與魔力嗎？」

『我想大概是一般的人偶……不過，我沒有看過……外表說不定會變化，沒有一定的樣子……安妮斯歐娜除了沒有心的人偶之外，知道的並不多……』

安妮斯歐娜頭上的翅膀似乎很沮喪地消沉垂下。潔西雅小碎步繞到她的正面。

「沒問題……的……！安妮……潔西雅會找到的……！」

就像在打氣一樣，她用力地握起拳頭。

「不需要……沮喪……交給……姊姊……！」

語罷，安妮斯歐娜就開心地微笑起來。

「話說回來，我一直都很在意喔，既然說是沒有心的人偶，果然就沒有心吧？可是，人偶一般來說都沒有心不是嗎？」

艾蓮歐諾露一臉悠哉地問道。

『……嗯。不過，不是一般的人偶，而是沒有心的人偶……因為安妮斯歐娜的秩序是這

麼說的……』

「這是什麼意思啊？」

她緩緩地搖了搖頭。

『……我不知道……對不起……』

「……潔西雅……知道了……！」

潔西雅這麼說，安妮斯歐娜很驚訝似的看著她。

『真的嗎……？』

「潔西雅……一直都在想喔……！說那是果汁……然後逼人喝下……草漿的人……沒有心……！」

「要、要是這樣的話，也就是個性很冷酷的人偶嗎？」

艾蓮歐諾露開玩笑地探頭看著潔西雅的臉後，就有一雙圓眼怨恨地回看著她。

「或者，會特別明言沒有心，說不定有著什麼意義。」

「嗯～？這是什麼意思啊？」

為了避開視線，艾蓮歐諾露回到這裡來，潔西雅從背後向她送去怨恨的眼神。

「會強調是沒有心的人偶，換句話說就是有著心以外的什麼東西。或者也能認為是指本來擁有心的人偶吧。」

走完階梯，來到樓中樓，發現眼前有著一扇巨大的雙開門。

「上頭……寫著什麼……！」

潔西雅用焉哈雷照亮門。門上貼著一張紙。艾蓮歐諾露將視線落在紙上所寫的文字。

「我看看喔？『這間房間會摒除心以外的東西——』。」

——這間房間會摒除心以外的東西。

——要是不適當之人踏入房內，就會開始進行她的墮胎。

——她無法離開這裡。

——沒有心的人偶，無法在沒有屋頂的宅邸外頭活下去。

——放進心吧。將心放進那個人偶裡。

——為了讓她能在外頭活下去。

看完一遍後，艾蓮歐諾露投降似的舉起雙手。

「哇喔～完全看不懂喔？」

她朝我看來。

「儘管可以知道那個叫什麼沒有心的人偶，好像就在這間房間裡。」

我說道，把手放在雙開門上，把門推開。房間中央擺著一張椅子，上頭坐著純白的人偶。沒穿衣服，難以說是做工精巧。就算是粗製濫造的魔法人偶，也會再做得更像人一點吧。

「這次的……一定就是……沒有心的人偶……！」

潔西雅牽起安妮斯歐娜的手。

「安妮……走吧……！」

『嗯！』

兩人牽著走，朝著房間裡踏進一步。

「等等。」

在我為了阻止她們，以「飛行」讓兩人浮起後，潔西雅與安妮斯歐娜就在空中划著雙腳。

「有什麼在喔……！」

艾蓮歐諾露將魔眼朝向前方。坐在椅子上的白色人偶後面——在黑暗之中，能看到發出毛骨悚然光芒的眼睛。而且是無數的。

「……不要……過來……」

人偶「喀噠喀噠」地動著嘴巴。

「……心，以外……不行……」

就在白色人偶這樣說道的瞬間，從黑暗之中響起「啪嗒、啪嗒」拍打翅膀的聲音。

突然從後方出現的，是有著巨大鳥嘴與尖銳爪子的黑色怪鳥。這些怪鳥圍繞著白色人偶飄浮，兩眼發光地將視線看過來。

『……墮胎守護神威尼・劫・拉維爾……』

頭上的翅膀警戒似的僵硬縮起，安妮斯歐娜說道。

『……必須先逃離這裡……』

「嘰——————呀——————！」

發出尖銳叫聲，墮胎守護神們朝我們一起襲來。

『快逃！』

就在安妮斯歐娜大叫的瞬間，有如箭矢般飛來的怪鳥就被黑暗吞沒炸開。她愣愣地半張著嘴。「四界牆壁」。我在前方圍起漆黑極光，將衝來的守護神們盡數消滅。

「放心吧。害鳥只要像這樣架上網子對付就好。」

『……不行……』

安妮斯歐娜恍然大悟似的說道。

『……我知道了……墮胎守護神是為了將那孩子墮胎而存在的……！安妮斯歐娜跟大家不能進到這間房間裡……！』

從黑暗中有如箭矢般飛行的怪鳥，將鳥嘴刺向坐在椅子上的白色人偶。

『啊……！必、必須趕快出去……！要不然的話——』

守護神們接連衝向白色人偶，就像要吃掉人偶似的啄食著。

『住手……不行……！快……住手……』

安妮斯歐娜抱著身體，表情痛苦地扭曲起來。於是，潔西雅緊緊握住了她的雙手。

「安妮……沒問題……的。」

「嘰——————呀——————！」

有著怪鳥模樣的守護神們發出尖銳叫聲，簡直像是臨死前的慘叫。

「『魔黑雷帝』。」

漆黑閃電貫穿圍繞在餌食旁的怪鳥們，瞬間將祂們燃燒毀滅。漆黑羽毛在空中無數飛舞，伴隨著「啪嗒啪嗒」的聲響，守護神摔落到地板上。

『咦……？啊…………』

安妮斯歐娜瞪圓了眼，在她的視線前方，有著毫髮無傷的白色人偶與站在一旁的我的身影。

「看吧，安妮……就跟……姊姊……說的一樣……！」

潔西雅自豪般「欸嘿」地挺起胸膛。

『騙人……明明方才還在身旁……是什麼時候過去的……？』

「安妮……就是在……」

朝著就像是嚇了一跳，讓頭上的翅膀往後仰的安妮斯歐娜，潔西雅以有點裝大人的語調說道：

「……不知道什麼時候……過去的……！」

「潔西雅——我知道妳想裝出姊姊的樣子，但說話內容不像大人喔——」

艾蓮歐諾露小小聲地提出建言。潔西雅點了點頭，朝著安妮斯歐娜說道：

「因為……是魔王……！所以是……沒有理由的……！」

「嗯～」艾蓮歐諾露歪頭困惑。不過，安妮斯歐娜的表情亮了起來。

『好厲害……魔王好厲害呢……！』

「因為是……暴虐……！」

『暴虐……？』

「……是……暴虐……！」

『……呵呵，是暴虐呢……』

潔西雅與安妮斯歐娜互看著對方，「暴虐」、『暴虐』地一起笑著。雖是不得要領的對話，不過她們正處於不論是什麼，都會感到很開心的年紀吧。還真是令人莞爾。

『……該不會……………』

安妮斯歐娜偷偷注視著我。就像臍帶一樣伸出的魔法線，醞釀出朦朧的淡淡光芒。

「……是什麼……該不會……？」

安妮斯歐娜頭上的翅膀「啪嗒啪嗒」地拍打起來。她左右搖了搖頭。

『……沒事，還不清楚……』

「……那麼……要去……看嗎？」

潔西雅指著椅子上的人偶。

『嗯。』

安妮斯歐娜與潔西雅跑了過來，艾蓮歐諾露跟在她們後面。

「唔，只不過——」

我朝坐在椅子上的人偶看去。

「看來貼在門口的那張紙，似乎不是在警告墮胎守護神的事啊。」

白色人偶開始融化。就連在毀滅守護神之後也沒有停下的跡象，一分一秒地融化下去。右手臂眼看著就要消失一半了。

『啊……再、再不快點阻止的話……』

跑到人偶旁的安妮斯歐娜大叫起來。

「要……怎麼做……？」

『……我不知道……我不知道……但要是置之不理，會消失掉的……』

安妮斯歐娜急得就像熱鍋上的螞蟻一樣說道。

『……該怎麼辦……該怎麼辦……？這是不能消失掉的。是對安妮斯歐娜來說，很重要的東西啊……！』

手足無措似的，她頭上的翅膀「啪嗒啪嗒」地拍打著。

「別這麼著急。過來。」

我邁開步伐，走回房間的入口。

「我說，阿諾斯弟弟，你是要做什麼啊？那個，用『時間操作』之類的阻止會比較好吧？」

「姑且不論一般物體或熟悉的魔法，不知道起源的東西是無法阻止的。不過，恐怕只是寫在紙上的事情發生了吧。」

「嗯～這是什麼意思啊？」

「總之要先確認這點。全員離開房間。」

我與艾蓮歐諾露來到房間外頭。潔西雅與安妮斯歐娜也急急忙忙跑來。就在潔西雅離開房間，安妮斯歐娜也跟著她要穿過房門時——

『啊……！』

她被什麼東西絆倒，跌在了地板上。

「安妮……！」

潔西雅擔心地叫喊。

「沒事吧……？」

『嗯。我沒——』

安妮斯歐娜驚覺到什麼似的回頭。

「啊！修好了喔……！」

艾蓮歐諾露指向白色人偶。

「瞧，人偶的右手。直到方才都還是融化的吧？」

融化到一半的人偶右手，就像被施展了恢復魔法一樣，慢慢恢復原狀。

「『要是不適當之人踏入房內，就會開始進行她的墮胎』，說的就是這個吧。」

「那個，也就是說我們一踏入房間，人偶就會開始融化嗎？」

艾蓮歐諾露問道。

「沒錯。」

我這麼說完，安妮斯歐娜就連忙離開房間了。

「那麼紙上說的她，指的就是那個人偶了。」

「『沒有心的人偶，無法在沒有屋頂的宅邸外頭活下去』。恐怕，要是把那個人偶帶到屋外的話，就會完全地融化消失吧。也就是說，只要把紙上所指的什麼『心』帶來，放進那個人偶裡的話，就能把人偶帶出去了吧。」

「這樣啊這樣啊，那我們只要去找出那個心就好了！」

語罷，艾蓮歐諾露再度露出疑惑的表情。

「……咦？不過，把那個人偶帶出去是要做什麼？而且也不知道那是不是為了生下安妮妹妹所需要的真貨，對不對？」

「是啊。只不過，這座福斯羅納魯利夫，是安妮斯歐娜的秩序所具體化出來的。紙上的文字等同她的話語。將人偶帶出去，對她的秩序來說肯定有意義。」

語畢，我轉身離開。

「去找心吧。照常理來想，就是沒有身體的魂魄吧。也先去看一下沒有魔力的容器會比較好吧。」

「我知道了喔！」

艾蓮歐諾露來到我的身旁說道。

「……阿諾斯……」

潔西雅用手指輕輕戳著我的腳。

「怎麼了？」

「安妮……有話……想說……」

在看過去後，安妮斯歐娜就低著頭，將視線朝著我往上看來。是在害羞吧，頭上的翅膀縮了起來。我停下腳步，在她面前蹲下。

「怎麼了？」

『……那個……那個呢……』

安妮斯歐娜戰戰兢兢地開口說道：

『……魔王阿諾斯……說不定是安妮斯歐娜的爸爸……』

竟是出乎意料的話語。

§ 33 【沒有魔力的容器、沒有身體的魂魄】

離開沒有屋頂的宅邸後，我們走在福斯羅納魯利夫的大街上。

「比起沒有墓碑的墓地，沒有門的店舖似乎比較近吧？」

我才詢問完，安妮斯歐娜就答道：『啊，是的……』在來到芽宮神都之後就看到沒有門的店舖了。總之我先朝那裡走去。

「只不過，我是安妮斯歐娜的父親啊。即使記憶不完整，但說我是神族的父親，一時之

間還真是難以置信啊。」

能確定是跟米里狄亞有關吧，好啦，到底是發生過怎樣的事情啊？

「你要這麼說的話，我可是一直都難以置信喔。」

艾蓮歐諾露來到我身旁。隨後，潔西雅突然停下腳步。

「……潔西雅？」

艾蓮歐諾露一回頭，她就露出像是靈光一閃的表情。

「……安妮的爸爸是……阿諾斯……安妮是……潔西雅的妹妹……！」

握緊雙拳，潔西雅讓眼睛閃閃發光。

「……阿諾斯成為……潔西雅的……爸爸了嗎……？」

「哇喔，總覺得有個思考很跳躍的孩子在喔……！」

艾蓮歐諾露一臉不知道該怎麼說明的表情苦惱起來。

「潔西雅是以魔法誕生的。硬要說誰是父親的話，天父神是最接近的吧。」

潔西雅立刻大受打擊似的淚眼汪汪。

「我不要……諾司加里亞……！」

她忙不迭地搔亂頭髮，一面用力地左右甩動身體，一面用全身主張著。

「我也總覺得很討厭喔……」

艾蓮歐諾露苦笑說道。我們再度走在大街上。

「只不過，疑問還沒解決。兩千年前的我曾為了和平，與米里狄亞合作要讓世界誕生出新的秩序，這雖然是非常有可能的事……」

我朝著露出疑惑表情的安妮斯歐娜接著說道：

「米里狄亞將安妮斯歐娜送到這裡來的時期，是在我轉生之後。所以米里狄亞才會被『四界牆壁』擋下，無法與誕生神溫澤爾直接見面。」

就像在表示同意一樣，安妮斯歐娜點了點頭。

「只不過，要是我有與米里狄亞合作的話，只要在將世界分成四塊的牆壁建造之前，把妳帶到誕生神身邊就好了。雖然沒有記憶，但如果知道情況，我就不會變成這種愚蠢的結果吧。」

「啊～這麼說來也是喔！正常來想的話，米里狄亞創造出安妮妹妹的時期，是在阿諾斯弟弟轉生之後吧？」

艾蓮歐諾露彷彿現在才注意到似的高聲說道。安妮斯歐娜是在我轉生之後被創造出來的。也就是說，我應該與她的誕生沒有直接關聯。

於是，安妮斯歐娜就「啪嗒啪嗒」地拍打著頭上的翅膀，戰戰兢兢地說道：

『……那個呢……雖然沒有很清楚……但是幫我解開福斯羅納魯利夫之謎的人……願意深深窺看安妮斯歐娜的深淵的人，就是爸爸……』

「是米里狄亞這麼說的？」

『……大概……因為安妮斯歐娜的秩序……好像是這麼說的…………』

「唔，這也很奇怪啊。」

米里狄亞知道安妮斯歐娜的秩序無法正常地誕生，所以才會像這樣留下訊息嗎？這說不定是想要我設法解決啊。

「啊，找到了喔，沒有門的店鋪。」

我們停下腳步。那間店鋪掛著畫有棺材的招牌。就算繞了一圈到處張望，到處都找不到建築物的入口。別說是窗戶，連通風孔都沒有。

「進……不去……！」

潔西雅「咚咚」敲著牆壁。安妮斯歐娜也學著她，站在她身邊敲著牆壁，但沒有特別發現到什麼的樣子。

「是在哪裡藏著提示嗎？」

艾蓮歐諾露帶著疑惑的眼神朝我看來。

「是啊，我找到了喔。」

「哇喔！還是一樣很快喔！真不愧是魔王大人。」

我掀開掛在牆上的店鋪看板後，發現背面就跟方才一樣貼著一張紙。

「那個，我看看喔，『這間店鋪是以適合的魔力作為代價販賣容器』。」

——這間店鋪是以適合的魔力作為代價販賣容器。

——要是小偷踏入屋內的話，就會開始進行她的墮胎。

——她想要離開這裡。

——沒有魔力的容器，無法在沒有門的店舖外頭活下去。

——以魔力填滿吧。將魔力注入那個容器。

——為了讓她能在外頭活下去。

「跟在沒有屋頂的宅邸裡寫的幾乎一樣喔？」

安妮斯歐娜與潔西雅抬頭看著我。

『要怎麼做？』

「……潔西雅的魔力……能作為代價嗎……？」

從紙上的內容來看會覺得沒辦法，但也無法保證這項規則沒漏洞可鑽。也許會發生什麼事，我想先看看結果。

「就試看看吧。」

潔西雅點了點頭，把手貼在沒有門的店舖上。

『我要跟潔姊姊一起試看看。』

「啪嗒啪嗒」地拍著頭上的翅膀，安妮斯歐娜帶著笑容說道。

「像……這樣……！」

潔西雅把魔力集中在手掌上，送進建築物的內部。安妮斯歐娜站在潔西雅身邊，有樣學樣地把手貼在牆上，將魔力送進店舖的內部。

「什麼事都沒發生喔？」

艾蓮歐諾露歪頭困惑著。從旁看來，就像是什麼都沒發生一樣。

「就這樣繼續下去。」

我這麼說完，移動到離潔西雅她們有點距離的牆壁旁。抬起手，朝著牆壁把拳頭輕輕敲下去。「轟隆隆隆隆隆――――！」聲音誇張地響徹開來，在店內的牆壁上開出一個洞。

「哇喔……不過，就算打壞也沒用不是嗎？」

「我想先看看裡頭的情況。」

我探頭看著店內。黑暗中有著閃閃發光的眼睛。

「「「嘰――――呀――――！」」」

伴隨著尖銳叫聲，數隻怪鳥張開翅膀。刺出巨大鳥嘴，有如箭矢般飛來的墮胎守護神，被我以「魔黑雷帝」一掃而空。黑色怪鳥一邊叫著，一邊接連摔在地面上。以守護神來說，稍微沒有手感。哎，雖然數量很多的樣子呢。

我一面確認墮胎守護神是否全部安靜下來了，一面探頭看著店內的情況。

「那就是沒有魔力的容器啊。」

店內中央擺著玻璃棺材。透明度很高，能看到裡頭。裡面什麼都沒有。

「……潔西雅……沒辦法作為代價嗎……？」

『安妮斯歐娜……也要努力……』

兩人更加讓魔力集中。從牆上送入店裡頭的魔力，像是被暫時吸過去一樣地前往玻璃棺材。不過就在接觸到的瞬間，被拒絕似的彈開了。

「也就是跟紙上寫的一樣，要是不適合的話就不行的樣子啊。」

仔細一看，發現玻璃棺材開始融化了。在潔西雅與安妮斯歐娜停止送入魔力後，融化的部分就再度復原了。

「那麼，這次是必須去找適合的魔力嗎？」

「我大致上有頭緒了。」

艾蓮歐諾露露出疑惑的眼神，豎起了食指。

「什麼頭緒啊？」

「是沒有心的人偶。那個是用魔力形成的。」

我一面以「創造建築」的魔法修復打壞的牆壁，一面回答。

「剩下沒有墓碑的墓地啊。」

在看向安妮斯歐娜後，她頭上的翅膀就動了一下。

『我知道位置喔。在這裡。』

安妮斯歐娜跑了起來。她一把手伸向背後，潔西雅就牽起那隻手，來到她身旁。偏離大街沿著小巷前進後，石板地面就在途中消失，來到蒼鬱的森林裡。我們穿過林木之間往前走，從森林的黑暗之中傳來尖銳叫聲。為了不讓祂們襲擊過來，我先以「四界牆壁」圍起了捕鳥網。不久後，我們來到開闊的場所。周圍一帶是空曠的土壤地。雖然長著草，但沒有多長，走起來很輕鬆。中央有擺著一塊大石碑。安妮斯歐娜小碎步地跑到那裡去，轉過身來。

『是這裡。』

周圍除了那塊石碑，沒有其他能作為地標的東西。因為穿過森林了吧，守護神沒有要襲擊過來的跡象。我站在石碑前，將視線落在上頭。

——這座墓地在等待著覺醒的遺體。

——要是出現盜墓者的話，就會開始進行她的墮胎。

——她想要醒來。

——沒有身體的魂魄無法在墓地外頭活下去。

——給她容器吧。給她那個魂魄的容器。

——為了讓她能在外頭活下去。

「……那個，覺醒的遺體就是魂魄的容器吧？說是容器，該不會是……？」

艾蓮歐諾露就像有種不好的預感一樣看著我。

「是指沒有魔力的容器吧。」

也就是放在沒有門的店舖裡的玻璃棺材。

「嗯～？嗯～等等。可是，要把沒有心的人偶帶出宅邸的話，必須要有心，而那個心是指沒有身體的魂魄不是嗎？」

「是啊。」

「而那個魂魄就在這座墓地裡，要帶走的話就必須要有沒有魔力的容器對吧？」

「沒錯。」

「但是要取得沒有魔力的容器，是不是說過需要沒有心的人偶啊？」

「妳說得對。」

「……那是要怎麼辦啊？這樣的話，感覺束手無策了喔……？」

朝著不知所措的艾蓮歐諾露，我無畏地向她笑了。

「也就是說，這就是答案了。是束手無策了啊。所以，安妮斯歐娜才會把妳叫到這裡來吧。」

§34 【生命，誕生之時】

我當場畫起魔法陣。在基於盟約，呼喚起所擁有的人形魔法後，我與艾蓮歐諾露之間的魔法線就發出濃密的光芒。

我的魔力一流向艾蓮歐諾露，她便驚訝似的大叫起來。

「不、不行啦！突然之間是要做什麼？方才的說明，我還完全聽不懂喔？」

「事實勝於雄辯，把身體交給我吧。」

「……真是的……你很霸道喔……」

她小小聲地這麼說，委身在我所畫出的術式之上。魔法文字在少女的周圍飄起，從那裡

溢出聖水。身體被神聖的水球包覆，輕盈地飄浮起來。「根源母胎」的魔法發動了。墓地的一隅被照亮，在那裡出現淡淡光芒。

「嗯~？如果要製造假棺材的話，用『創造建築』會比較好吧？『根源母胎』魔法可沒辦法成為玻璃棺材喔。」

艾蓮歐諾露疑惑地說道。

「玻璃棺材就只是這座芽宮神都福斯羅納魯利夫所給予的形體。而那個的本質，是這個。」

淡淡的光球——仿真根源在墓地上完成了。隨後，地面就發出黃光照亮著聖水球。閃耀黃光的火焰從地面下浮出，進到光球之中。

『……是沒有身體的魂魄……！』

安妮斯歐娜指著黃色火焰說道。頭上的翅膀「啪嗒啪嗒」拍打著。

「也就是將『根源母胎』所產生的仿真根源，辨識為沒有魔力的容器了。」

「嗯~？」

一副完全聽不懂的樣子，艾蓮歐諾露歪頭困惑著。

「……那個，這是怎麼一回事啊……？」

「要把沒有心的人偶帶出宅邸，需要沒有身體的魂魄；要讓沒有身體的魂魄離開墓地，需要沒有魔力的容器；然後要在店鋪購買沒有魔力的容器，就需要沒有心的人偶。」

「到這裡我都還懂喔。就像是用來開箱子的鑰匙放在箱子裡一樣的感覺對吧？」

「沒錯。就跟妳方才說的一樣，就算用上這裡的東西也是束手無策。安妮斯歐娜無法出生，是這座芽宮神都所制定的秩序。」

「……啊～那個……也就是為了要生下安妮妹妹，就必須要有不在這座神都裡的某人協助嗎……？」

我點了點頭。

「為了讓她正確地出生所需要的三樣東西，即是以『根源母胎』產下的仿真根源。人的根源本來就有著軀殼、心與魔力。」

「啊～原來如此。因為我單獨施展『聖域』的魔法時，產生出只有心的仿真根源。」

「就以在這座福斯羅納魯利夫裡的說法，那個也就相當於是那道黃色火焰——沒有身體的魂魄。」

艾蓮歐諾露理解似的「嗯嗯」點著頭，豎起了食指。

「那麼在地底要支撐天柱支劍時作為材料的仿真根源，只有軀殼的那個就是沒有魔力的容器。然後，只有魔力的仿真根源就是沒有心的人偶吧？」

沒有心的人偶、沒有魔力的容器、沒有身體的魂魄，這三個名字各自在指不完整的根源，也就是仿真根源吧。

「根據莎夏所回想起的記憶，就跟安妮斯歐娜一樣，妳也是經由米里狄亞之手重新創造出來的。安妮斯歐娜讓人作的夢只會傳達給妳和潔西雅，也是米里狄亞所留下的訊息吧。」

「……因為我是要讓安妮妹妹出生所必要的……？」

我點頭同意。要是沒有艾蓮歐諾露，就無法讓安妮斯歐娜出生，所以將她引導到了這裡來，要是這麼想的話也就能理解了。

「而『根源母胎』的魔法本身，就是讓安妮斯歐娜出生的提示。」

「那個……也就是說……」

艾蓮歐諾露低頭沉思起來。

「…………也就是說？是怎麼一回事啊……？」

一副想不出來的樣子，她更加專心地沉思著。

「妳平時只會複製出只有魔力、心、軀殼其中一樣，或是兩樣的仿真根源是為什麼？」

「……因為，要是做出三樣都有的複製根源，就會成為萌生出意識的生命——」

艾蓮歐諾露恍然大悟似的把臉抬起。

「也就是沒有心的人偶、沒有魔力的容器、沒有身體的魂魄三樣合起來的話，就會變成一個根源……！」

「結合仿真根源，讓生命誕生。這在地上是不可能的事，但這座芽宮神都是安妮斯歐娜的秩序所具體化的場所，是能讓尚未出生的安妮斯歐娜存在的神域。既然如此，那不論是沒有心的人偶、沒有魔力的容器，還是沒有身體的魂魄，嚴格來講也都還沒有出生。只要認為能藉由將這三樣合而為一，讓根源誕生的話就好了。」

潔西雅的眼睛閃閃發光，倏地舉起了手。

「……只要……三樣合起來……安妮……就會出生嗎……？」

「沒有心的人偶、沒有魔力的容器、沒有身體的魂魄。在這座神都裡有著無數的這些東西，溫澤爾說過看起來全都一模一樣，但這沒什麼大不了的。因為這些全都是真貨吧。只要將這些全部合而為一，變成完全的根源，安妮斯歐娜應該就能出生了。」

潔西雅猛然轉向安妮斯歐娜，緊緊地抱住她。

「……太好……了……！安妮，就……快了……！」

安妮斯歐娜很困惑似的「啪嗒啪嗒」拍著頭上的翅膀。只不過，她立刻就揚起笑容。

『……好想，快點見面……快點……見到潔姊姊你們……』

「……交給……我吧……！」

潔西雅握起安妮斯歐娜的雙手，朝她擺出充滿幹勁的表情。

「啊，不過這已經確定無誤了嗎？不會有其他的可能性？」

艾蓮歐諾露向我問道。

「當然，必須要對答案呢。走吧。帶上魂魄。」

「我知道了喔！」

艾蓮歐諾露從聖水球裡蹦了出來。我以「創造建築」讓她穿上平時的衣服。在她伸出手後，裝著黃色火焰的光球就輕飄飄地飛去。艾蓮歐諾露將仿真根源寶貝地擁入懷中。

「接著……要去……哪裡……？」

「去沒有屋頂的宅邸吧。」

「……了解……！」

潔西雅與安妮斯歐娜牽起手，趕時間似的跑起來。我與艾蓮歐諾露立刻追在後頭。然後，我們再度回到沒有屋頂的宅邸。我站在貼著紙張的房門前，把門打開。房間裡沒有守護神，就跟方才一樣在中央的椅子上坐著人偶。

「艾蓮歐諾露。」

「那麼，我從仿真根源裡放出來看看喔……」

艾蓮歐諾露對光球注入魔力。於是，宛如開門般，仿真根源缺了一部分，黃色火焰從裡頭忽然冒出來了。沒有身體的魂魄輕飄飄地進到室內，一面飄在空中，一面緩緩地飛向坐在椅子上的人偶。

「一如預期啊。人偶與魂魄都沒事的樣子。」

只要我們踏入室內就會立刻融化的沒有心的人偶，也對魂魄的入侵毫無反應。無法離開墓地的黃色火焰，在這間房間裡似乎也不會消失。沒有身體的魂魄來到人偶身旁，被吸進了胸口之中。

「…………」

附上魂魄的人偶，眼睛帶著黃色光芒。人偶一面「嘰、嘰」響著，一面從椅子上僵硬站起。一步、一步，人偶朝著這裡走來，離開了房間。

「……去……店鋪……」

無生命感的話語從人偶的口中發出。

「交給……潔西雅……吧……！」

『安妮斯歐娜也會幫忙喔……』

潔西雅抬著人偶的肩膀，安妮斯歐娜抬著雙腳，兩人就這樣蹦蹦跳跳地踏著輕快的腳步，一面「嘿咻」、『嘿咻』叫著，一面把人偶搬出去。

「那個……那種搬法沒問題吧……？」

艾蓮歐諾露不安地看著兩個小孩子。

「哎，既然搬得動，那就沒問題了。」

我們離開沒有屋頂的宅邸，接著來到沒有門的店舖。

「……放我下來……」

附上魂魄的人偶發出這種聲音。潔西雅與安妮斯歐娜一起喊著：「嘿咻～」把人偶放到地上。人偶僵硬地走了起來，伸手碰觸房子的外牆。隨後，牆壁就像門一般開啟。人偶筆直走向擺在中央的玻璃棺材，然後以抱膝捲曲的姿勢躺進那個棺材裡。緊接著，玻璃棺材就被耀眼光芒籠罩起來。

「哇喔，好像很厲害喔！」

玻璃棺材化為一道光，就像要覆蓋住人偶的身體一樣包覆起來。人偶的輪廓開始扭曲變形。圓圓地、圓圓地──變成一顆閃閃發光的小蛋。

「是蛋喔？」

「……生下來了……嗎？」

艾蓮歐諾露與潔西雅一起感到疑惑。安妮斯歐娜一臉認真地直直注視著那顆蛋。隨後，

響起「叩叩」聲。那顆蛋開始龜裂了。下一瞬間，蛋殼破裂，裡頭有一隻小小雛鳥。

「……好……可愛……！」

潔西雅與安妮斯歐娜跑過來，蹲在雛鳥面前。

『……這是什麼鳥……？』

「好像是白鸛呢。也就是只要把剩下的人偶與魂魄全都變成這種鳥的話，就會將安妮斯歐娜這個秩序的嬰孩運過來嗎？」

艾蓮歐諾露從我背後探出頭來。

「嗯——不過，不論是沒有屋頂的宅邸、沒有門的店舖，還是沒有墓碑的墓地都有很多的樣子，似乎得花上不少時間——」

「嘎、嘎、嘎、嘎嘎嘎啦啦啦——————！」刺耳聲從遠方響徹過來，蓋過了她的聲音。艾蓮歐諾露驚訝地轉頭看去。位在神都深處的巨大建築物——誕生神溫澤爾所在的那座宮殿，慘不忍睹地崩塌下來。

§ 35 【突襲】

我立刻經由「魔王軍」的魔法線，將視野移到米夏的魔眼上。然而一片漆黑。就算切換到莎夏的魔眼上，視野也一樣籠罩在黑暗之中。

「艾蓮歐諾露、潔西雅，安妮斯歐娜就交給妳們了。我先走一步。」

「我知道了喔！」

我用力踏步，以全力注入魔力。「轟隆——」在地板粉碎的瞬間，飛出的我就化為光之箭矢，一直線地飛向福斯羅納魯利夫的宮殿，在撞破崩成碎塊的外牆後，來到囚禁著溫澤爾的地方。

上層完全崩塌，能看見天空之海。周圍的壁畫與柱子也幾乎都倒塌碎裂，化成了瓦礫山堆。魔法監牢上開著能讓一人通過的大洞。應該關在裡頭的誕生神溫澤爾是被帶走了吧，不見蹤跡。

莎夏倒在監牢前面，米夏倒在她的反方向上。儘管毫無動靜，但根源沒事的樣子。是以奪取溫澤爾為優先嗎？

「『封咒縛解復（raeruente）』。」

我對莎夏與米夏畫出魔法陣。就以魔眼看來，是被施加了身體機能會逐漸衰退的封印或是詛咒。她們正在以反魔法拚命抵抗吧。雖然大概還有意識，不過在專心解除封印而無法動彈的樣子。就算施展「封咒縛解復」解除封印，但或許由於是強大的秩序，沒辦法立刻恢復過來。

我以染成滅紫色的魔眼瞪向施加在她們身上的秩序魔法，畫起好幾層「封咒縛解復」的魔法陣。一面這麼做，一面環顧著四周。倒塌的柱子角落倒著緊縛神韋茲內拉。依舊是被秩序鎖鍊團團捆起的樣子。韋茲內拉應該是墮胎神的部下——是因為祂動彈不得，所以強行把

監牢打破了吧。

「瞬間就讓在場的三人倒下，卻沒有去救助應該是友方的緊縛神，讓人無法理解啊。」

我在這樣低喃後，把臉轉向背後的牆壁。

「已經不需要了嗎？還是說——」

我將指尖朝向壁畫，發出「魔黑雷帝」。伴隨著激烈雷鳴，在漆黑閃電粉碎牆壁後，牆後就出現了一道人影。

「——躲在那裡就竭盡全力了嗎？」

那個女人朝這裡踏出了數步。是穿著鮮血般紅色織衣的神。以細線綁起的黑紅長髮，就像抹著胭脂的紅唇，然後是毫無生氣的眼神。儘管有在隱藏，但看得出她的深淵裡有著非比尋常的魔力。

「祢就是安德路克嗎？」

根據溫澤爾的說法，墮胎神安德路克今天應該不會回來。為何祂會判斷錯誤？還是說，這傢伙不是墮胎神，而是其他神族嗎？

「說話休得無禮，小子。」

那個女人以毫無感情，卻像是在鄙視人一樣的語調說道：

「你太傲慢了啊。還不快磕首行禮。」

「祢把溫澤爾藏到哪裡去了？」

女人就只是冷笑。

「妾身沒義務回答你的問題。安妮斯歐娜上哪去了？」

「要是祢吐出溫澤爾的所在，要我告訴祢也無妨啊？」

我與女人的視線交錯，迸發出激烈火花。那尊神絲毫不改雪白臉孔的表情，也不打算開口。

「沒必要答應區區魔族的交換條件。誕生神溫澤爾早已離開這座芽宮神都。福斯羅納魯利夫已傾向墮胎的秩序。清楚了嗎？你無須找得如此賣命啊。」

「祢要怎麼做？」

女人揚起唇角，露出沒有感情的笑容。

「如你所言，妾身是墮胎神安德路克喔。將不被期望的生命墮胎乃是此世之秩序。安妮斯歐娜早晚都要死產啊。」

安德路克敞開雙手，從指尖發出紅線。這些紅線才剛畫出魔法陣，從中心冒出的無數紅線就不斷伸長，宛如傷痕一般附著在地面上。

紅色傷痕「嘰、嘰嘰嘰」地裂開，響起「嘰——呀——！」的叫聲。陸陸續續飛上天空的怪鳥是墮胎守護神威尼·劫·拉維爾。散落著黑色羽毛，無數的守護神在福斯羅納魯利夫的上空開始盤旋。

「唔，總之也就是說，只要將祢毀滅，或是驅離這座神都的話，安妮斯歐娜就不會有事了啊。」

我邊說邊將起源魔法「魔黑雷帝」像龍捲風一樣纏在身上。漆黑閃電一面「滋滋滋滋滋

滋滋」地響起刺耳的雷鳴，一面在空中擴散，將漫天飛舞的害鳥全部射穿了。伴隨著死前的慘叫，黑鳥接二連三地摔下來。

「小子，你曉得自身的立場嗎？」

女人仍舊以高傲的態度說道。

「好啦，是在說什麼啊？」

「還不曉得嗎？你是不適任者。擾亂秩序，不被期望的生命。是好運躲過墮胎神的秩序，不該存在的世界異物。」

墮胎神在踏出聲響後，附著在地面上的紅線就蠢動起來，在祂面前畫出了魔法陣。

「呵、呵、呵。」

安德路克高聲笑了。就連這道笑聲，總覺得也缺乏了感情。

「你來到這座神域——福斯羅納魯利夫，是氣數已盡了啊。不論再怎麼哭叫掙扎，接下來你會抵達的下場就只有一個。是墮胎啊。」

「鏘！」金屬聲響起。

「蛇墮胎鉗子——恩格雅洪奴。」

從紅線魔法陣中突然出現的，是有著雙頭蛇造型的巨大剪刀——一把有著指孔，握柄很長的剪線剪。墮胎神安德路克用雙手分別握住那兩個巨大指孔。蛇墮胎鉗子的銳利尖端朝我指來。

「那事情就簡單了。既然如此，就趁祢還能說話時，再回答我一個問題吧。」

安德路克不發一語，不敢大意地等待我露出破綻。

「祢和溫澤爾說過話了嗎？」

「無聊的問題。我沒有要和姊姊大人說話的必要。」

「既然是姊妹，就好好相處吧。」

「此乃秩序啊。」

哎呀哎呀。就跟溫澤爾說的一樣，這傢伙確實是典型的神族啊。看起來具有像是情感的感情。是毫無生氣且很有神族風格的對答。

「溫澤爾想要說服祢喔。是不想要姊妹之間起爭執吧。」

「呵、呵、呵。」

安德路克笑了。

「神就只是秩序。沒有意思，也沒有心啊。姊姊大人與妾身就只是分別擔任著誕生與墮胎啊。」

「祢是這樣吧。但溫澤爾不只是秩序，還有著心。」

帶著有如能面的表情，安德路克回答道：

「就只是秩序稍微紊亂了而已，很快就會恢復正常。」

「咯哈哈，紊亂？不論是為了讓這個世界變溫柔，而想讓安妮斯歐娜誕生的心情，還是想要拯救祢這個妹妹的內心糾葛，全都只是秩序的紊亂？這『稍微』還真龐大啊。」

「神沒有心。誕生神溫澤爾就只是表現出了像是有心的反應呢。並非是神的你，就只是

有了那像是心的錯覺啊。」

「喔，祢說了很有意思的話。的確，心裡的事，不論是誰都無法明白啊。」

「不論是人類、魔族、龍人，所謂的人還真是愛誤會到讓妾身受不了啊。」

蛇墮胎鉗子恩格雅洪奴上聚起紅色的魔力粒子。就像要立刻刺穿我一樣地進行牽制，安德路克邊說道：

「就像誤會有著不存在的心一樣，幻想有著不存在的希望一樣，到最後居然還要夢想不存在的秩序。然而，神沒有心，世界的秩序總是正常運轉著。所以對這個世界溫柔的秩序，這種矛盾的東西並不存在。」

安德路克讓祂的魔眼亮起。

「安妮斯歐娜絕對不會出生。她的下場早已注定。」

「鏘」蛇墮胎鉗子的刀刃交錯。

「是墮胎啊。」

「唔，我很清楚了。」

我朝著舉起蛇墮胎鉗子的安德路克，筆直走了起來。

「既然如此，那我就告訴祢吧。神有心，秩序會發生錯誤。」

我畫出五十門魔法陣，發射「獄炎殲滅砲」。

「安妮斯歐娜會誕生。」

漆黑太陽拖曳著光之尾巴，陸陸續續擊中墮胎神。然而，這些攻擊卻被強力的反魔法擋下，無法對祂造成任何傷害。

「不被期望的嬰孩啊，就以蛇牙咬住墮除——」

安德路克就像在唸著詛咒一樣地說道：

「恩格雅洪奴。」

祂將蛇墮胎鉗子的尖端朝向我，筆直衝來。我蹬地衝出，從正面迎擊那把巨大神剪。

「『焦死燒滅燦火焚炎』。」

就在恩格雅洪奴的尖端與我的手掌衝突的瞬間，我以在周圍飛散的漆黑太陽作為魔法陣，讓右手化為閃耀的黑炎——不對，就在要化為閃耀黑炎之前，魔法陣倏地消失，「焦死燒滅燦火焚炎」中止了。

「朝向妾身的不被期望的魔法啊，墮胎吧。」

就連要施展「四界牆壁」，漆黑極光也只是閃一下就消失了。魔法在完全發動之前就被墮胎了。蛇墮胎鉗子刺穿我的手掌，溢出鮮血。我就這樣抓住剪刀尖端試圖壓住蛇墮胎鉗子，不過祂似乎察覺到我的意圖般將其抽回，從我面前消失了。

「不被期望的小子啊，就以蛇牙咬住——」

沿著布滿地面的紅線，瞬間出現在我背後的安德路克將神剪打開。閃閃亮起的兩把刀刃，來到我的脖子左右。

「墮胎啊——恩格雅洪奴……！」

剪刀的雙刃「鏘」地合起。我蹲低避開這一擊，使勁地握緊雙拳。

「『根源死殺』。」

在轉身的同時，雙拳染成漆黑。只不過，就在魔法完全覆蓋住雙手之前，不論哪一邊的「根源死殺」都被墮胎了。

「不被期望的魔法啊，墮胎吧——呃……哈……啊……！」

墮胎神從口中吐出鮮血。我那只是注入魔力的拳頭，打進了安德路克的腹部。

「了不起的權能。祢就盡情墮胎吧。」

我一口氣地注入魔力，打向安德路克的臉。就算祂展開堅固的魔法屏障，我也毫不在意地從上頭將拳頭打下去，把墮胎神打飛到遙遠的後方。

「砰、咚——嘩啦！」祂猛烈地撞上了壁畫。墮胎神向前倒下，以鮮血濡濕了地板。

「呃……為何……？」

我站在想要起身而把臉抬起的祂面前。

「怎麼會——」

我打開拳頭，一面「喀喀」折著手指，一面俯看著祂。

「雖說是神，難道祢以為就不會被打死嗎？」

§36 【墮胎神與不被期望的胎兒】

「不准低頭看妾身，無禮的小子。你是要被妾身墮胎的胎兒啊。即使好運躲過墮胎的秩序，本質也不會改變。」

一面在地上匍匐，墮胎神安德路克一面咧嘴笑了。

「在妾身面前，你就跟嬰孩一樣啊。」

「真沒想到會從爬在地上的人口中，聽到這種大話啊。」

「要是能打死妾身的話，你就試看看啊。妾身本是位在神界深處的秩序，光是見到，你就會感到惶恐的神啊。」

安德路克用力握住蛇墮胎鉗子。祂想要反擊的右手，被我狠狠踏住。

「……呃，呀……！」

「給我撐住。別給我一不小心就毀滅了啊。」

魔力粒子聚集在我的手上。沒有任何的魔法術式，就只是竭盡全力從下方毆打墮胎神的下巴。展開的魔法屏障與反魔法就像玻璃一樣粉碎四散，安德路克的身體飛上天空。儘管鮮血淋漓，祂還是說道：

「……瞧，你是殺不了妾身的……」

「這還真是太好了。」

我握起雙拳，朝著浮在空中的安德路克打出數十拳。祂的身體被打得凹凸不平，彷彿被炸飛般猛烈飛向宮殿牆壁。儘管身體被打飛，祂還是忍不住說道：

「……沒用的，沒用的……就像是被嬰孩摸到一樣……這種程度馬上就會恢復……」

「那就恢復看看啊。」

聽到我的聲音，安德路克驚訝地往背後看去。在祂飛過去的方向上，站著在這一瞬間繞到那裡的我。

「……呃……嘎——！」

我再度將注入魔力的拳頭打在祂身上，把祂往反方向打飛。

「……就這樣，妾身是……」

「覺得結束了嗎？」

我比方才還快繞到祂飛去的方向，立刻打出連擊，將安德路克的身體連同魔法屏障一起打得凹凸不平，猛烈地打飛出去。

「……呃，嘎嘎嘎……這點……程度……」

「當然，好戲現在才要上場。」

我再度繞到後方，在喘息之間加速打了安德路克好幾拳。既然魔法會被墮胎，我的攻擊就是單純明快，只是持之以恆地重複這個過程。等著安德路克飛來，然後盡全力地打下去。

在打飛之後移動，移動之後毆打，毆打之後繞到背後。每次重複，移動的距離就越來越短。

自最初被打飛之後，祂的雙腳就連一次也沒落在地上。

然後在數秒後，祂的身體就被釘在空中，被我從前後毆打著。由於一直以高速繞到背後，從旁看來會有種我分身成兩個人的錯覺吧。

「……呃……嘎嘎……嘎……咕唔……！」

安德路克一面盡全力展開反魔法與魔法屏障，一面勉強承受住來自前後的拳頭。

「…………不……不可能……！這種事……妾身是神啊。是此世的秩序啊。連這雙神眼，都會看成是兩個人的高速移動——」

祂在露出狼狽神色之後，突然盛氣凌人地笑了。

「——你以為妾身會這麼說嗎？呵。呵、呵、呵！笨蛋、笨蛋啊！無聊的把戲啊。裝作是以不可能的高速在移動、揮拳，但你是施展魔法分身成為兩個人了啊……！會說要打死妾身，也是為了要欺騙妾身吧？」

被從前後一直毆打，釘在空中的安德路克彷彿勝券在握似的得意說道。就像在說祂已識破我的詭計一樣。

「欺騙？是指什麼啊，安德路克？」

「還在嘴硬嗎？你以為能騙過妾身的神眼嗎？好好想想吧。母親會看丟在胎內的嬰孩嗎？就跟這一樣啊。會讓妾身產生錯覺的速度，不存在於這個世界上。」

「這還很難說吧？」

「呵、呵、呵。」安德路克對我的話一笑置之。

嗎？」

「還有一點啊。你使用了『隱匿魔力』呢。是覺得要是妾身沒發現，就沒辦法墮胎了

祂的神眼亮起，帶著殺氣說道：

「退開吧，小子。再繼續下去的話，你的命運就決定了啊。」

我沒理會祂，把安德路克打飛出去。緊接著，祂有所行動了。

「不被期望的魔法啊，墮胎吧，消失吧──」

墮胎神安德路克發揮了墮胎的權能。就在這瞬間──

「……呃，嘎啊啊啊啊……啊呃呃呃呃呃──！」

「要將魔法墮胎的話，也難怪會疏忽掉其他方面啊。」

我徹底打碎了因為把魔力分配到墮胎的權能上，所以變得薄弱的反魔法與魔法屏障，讓拳頭直接打在祂身上。映入安德路克神眼的我依然是兩個人。我從前後高速揮拳，將祂的神體打得歪七扭八。

「……呃……嘎……什……呃啊……什麼……！為何沒有墮胎……！你將妾身的秩序消除了嗎，不適任者！」

「咯哈哈，秩序？是在指什麼啊？『隱匿魔力』是誘餌。為了讓祢以為我用魔法分身成兩個人了呢。」

「……你……說……什麼……！」

「是肚子裡的小孩動得太有精神，不小心看成雙胞胎了嗎？回答我啊，墮胎神？」

帶著驚愕的表情，安德路克悲鳴般的叫喊。

「……不可能！怎麼會有妾身的神眼所掌握不到的嬰孩……！」

儘管祂想再度盡全力地展開魔法屏障，但已經太遲了。

「結束了。」

只靠魔力與赤手空拳要撬開神族的魔法屏障，果然很累人。所以我引誘祂使用了秩序。

我將拳頭打在祂毫無防備的身體上，以要將祂的神體打爛的氣勢一再毆打，將祂體無完膚地打得落花流水，最後再一拳打向地面。「轟隆──！」一聲陷入地板裡，安德路克咳出了一口血。

「……呃……哈……啊……」

祂無力地倒在那裡，不停地大口喘氣。我站在安德路克的頭上，俯瞰著祂的臉。

「……呵……呵呵……就……就這點程度嗎……小子。你是……打不死，妾身的……」

「拖著半死的身體，祢還真敢說啊。」

被血染紅的嘴唇扭曲，安德路克咧嘴笑起。

「……妾身是墮胎神啊。然而，殺害母胎也是墮胎的一種……懂嗎？」

在發出「呵、呵、呵」的笑聲後，墮胎神的魔力猛然飛漲。

「看吧。蛇咬住你了。」

飛濺到我肚臍附近的安德路克之血，構築出了魔法陣，咬在那裡的是一條黑紅色的蛇。

「唔，是一種詛咒嗎？」

「你是絕對逃不了的呢。」

我把腳抬起，用力踩向祂的臉。不過在踩住之前，安德路克就被附著在地面上的紅線吞沒，消失無蹤。祂沿著紅線出現在遠處，然後撿起掉在地上的蛇墮胎鉗子恩格雅洪奴。我定睛一瞧，發現作為造型的蛇消失了。

「原來如此。附在那把剪刀上的蛇，就是這傢伙啊。」

「是這樣啊。你看起來像是蛇嗎？」

儘管拖著傷痕累累的的身體，墮胎神光是讓魔力活躍起來，一邊笑著。

「是臍帶啊！」

在喊叫的同時，咬住我的蛇的另一端——雙頭蛇的另一顆頭伸出，咬在墮胎神安德路克的下腹附近，鑽進體內。恐怕連到祂的胎盤上了。

「好啦，回來吧！不被期望的生命啊，回歸吧。」

紅線在周圍裊裊升起，將我與安德路克團團包圍，然後在這裡構築出球形的房間。

「蛇墮胎子壺。」

「這又怎麼了嗎？」

我一把抓住將我與安德路克連結起來的蛇，使勁地把人扯來。朝著無法抵抗地飛來的墮胎神，將右拳打下去。

「……呃，呀……！」

就在安德路克慘叫的瞬間——我的根源受到激烈損傷，洶湧地滲出毀滅之力。

「……唔………」

我將意識集中在內側，控制住眼看就要失控的力量。祂甚至沒有攻擊我。儘管如此，我的根源卻直接受到強大的打擊。也就是說——

「這條臍帶是以祢為母胎，讓我成為嬰孩啊。」

「呵、呵、呵。」安德路克笑了。

「是胎兒啊。」

臍帶之蛇發出黑紅光芒。龐大的魔力經由那條蛇，從安德路克身上流向我。我儘管發動反魔法，那股魔力卻直接通過，流入我的體內。

「你無法拒絕呢。母胎所給予的東西，胎兒只能收下啊。」

每當魔力注入進來，我的身體就逐漸縮小。不對，這是變年輕了嗎？原本相當於是十六歲的身體變成十五歲、十四歲，年齡眼看著不斷回溯。轉眼間就變成十歲，現在已經是六歲的身體。只要施展「成長(kurusuto)」就能對抗吧，但安德路克能將魔法墮胎。

「原來如此。讓米夏與莎夏倒下的，也是這一類的權能啊。」

「對於那兩人，妾身沒用上蛇墮胎鉗子的臍帶。那是只讓身體機能恢復成胎兒的魔法啊。相對地，還有抵抗的餘地呢。」

祂咧嘴露出獰笑。是想說我無法像祂們那樣抵抗啊。

「瞧，結束了啊。在妾身的母胎中恢復成無力的胎兒吧。」

黑紅光芒籠罩住我的全身，然後我的衣服掉在那裡。身體完全變成胎兒了。

「不被期望的胎兒啊，以神剪拔除墮掉——」

蛇墮胎鉗子張開，將刀刃抵在神的臍帶上。

「墮胎啊。恩格雅洪奴。」

「鏘」地一聲，蛇狀的臍帶被剪斷了。

「呵……！呵、呵、呵……！所以妾身說過了吧。不論任何生命，都只要恢復成胎兒就等同無力。你來到這裡是氣數已盡了啊。是吧？可憐的小子啊。」

跟之前裝出來的笑容不同，安德路克彷彿很愉快地大笑起來。

『喔，祢似乎很愉快呢。』

「……呵……？」

響起的「意念通訊」讓祂突然無言。之所以沒有將魔法墮胎，是因為想知道發生了什麼事吧。

『祢稍微表現出像是情感的感情了呢，安德路克。』

帶著吃驚的表情，墮胎神注視著我的衣服。那裡瀰漫起不祥的漆黑魔力。龐大魔力從變成胎兒的我身上發出，形成帶著爪牙，有如漆黑魔人的身影。

「……這是……什麼……？」

安德路克一臉驚愕地說道。

「……不可能……這種……事……」

我向前走出一步，安德路克的身體顫了一下。

『雖說是胎兒，難道祢以為剪掉臍帶就會毀滅嗎？』

我再往前走出一步，安德路克就退開一步。

『很遺憾的，這副身體是轉生後的呢。跟一般的胎兒不同。』

「……別、別迷戀人世了！快去死吧啊啊啊啊——！」

安德路克握住蛇墮胎鉗子，筆直刺出。只不過，剪刀尖端一碰到我的身體就「滋」地融化了。

「……什……………什麼…………？」

『在轉生後，我在母胎內一直沉睡著。就像個普通的胎兒一樣呢。祢知道這是為什麼嗎？』

「消、消失吧——！」

安德路克打開蛇墮胎鉗子，剪向我的脖子。「鏘」地一聲後，兩把刀刃就「滋——」地融化了。不對，是毀滅了。

『就憑胎兒的身體，就算是我也很難控制住魔力。即使要抵消，根源還是會溢出毀滅之力，讓母胎置身在危險之中啊。』

「……什麼……啊……」

安德路克嚇到似的向後退開。就像在說這是第一次看到要襲擊自己的胎兒一樣，祂的臉上藏不住恐懼的神色。

「……不可能……這種事、這種事……是不可能的………」

牙齒打顫的「咯咯」聲響起。我再踏出一步，墮胎神就當場跌坐在地上。在祂的視野裡，恐怕能看到一個不祥的漆黑胎兒，在朝著祂步步逼近的景象吧。

『好啦。祢方才是說，不論任何生命，只要恢復成胎兒就無力了嗎？』

我舉起漆黑的拳頭。那是滲出根源的毀滅魔力，甚至可以說是暴虐的純粹之力被我握起。

從拳頭漏出的毀滅腐蝕著周圍的紅線，眼看就要對世界造成傷害。沒剩下多少時間了。

『先說好，我現在的拳頭跟方才可不能比喔。平時會小心不要傷害到世界，但以胎兒之身恐怕沒辦法控制力道。』

「消、消失吧——！怪物……不被期望的嬰孩啊，墮胎啊！」

安德路克注入全魔力，在將蛇墮胎鉗子復原之後就像長槍一樣刺出。猛然刺出的黑紅尖端被我的毀滅之掌抓住，就像奶油一樣地黏稠融化了。

「……怎麼會………！」

『很遺憾地，我的父母都很期望我的誕生。』

我將漆黑之拳，朝著安德路克揮下——

§ 37　【緊縛之愛】

我在安德路克的眼前突然停下拳頭。風壓與魔力粒子將祂綁起的頭髮吹亂。安德路克儘管瑟瑟發抖，還是無法將視線從來到眼前的毀滅一擊上移開。

『祢沒有愚昧到不知道這一拳要是打中的話會怎樣。』

我放出魔力讓祂微微浮空，投去威脅墮胎神的眼神。

『停下要將安妮斯歐娜墮胎的秩序，吐出溫澤爾的所在位置。』

像要輕輕撫摸，我將漆黑爪子抵在祂的腹部上。鮮紅的血液緩緩滲出，失禁似的濡濕了安德路克腳邊。

『是想被胎兒咬破腹部嗎？』

牙齒打顫的「咯咯」聲響起。墮胎神答道：

「……辦、不到……妾身是掌管墮胎的神啊……無法停下秩序……要是讓河水停止流動，那就不再是河了……」

祂會把誕生神溫澤爾逐出這座芽宮神都福斯羅納魯利夫，意圖將安妮斯歐娜墮胎，是因為墮胎神的秩序。因為是神，所以祂無法反抗這件事。儘管喚醒了祂的感情，但恐懼心還是無法反抗秩序啊。

「……呵……呵呵呵……」

『怎麼了？要發瘋還太早喔。』

「說話休得無禮，小子……就說看看吧……妾身是誰啊？在你面前的妾身是誰啊？」

「呵、呵、呵。」墮胎神安德路克令人毛骨悚然地笑了，眼神滿是瘋狂。跟方才那種像是裝出來的笑容不同，那張雪白臉蛋上確實刻畫著陰暗的情感。

「沒錯。沒錯沒錯。妾身是……妾身乃是掌管墮胎之神——墮胎神安德路克！不被期望的生命——」

魔力聚集在祂的雙手上。出現的是方才我融掉的蛇墮胎鉗子恩格雅洪奴。「鏘」地打開刀刃，黑紅色的魔力粒子畫出螺旋。在我警戒的瞬間——

「——要墮胎啊！」

「鏘」地一聲，恩格雅洪奴的刀刃合起。祂剪斷的是自己的神體——墮胎神安德路克的頭顱飛走，劃出拋物線的頭顱落在地上，輕輕地滾開。上頭感受不到魔力，看來當場斃命了。在周圍裊裊升起的無數紅線——蛇墮胎子壺扭曲變形，一口氣粉碎。神的臍帶失去效力，一從我身上脫落掉好幾根紅線，我就恢復成相當於十六歲的身體了。

「唔，原來如此。」

我以魔法穿上衣服，將視線朝周圍看去後，就發現有大量的紅線出現在芽宮神都福斯羅納魯利夫裡。彷彿被刻下傷痕，紅線不斷附著在神都的各種建築物、街道、綠色林木與有如海洋的天空之上。

『阿諾斯弟弟……！』

我收到艾蓮歐諾露傳來的「意念通訊」。

『在出現大量的紅線後，安妮妹妹的情況就很不對勁喔！根源變得非常虛弱。』

『安妮……快死了……阿諾斯……請救救她……！』

能聽到馬上就要哭出來似的潔西雅叫喊。

『別這麼著急。如果以溫柔與愛的「聖域」作為魔力源的結界，對秩序也會有效。多少能防止影響吧。』

『我知道了喔！』

我將視線落在倒在宮殿地板上的安德路克遺體上。

「確實是母胎死去的話，也沒有嬰孩會出生。」

以蛇墮胎鉗子恩格雅洪奴剪掉墮胎神安德路克的頭顱，這正是讓墮胎的秩序發揮出最大效果的方法吧。如果是神的話，就算死掉也不算什麼啊。

「『復活(ingaru)』。」

我將血滴在安德路克的根源上，畫出魔法陣。在復活之光發出後，那道光卻突然扭曲變形了。這是「復活」在完全發動之前被墮胎掉了。

「如果是在母胎死亡的狀態，魔法的墮胎也會很順利吧，但我勸祢還是別這麼一意孤行。」

我以染成滅紫色的魔眼看準她的根源，緩緩地舉起右手。

「要毀滅死去的祢的根源，遠比復活還要簡單。」

我縮短一步與根源的距離。要是祂死心，決定復活的話就好。如果就這樣選擇毀滅的話，這也是祂的意志。就算是死後發動墮胎的秩序，只要毀滅的話就會消失吧。

「『根源死殺』。」

我中途停下畫魔法陣的動作。安德路克並不能完全地讓魔法無效。墮胎——也就是說，只要沒有等待胎兒的狀態，權能就無法發揮效果。既然如此，事情就簡單了。只要將發動中的魔法就這樣刺進去就好。在祂將「根源死殺」墮胎之前貫穿根源。

「看來祢想被毀滅啊，安德路克。」

在我迅速畫出魔法陣的後續，要將指尖穿過去時，眼角餘光看到了被打出破洞的魔法監牢。

「……唔。」

我把手放下，消去「根源死殺」的魔法陣。

「仔細想想，還真是奇怪。」

為了讓安妮斯歐娜的秩序誕生，我儘管在芽宮神都裡到處奔波，但也有監視米夏與莎夏的視野。在莎夏回想起記憶後，兩人就一面防備著墮胎神的襲擊，一面守護著溫澤爾。只不過，就在那一瞬間。在我還來不及注意到時，米夏與莎夏就倒在那裡，魔法監牢被打出破洞，然後溫澤爾被逐出到芽宮神都之外。

即使是再強力的神，要打倒現在的米夏與莎夏也不是一件簡單的事。更別說是同時，而且還是在一瞬間了。要將誕生神溫澤爾逐出神都，會需要更多時間吧。必須穿過通往德魯佐蓋多的門，或是用來前往神界的門。就算是攻其不備，三人之中也一定會有人注意到墮胎神的襲擊。

假設這是在我專心解著芽宮神都謎題的一瞬間所發生的事，只要這一切不是在一招之內同時做到的話，好歹能看到襲擊者的模樣。然而，實際上在注意到時，就是這幅景象了。就以做得這麼漂亮來說，沒有離開這裡也很輕率。

記得溫澤爾有說過啊。如果要毀滅墮胎神，要在毀滅祂之後，在一天之內讓安妮斯歐娜生下來。墮胎與誕生是裡與表的秩序。如果墮胎的秩序消失，整合就會瓦解，讓世界傾向誕生。要是誕生的秩序變得太強，安妮斯歐娜說不定就會以不期望的形式誕生。這就某種層面上是事實吧。不過，說不定也包含著其他意圖。

然後，米里狄亞有向安妮斯歐娜說過，不能毀滅掉墮胎神。只要綜合這些來判斷——

「是這麼一回事啊。」

我一面俯瞰著墮胎神的根源，一面朝著柱子走去，將倒在柱子後的緊縛神韋茲內拉身上的鎖鍊解開了。恢復五感的祂一看到我，就赤裸裸地發出敵意。

「你、你這傢伙……！」

「溫澤爾下落不明，安德路克使用了自殺的墮胎。」

我的話語讓韋茲內拉倒抽了一口氣。

「看來祢明白狀況。不毀滅安德路克，安妮斯歐娜就會被墮胎，但也不能這麼做。」

跟方才戰鬥的時候截然不同，緊縛神露出了凝重的表情。

「助我一臂之力，緊縛神。安德路克能將魔法墮胎，但既然是神，祂就不太能干涉其他秩序。祢的鎖鍊應該無法墮胎。」

韋茲內拉把臉別開，用力握拳。

「……我、我辦不到。我是掌管緊縛與停滯的秩序，就像安德路克無法干涉我的鎖鍊一樣，我也無法束縛安德路克的墮胎……」

「祢束縛秩序，應該不是第一次了。」

就像嚇到一樣，緊縛神轉頭過來。

「祢是在保護溫澤爾、保護母親吧？」

韋茲內拉沒有否定這句話，就只是筆直注視著我。

「受母親所託，為了母親而將祂囚禁在監牢裡。」

儘管顯得不知所措，韋茲內拉也還是點了點頭。

「……我的媽媽，哪裡都不准去……我……只要我將媽媽束縛在這裡的話……媽媽就能一直陪在我身旁……」

咬緊牙關，緊縛神表現出懊悔之情。

「……我沒能……一直束縛住祂……」

「方才說祢是幼稚的愛，真是抱歉。祢是個孝順母親的好兒子。」

我這句話讓緊縛神泛起淚光。

「……只要……只要你沒來的話，媽媽就……」

「就能永遠束縛住祂嗎？」

韋茲內拉沉默下來。祂的表情證實了我所抱持的疑問是對的。

「別擔心。我不會毀滅祂。」

「……真的嗎？」

我點了點頭說道：

「就用心束縛住墮胎神的秩序吧。如果是懷著對母親之愛的祢，應該能做到。」

韋茲內拉猶豫了一下。不過，祂立刻甩了甩頭，用雙手拍著自己的臉。祂帶著下定決心的表情倏地站起。然後，筆直注視著墮胎神的遺體、根源。

「……媽媽……我果然還是……」

祂帶著堅定的意志說道。

「不要和祢分開……！」

附近那座開了洞的魔法監牢，上頭的鐵欄杆被拆解，一個一個飛來。「噹啷、噹啷」地層層疊起後，鐵欄杆為了關住墮胎神的根源，逐漸形成監牢。

「……絕對……絕對不要………！」

韋茲內拉的表情充滿痛苦。因為要束縛其他秩序，所以在違反自己的秩序吧。儘管如此，祂還是竭盡全魔力，將自己擁有的緊縛神的秩序砸在那裡。以愛與溫柔壓制著秩序——

「『緊縛檻鎖繩牢獄』！」

監牢的四方浮現鎖鍊魔法陣，從中心冒出深紅的鎖鍊。鎖鍊筆直朝向墮胎神的根源，在那裡層層纏繞起來。每當鎖鍊纏繞住根源一圈，附著在福斯羅納魯利夫上的紅線就隨之消失。墮胎神的秩序被束縛住了。

一面咬著牙緊緊握拳，韋茲內拉一面行使自己緊縛的權能。彷彿結繭一樣以鎖鍊將安德路克的根源五花大綁，吊在那個監牢上。

芽宮神都各處就像傷口一樣蔓延的紅線漸漸淡去，最後完全消失。

墮胎神的秩序遭到束縛，被完全封印住了。於是，墮胎神的秩序本身開始衰弱。被秩序之鎖束縛，甚至無法動彈的根源淡去，然後漸漸消失。連同祂沒被綁住的頭顱一起。

「誕生神與墮胎神，看來是相當棘手的秩序啊。」

監牢裡聚集起淡淡光芒。那道光形成人形，一名妙齡女性出現在那裡。一身以長布條寬鬆地纏在身上的服裝，筆直的長髮與淺綠色的神眼，竟是應該已被逐出福斯羅納魯利夫的誕生神溫澤爾。

§ 38 【互為表裡的姊妹神】

「媽媽……！」

韋茲內拉衝向魔法監牢，把手伸向坐在那裡的祂。溫澤爾將手握住後，祂的眼中就泛出了淚光。

「……對不起……媽媽……請不要生氣……！」

隨後，溫澤爾就平靜地微笑起來。

「我沒有生氣喔。」

「……可是，我沒有遵守……媽媽的囑咐……這明明是祕密。媽媽明明說過，這是我和媽媽之間的祕密……！」

嚎啕大哭的韋茲內拉，被溫澤爾隔著鐵欄杆輕輕摸著頭。

「沒關係喔，韋茲內拉。雖然祢老是沒有遵守我的囑咐，但是個非常溫柔的孩子。所以我也很清楚，祢有為了我出色地戰鬥過了。」

緊縛神韋茲內拉哭喪著一張臉蹲坐在那。那副模樣別說是神族，感覺就像個普通的孩子。

「是兩神一體的神啊。哎，嚴格來講，身體是不同人吧。」

我走向魔法監牢，在溫澤爾面前停下腳步。

「也就是當誕生神溫澤爾顯現時，墮胎神安德路克就無法存在。同樣地，要是墮胎神安德路克顯現的話，誕生神溫澤爾也就無法存在了嗎？」

溫澤爾肯定似的點了點頭。

「就連在眾神的蒼穹之中，我們也是有著特別常理的神。作為表裡一體的秩序，彼此絕對不會相對，是互為表裡的姊妹神。」

宛如硬幣的表與裡吧。雙方是絕不可能同時出現的。

「順其自然的話，祢們就會根據某種條件輪流出現，不斷重複著誕生與墮胎吧。也就是本來差不多要輪到墮胎神安德路克出現了。」

就像是硬幣翻轉一樣，溫澤爾在安德路克出現的同時消失了。米夏與莎夏也想不到，攻擊居然會從關著溫澤爾的監牢裡過來吧。這就是只用一招打倒兩人，並將溫澤爾逐出芽宮神都的機關。

「韋茲內拉不是安德路克的手下，是為了不讓祢翻轉成墮胎神才將祢束縛起來。就如祂所說的，是為了讓母親能留在自己身邊而保護祢。」

溫澤爾將視線落在身旁的緊縛神上。

「是我拜託祂的。」

「為何不說出來——這是個蠢問題吧。既然是表裡一體的秩序，只要毀滅安德路克，祢也會跟著毀滅吧。也就是說，期限是一天啊。」

溫澤爾向我說過，當毀滅墮胎神安德路克後，到時要在一天之內讓安妮斯歐娜生下來。因為必須在墮胎神毀滅、誕生神的秩序還在之前把事情解決。

「就跟米里狄亞說的一樣，你是個聰明的人呢。就如你所說，誕生與墮胎是表裡一體，只有一方是沒辦法活太久的。」

祂露出溫柔地包容一切似的平穩表情。

「……對我來說最理想的，就是在這副身體被隱藏，安德路克顯現出來之前，先讓安妮斯歐娜生下來。本來，我也覺得這不是不可能的事。」

「唔，是發生了什麼意料外的事嗎？」

「你太早到這裡來了。因為安妮斯歐娜呼喚你，讓墮胎神安德路克的秩序增強了。」

神族稱為不適任者的我，對墮胎神來說是必須墮胎的存在。就算因為我接近了眾神的蒼穹，導致祂的力量增強也不足為奇。

「祢沒跟安妮斯歐娜說過，墮胎神與祢是互為表裡的姊妹神啊。」

「只要事情照著理想發展的話，這樣就好了吧。只是到了最後，會面臨必須毀滅墮胎神，讓安妮斯歐娜出生的事態。要告訴祂這件事，未免也太殘酷了。」

不論如何，溫澤爾都打算讓安妮斯歐娜出生吧。然而，要是自己的誕生會奪走母親的性命，安妮斯歐娜就會終生背負上沉重的十字架。祂作為母親，沒辦法向她坦白這件事。

「不過，還真是諷刺啊。這麼做卻是適得其反的樣子。」

一心以為溫澤爾被墮胎神安德路克囚禁起來的安妮斯歐娜，經由潔西雅的夢把我叫到了這裡來。結果讓墮胎神的秩序開始增強，就連韋茲內拉的鎖鍊也無法再繼續將誕生神束縛在這裡了。

「我原本是想趁安妮斯歐娜離開時，向米夏與莎夏坦白的，但在當時，剩下的時間已經沒有我所想的那麼多了。」

的確，溫澤爾當時是一副有話想說的樣子啊。因為莎夏回想起米里狄亞的記憶讓時機錯過了。或許是因為我讓芽宮神都生出了那隻白鸛，所以讓墮胎神的秩序變得更強了。

「……如今，韋茲內拉雖然幫忙將我束縛在了這裡，但也沒辦法長久進行……不適任者阿諾斯・波魯迪戈烏多與安妮斯歐娜，要是違反秩序的兩個存在都在這裡的話，秩序就會為了毀滅你們傾向而墮胎。這是天理。就算是緊縛神的鎖鍊，也沒辦法將誕生一直束縛下去……」

緊縛神在「緊縛檻鎖繩牢獄」上注入了全魔力。儘管如此，只要窺看溫澤爾的深淵，就會發現祂的根源開始紊亂了。誕生即將翻轉成墮胎。

「魔王阿諾斯，請你在安妮斯歐娜察覺到之前，毀滅墮胎神。」

「不行啊，媽媽！」

韋茲內拉的全身上下伸出緊縛鎖鍊，直接纏繞在溫澤爾身上。

「……不行，不行啊……媽媽要陪在我身邊。我會一直把祢綁在這裡的……！所以媽媽哪裡都不要走！我這次、這次，一定會保護好祢的……！」

儘管被緊緊綁住身體，溫澤爾也還是平穩地微笑起來。

「溫柔的孩子。這不是祢的錯。祢願意配合任性的母親，願意像這樣愛著讓祢背負這種重任的母親。現在雖然還有點調皮，但祢一定會成為溫柔的秩序。畢竟祢這麼溫柔地使用著這種緊縛的權能。」

就像告別的話語，溫澤爾寄託著心願說道。韋茲內拉搖了搖頭。

「……不要……我不要，媽媽，我不要這樣……」

溫澤爾傷腦筋似的笑了。

「……因為是最後了，就讓媽媽看看祢堅強的一面。代替我，去愛這個世界……」

「滴答」一聲，韋茲內拉落下了眼淚。

「好嗎？」

溫澤爾用指尖拭去緊縛神的眼淚，筆直注視著祂的眼睛。所剩的時間已經不多，將祂束縛在這裡的韋茲內拉自己最為清楚這點吧。儘管顫抖不已，祂也還是點了點頭。為了讓母親安心，不斷、不斷地點著頭。

「……我向祢保證……」

「好孩子。」

溫澤爾的身體朦朧地搖晃起來，祂的根源衰弱，倏地消失而去。

「魔王阿諾斯。對不起，之後的事就──」

「哎，祢等等。」

我一往前走，就從鐵欄杆的縫隙之間，以「根源死殺」的指尖貫穿了溫澤爾的胸口。

「啊……啊………！」

「媽媽！」

韋茲內拉大叫起來。

「別擔心。我只是拉住祂。」

我以「四界牆壁」將溫澤爾內側的根源整個包住，作為囚禁神的魔力之監牢。終究無法這樣維持下去，但能讓祂再多撐一點時間。

「祢之前說要說服安德路克的話，不是權宜之詞。」

帶著凝重的表情，溫澤爾答道。

「……是的。只不過，我無法與祂見面。就算向祂搭話，祂也不曾回應過我……話語傳達不到……」

「我已經喚醒了祂的感情。如果是感到恐懼，變得紊亂的秩序的話，說不定至少就能聽到祢的聲音了。如果作為姊姊的祢說出肺腑之言，打動安德路克的話，或許也能讓祂覺醒愛吧。」

聽到這句話，溫澤爾眼中透出微弱的光芒。

「雖然這是假設墮胎神有愛的情況就是了。在我看來，祂不像是這麼好的神。」

溫澤爾帶著認真的表情，明確地說道：

「要是有可能達成理想，就算機率微乎其微，我也要賭上這個可能性。」

我以視線催促。溫澤爾忍不住痛苦地輕吁了一口氣，將視線朝向監牢之中。

「安德路克。」

祂坦率地向不在那裡的妹妹說道。

「無法相見的，我重要的妹妹。祢被迫背負上墮胎職責的悲劇，我一直以來都只能默默擔心著。」

這句話充滿愛情，聲音流露出溫柔之情。為了對抗秩序，溫澤爾真心誠意地向安德路克說道：

「打從誕生以來，我們就是兩人為一人，一人為兩人。我總是能在背後感受到祢的存在。明明就知道祢的模樣、祢的聲音、祢的秩序，祢明明就離我這麼近，我們卻一次也沒有對話過。」

眼中泛著淚光，祂繼續說道：

「喂，安德路克。讓我聽聽祢的聲音。讓我知道祢的痛苦。我們總是隔著生命在互相爭執。那是一段非常漫長地、老是在吵架的日子。想要殺生的祢與想要誕生的我……然而這真的是我們想要的嗎？」

祂真切地向自己重要的妹妹說道：

「喂，就讓我們結束吧。這種無聊的姊妹吵架，到底哪裡有趣了？安德路克，還請祢、還請祢──這是我發自內心的願望……」

儘管祂身為神，也還是在向什麼存在祈禱一樣，帶著強烈的情感說道。

「還請祢回答我。讓我知道祢真正的心情。不是作為世界的秩序，而是讓我知道祢的心！」

溫澤爾的身體開始漸漸消失。到極限了啊。要是再讓「四界牆壁」加強的話，祂就會毀滅吧。

「要是可以的話，我想見祢一面。想見祢，和祢說說話……安德路克……求求祢……回答我……！」

忽然間，溫澤爾的根源在我的手掌中消失。同時，祂的身體也消失了。

彷彿秩序翻轉一般，在本來能看到祂的位置上，開始聚集起淡淡光芒。顯現出來的，是穿著紅色織衣的女子。綁起的黑紅色長髮輕輕搖曳，無生命感的雙眼，凌厲地貫穿了溫澤爾方才所在的位置。然後，墮胎神安德路克張開朱唇：

「姊姊大人真是個大好人啊。」

§39 【愛是扭曲，擾亂秩序】

安德路克冷冷地看向虛空。彷彿姊姊在那裡一樣，祂拋出話語。

「祢至今還在問這種事嗎？至今還在向不知背對著多少星霜的妾身，問這種事嗎？」

在墮胎神安德路克的腳下，紅線就像爬行似的延伸出去。才剛像蜘蛛網一樣擴散開來，就構築起了魔法陣。

「妾身是墮胎的秩序。要是姊姊大人以祢的秩序孕育孩子的話，將那孩子墮掉就是妾身的職責啊。」

安德路克朝著誕生神溫澤爾厲聲說道：

「我們是不可能相容的。」

不改冰冷的表情，祂就這樣沉默了一陣子。

「然而——」

安德路克喃喃道出：

「……雖然絕對無法相容。但想要和祢好好相處。覺得祢會明白妾身的事情。認為就算什麼都不說、就算話語無法傳達，姊姊大人也會理解妾身的啊……」

朱唇微微揚起。

「就如姊姊大人所言，我們一直隔著生命在互相爭執呢。姊姊大人要誕生的生命，妾身則是要將其墮胎。就這樣不斷地重複著。姊妹吵架，說得還真是好啊。」

安德路克「咯咯」笑著。

「……不論再怎麼吵架、再怎麼互相爭執，都覺得姊姊大人會明白妾身的……」

祂的眼睛充血，嘴巴像要裂開一樣——那道笑容，扭曲成悽慘的形狀。

「直到今天這一刻呢。」

安德路克讓喉嚨發出聲響。好戰的笑容。在那張彷彿裝出來的表情底下，感情激烈起伏，看起來像是激起了風暴。

「……被迫背負……呢。」

安德路克回想似的說道。

「妾身作夢也沒想過，居然會從姊姊大人口中聽到這種話。誕生與墮胎，雖然職責不同，但我們同樣是這個世界的秩序啊。那裡沒有善惡、沒有貴賤，就只有正確的常理。這是我們作為神的宿命啊。」

帶著充血的眼睛，祂像是要將湧出的感情宣洩出去一樣，狠狠瞪著虛空。

「這個墮胎的秩序看起來像是被迫背負的嗎？妾身看起來有這麼不幸嗎？作夢也沒想過，妾身對於這個秩序、對於背負著世界的正確常理感到驕傲嗎？」

「呵、呵呵呵、呵、呵、呵、呵。」安德路克發瘋似的笑了。

「姊姊大人所說的是這個意思啊。誕生是美好的，墮胎是該忌諱的；自己是潔白的，妾身是汙穢的。說什麼可憐、悲哀，像這樣鄙視著妾身啊。」

「鏘」地一聲，響起刀刃重疊的聲音。從紅線畫出的魔法陣中，神剪突然冒了出來。蛇墮胎鉗子恩格雅洪奴被安德路克拿了起來。

「祢問這是否真是我們所想要的？不用說，這當然是妾身想要的啊。妾身是墮胎的秩序。將讓世界失常、不被期望的生命殺害是妾身的職責啊。姊姊大人冒瀆了這份職責？說什麼很可憐，就只有誕生是正確的秩序啊。」

隨著每次開口，祂的敵意就逐漸增大。祂眼中所帶著的，是愛情在扭曲之後的黯淡光芒——就算不是米夏也分辨得出來。那毫無疑問是憎恨。

「真是失望。說話休得無禮啊，婊子！祢將作為秩序的榮耀，出賣給不適任者了啊。」

安德路克所發出的魔力，讓魔法監牢微微震動起來。應該緊緊束縛著祂的監牢，眼看就要被開出破洞了。

「唔，還真是徹頭徹尾的失敗啊。」

以神族來說，祂很難得地萌生了愛的樣子，但無奈並沒有伴隨著溫柔。這樣的話，怎樣都無法拯救安妮斯歐娜。

「韋茲內拉，再將祂束縛起來。我要和溫澤爾說話。」

「…………嗯……！」

儘管早已相當疲憊，但緊縛神還是竭盡魔力，在監牢的四個角落畫出了鎖鍊魔法陣。

「回來吧，媽媽……！『緊縛檻鎖繩牢獄』！」

從四方伸出的深紅鎖鍊纏上安德路克的四肢，將祂的魔力與根源拘束起來。

「……呃，唔……放開妾身啊，小子……祢也是一名神族吧。秩序是不能協助不適任者的啊……！」

「秩序怎樣都好！我要保護媽媽！把媽媽還給我……！」

深紅鎖鍊將墮胎神安德路克層層纏繞起來。

「還給祢……？居然要妾身還給祢……？呵、呵呵……祢也覺得比起妾身，還是姊姊大人比較好嗎？儘管作為秩序，卻認為誕生比墮胎好嗎？」

「呵、呵呵！」安德路克發出扭曲的大笑。

「啊啊……妾身很清楚了……」

低沉的聲音裡，負面情感黏稠地流露出來。

「妾身不得不墮胎的對象，現在總算是明白了。」

在墮胎神腳下蔓延開來的紅線魔法陣溢出魔力粒子，更加激烈地撼動著魔法監牢。

「……我的鎖鍊，沒有綁不住的東西……！我才不怕祢啊！」

「試看看啊。」

安德路克挑釁似的笑了。緊接著，韋茲內拉就再度畫出了四個魔法陣。立刻從中飛出的深紅鎖鍊，朝著安德路克身上纏繞過去。祂在眨眼間被緊緊束縛，鎖鍊就像是要完成最後一步地綁起祂的頭。只不過，安德路克卻笑了。

「不被期望的秩序啊，就以蛇牙咬住墮除。」

從綁住安德路克的鎖鍊細縫之間，滑溜溜地爬出了一條蛇。

「墮胎啊！」

「鏘」地一聲，響起刀刃交錯的聲響。那條蛇變化成蛇墮胎鉗子，剪掉了安德路克的頭顱。

「又是同一招。」

「你是這麼想的嗎，小子？」

在地板上滾動的頭顱，朝著我露出讓人毛骨悚然的笑容。然後，把嘴巴大大地張開。

「吞噬吧——！恩格雅洪奴！」

從神剪上伸出雙頭之蛇，咬住了安德路克的頭顱與身體。目的是要吃掉在那副神體深處的東西——根源。伴隨著逐漸瀕臨毀滅，祂的魔力急遽地膨脹開來。

「……啊啊……不行……啊……！」

魔法監牢嘎吱作響，韋茲內拉淌下冷汗。

「……怎麼會……這麼……墮胎神的秩序……突然增強了……………！」

光是餘波就將「緊縛檻鎖繩牢獄」扯斷，魔法監牢炸開了。

「嗚啊啊啊啊啊啊啊啊啊啊啊啊啊啊——！」

我追向被風壓颳走的韋茲內拉，抓住祂身上的鎖鍊。跳上附近的建築物屋頂後，方才所在的地方已經畫上了巨大的紅線魔法陣。從中央溢出無數的紅線，形成大得超乎尋常的、鮮紅的雙頭之蛇。

「呵……呵呵呵……毀滅吧，小子。不論是不被期望的秩序，還是不適任者，全都一起毀滅吧……！」

『唔，勸祢還是別做不習慣的事了。只要瀕臨毀滅，就多少能提升魔力吧，但就憑祢那不穩定的根源，可是會就這樣直接消失喔。』

我將發出的話語，以「意念通訊」傳送給祂。從變成雙頭蛇的安德路克的根源之中，紅線散開飛出，朝著這座芽宮神都不斷地貼附上去。那是要促使安妮斯歐娜墮胎的力量。安德路克削減自身的根源，轉變成秩序的力量。

「沒錯啊。妾身會毀滅。這是正確的秩序啊。」

「喔。」

「只要妾身毀滅，溫澤爾也會毀滅，讓誕生神的秩序消失啊。安妮斯歐娜不會出生，而且還能妨礙新的不被期待的生命誕生呢——」

傳來「呵呵呵」的大笑聲。

「——這正是，究極的墮胎啊！」

就連在說這些話的時候，祂也一分一秒地瀕臨毀滅。只要以魔眼窺看祂的深淵，就會發

現墮胎神的秩序、蛇墮胎鉗子恩格雅洪奴的力量，不只是朝向安妮斯歐娜，還朝著溫澤爾。要是毀滅祂，就會達成母胎毀滅的條件，讓溫澤爾遭到墮胎，進而就像連鎖一樣地將安妮斯歐娜墮胎吧。

秩序選擇了自滅，秩序侵犯了秩序。這兩種情況本來都是不可能發生的，也就是說祂那扭曲的愛，以不好的方向凌駕在秩序之上啊。就算我不毀滅祂，要是置之不理的話，祂也會就此毀滅，讓安妮斯歐娜遭到墮胎。

話雖如此，如今的安德路克已經無法以緊縛神的鎖鍊束縛了。

「怎麼啦，小子？走投無路了嗎？」

雙頭蛇嘲笑似的說道：

「你無法對妾身出手。如果是你擅長的毀滅魔法，說不定即使是妾身也沒辦法墮胎，但這樣一來這副身軀就會毀滅喔。」

的確，如果是「滅紫魔眼」與「灰燼紫滅雷火電界」，就能無視祂的秩序，貫穿過去吧。但現在可不能毀滅墮胎神。

「你就在那邊咬著手指看好，妾身將安妮斯歐娜毀滅的樣子吧。」

雙頭蛇讓不祥的神眼亮起，找尋安妮斯歐娜在芽宮神都裡的身影。我在屋頂上放下韋茲內拉，低聲說道：「快離開這裡。」

「這、這個……」

緊縛神竭盡最後的魔力，將深紅鎖鍊交給了我。儘管說不定能讓祂多少停下動作，但無法束縛住現在的安德路克。

「放心吧。我不會讓祢的母親毀滅。」

我將收下的鎖鍊，纏繞在右手臂上。韋茲內拉點了點頭，照我說的離開了這裡。我緊盯著眼前的雙頭大蛇飛過去。

「去找吧，墮胎守護神！」

「嘰——呀——」叫聲此起彼落，黑色怪鳥飛上福斯羅納魯利夫的天空。同時，安德路克也開始移動了。祂一面前進，一面破壞著神都的建築物。

「是打算去哪裡？」

「……唔……？」

祂朝下方看來。向祂接近的我，就在下一瞬間往上飛去，狠狠地打了蛇頭一拳。

「……嘎啊啊——！」

「滋咚——！」安德路克撞在宮殿的瓦礫堆上，揚起沙塵。

「雖然情況變得相當棘手，但總之不毀滅祢，並且讓溫澤爾回來就好了吧？」

「……沒有這種方法……！你就連魔法都無法好好施展，是要怎樣阻止妾身毀滅？辦不到的，辦不到的啊。不被期望的生命，要墮胎啊。墮胎……墮胎啊啊啊啊啊啊啊啊啊啊啊啊啊啊啊啊啊——！」

迅速重新爬起的蛇頭，兩顆一起朝我撞來。我飛上天空把一顆頭高高踢起，再以反作用力飛向另一顆頭，狠狠地一掌打向地面。安德路克的龐大身軀猛烈地陷進地面裡。我一落在

蛇頭上，祂就笑了。

「呵、呵、呵……光是痛打妾身一頓就好了嗎？就算你為了不讓妾身去找安妮斯歐娜，想把妾身擋在這裡，照這樣下去也一樣會毀滅的。喔喔，好疼，好疼呢。還要再挨上幾拳，妾身就會毀滅呢？十拳嗎？二十拳嗎？說不定再打一拳就會毀滅喔。呵、呵、呵，沒用的，沒用的呃嗚——！」

我狠狠地踩住蛇頭，堵住祂的嘴。

「給我安靜點。馬上就給祢看看有趣的東西。」

§40 【要相信雛鳥的離巢】

我一面阻擋安德路克，一面經由魔法線，將視線移到艾蓮歐諾露的魔眼上。

她將「四屬結界封」圍在安妮斯歐娜身旁，極力減輕墮胎神的秩序所造成的影響。

「……好像越來越不妙了喔……」

艾蓮歐諾露抬頭看向上空。黑色怪鳥為了找尋安妮斯歐娜而到處飛舞，發出令人毛骨悚然的叫聲。紅線從露出宮殿的巨大雙頭蛇身上解開，朝著周圍飛散出去，貼向芽宮神都的各個地方。每當像是傷痕的那些紅線增加時，安妮斯歐娜的表情就痛苦扭曲起來。

『艾蓮歐諾露，雙頭蛇由我壓制著。妳趁現在生下安妮斯歐娜，帶到這裡來。』

我以「意念通訊」這樣命令著她。

『那個，只要將沒有心的人偶全部收齊，變成白鶴就好了吧？』

『是啊。』

『我想我應該做得到，但不論宅邸、墓地，還是店鋪都有很多，所以要花上很多時間喔！』

『安妮……快消失了……！來得及……嗎……？』

帶著不安的神情，潔西雅探頭看著安妮斯歐娜的表情。她「啪嗒啪嗒」拍打著頭上的翅膀，就像在說自己沒事一樣無力地微笑起來。

『而且，被那群鳥先生發現到也是時間上的問題喔！或許只要消掉魔力就好，但要是消掉「四屬結界封」的話，安妮妹妹會很危險——』

艾蓮歐諾露猛然回頭。伴隨著尖銳叫聲，墮胎守護神威尼．劫．拉維爾將黑色鳥嘴對準過來，有如箭矢般衝來。目標不是艾蓮歐諾露，也不是潔西雅，而是覆蓋住安妮斯歐娜周圍的「四屬結界封」。

「喂，不行喔！」

艾蓮歐諾露從指尖發出「聖域熾光砲（teo toraiasu）」，射穿威尼．劫．拉維爾。

「「「嘰——呀————！」」」

怪鳥們發出慘叫，接二連三地摔向地面。只不過，祂們身上纏著安德路克的紅線，升起光看就讓人毛骨悚然的不祥魔力。

「『聖域熾光砲』。」

艾蓮歐諾露從指尖連射出光之砲彈。儘管接二連三地擊中墮胎守護神，但是威尼．劫．拉維爾卻大大地張開翅膀，悠然地飛了起來。全身纏繞著墮胎神的紅線，讓魔力顯著提升了。就連艾蓮歐諾露的「聖域熾光砲」，也無法一擊解決掉的程度。

「……嗯——傷腦筋喔。還以為只要全力射擊就能打倒了……」

艾蓮歐諾露的魔力，目前正以仿真根源產生出心，藉由「聖域」進行增幅。而現在，幾乎所有的魔力都用在保護安妮斯歐娜上了。要是轉來攻擊的話，安妮斯歐娜的墮胎就會開始進行。

「「「嘰——呀——！」」」

「真是的，我還在想辦法喔！淘氣的小孩要接受懲罰喔！」

艾蓮歐諾露以「聖域熾光砲」將飛來的紅色怪鳥逐一射穿。只不過，撐過這一波攻擊的守護神們，就這樣直接衝向圍在安妮斯歐娜身旁的「四屬結界封」。「咚、砰！」在結界上開出些許缺口。

墮胎守護神將整個身體撞在「四屬結界封」，被結界之力不斷地削減著身體。只不過，毫不在意的怪鳥們陸陸續續地捨命撞來。彷彿被安德路克的瘋狂附身一樣。墮胎守護神們就像在說「只要能將安妮斯歐娜墮胎就好」似的，一面發出尖銳的叫聲，一面在結界上撞出缺口。

「……要是對安妮出手……不乖……！」

潔西雅拔出光之聖劍焉哈雷，以「複製魔法鏡」增加到無數把。她一面發出龐大魔力，一面以伸長的那把光劍，將怪鳥接二連三地刺成一串。

「……烤雞串……之刑……！」

「潔西雅，生吃烤雞串的話會吃壞肚子喔！」

朝著被焉哈雷刺成一串，動彈不得的怪鳥，艾蓮歐諾露發出「聖域熾光砲」。光之砲彈從纏著紅線的縫隙之間穿過，直接射穿墮胎守護神。威尼・劫・拉維爾被耀眼光芒「滋——」地烤著，斷氣倒下。

「要先逃走喔！不快一點的話，下一波就要來了。」

「……安妮……走得動嗎？」

潔西雅把手伸向她。

『……嗯……沒問題……』

安妮斯歐娜緊緊握住潔西雅的手，一起跑了起來。

『那麼，接下來該怎麼辦啊？因為是阿諾斯弟弟，所以有想到一個能輕易突破重圍的方法不是嗎？』

艾蓮歐諾露一面跑著，一面以「意念通訊」說道：

『將安妮斯歐娜作為誘餌。』

『哇喔～這主意比我想像得還要殘虐喔！』

她很驚訝似的叫道。

『要將存在於這座芽宮神都裡的沒有心的人偶、沒有魔力的容器、沒有身體的魂魄一一湊齊的話，天都黑了。在那之前安德路克就會毀滅，讓安妮斯歐娜被墮胎掉吧。』

『要是以安妮妹妹作為誘餌，就有辦法解決嗎？』

『艾蓮歐諾露，妳能同時產生的仿真根源是三萬零六十六個。將各自只有魔力、心、軀殼的仿真根源，分別送到沒有門的店鋪、沒有屋頂的宅邸、沒有墓碑的墓地去。』

『啊～我知道了喔。是要一口氣全部拿到外頭來，再讓它們合體啊！』

『沒錯。只要安妮斯歐娜將墮胎守護神吸引到遠處的話，就不會受到妨礙。』

「啊，可是，你等一下。」

『這也就是要潔西雅，一個人保護安妮妹妹嗎……？這讓我有點擔心喔……』

艾蓮歐諾露這麼說完，不安地注視著潔西雅。

「沒問題……的……」

在高大的建築物前，潔西雅停下腳步。

「潔西雅……能一個人，保護……去讓安妮……生下來……」

她握緊安妮斯歐娜的手說道：

「潔西雅……也是魔王的部下……！」

「可是……」

『咯哈哈。擔心她就是妳的工作呢。但要是一直把人留在身邊，連讓她一個人幫忙跑腿也沒辦法好好做到。』

想了幾秒後，艾蓮歐諾露點了點頭。然後她蹲下來，將潔西雅緊緊抱入懷中。
「要去市郊喔。要盡可能跑得遠遠的，盡可能地把鳥先生引開。要是成功的話，我會每天做潔西雅最愛吃的蘋果派給妳吃喔。』
「……會成功的……一定……！」
將聖劍焉哈雷高高舉起，潔西雅做出宣言。
「蘋果派的……騎士……潔西雅。」
她擺出勇猛的姿勢。
「安妮妹妹也要加油喔。」
『……嗯……』
艾蓮歐諾露將安妮斯歐娜抱入懷中。安妮斯歐娜頭上的翅膀很高興似的輕輕跳動著。她一離開兩人，我於是說道：
『使用沒有仿真根源的「聖域」。只要以「複製魔法鏡」強化「四屬結界封」就好。』
艾蓮歐諾露將「聖域」暫時解除。然後使用潔西雅對安妮斯歐娜的感情展開「聖域」，重新張設起「四屬結界封」。
「『複製魔法鏡』。」
潔西雅畫出魔法陣。安妮斯歐娜周圍出現相對的兩面「複製魔法鏡」，讓那道魔法結界重複疊上好幾層強化起來。
「聽好了嗎，潔西雅？因為我不在身邊，所以這道『四屬結界封』要是被突破的話，就沒辦法重新張設喔。」

艾蓮歐諾露豎起食指，像在叮嚀似的說道。潔西雅點了點頭。

「我……出發了……！」

與安妮斯歐娜手牽著手，潔西雅跑了起來。

「要加油喔！」

彷彿在回應艾蓮歐諾露的激勵，潔西雅將光之聖劍舉到頭上。然後，她在上空一發現到墮胎守護神，就這樣讓舉起的焉哈雷伸長，將敵人串起。

「潔西雅……在這裡……！全部，處以烤雞串之刑……！」

潔西雅讓光之聖劍盛大亮起。其他的守護神們立刻注意到這道光，開始朝著她們聚集起來。潔西雅一面引誘著祂們，一面依照艾蓮歐諾露的囑咐，朝著市郊跑去。

往上空看去，就看到一片黑雲像是在追著潔西雅一樣地移動著。不對，不是雲，那個是鳥。一大群的威尼·劫·拉維爾打算要繞到潔西雅的前方。

艾蓮歐諾露擔心注視起那片黑雲後，宛如要拋開迷惘般甩了甩頭，進入附近的建築物裡。

「我要上了喔，阿諾斯弟弟。」

她靜靜低語。下一瞬間，艾蓮歐諾露的周圍飄起魔法文字，從中溢出聖水。她的身體在聖水球之中輕輕浮起。

「……『根源母胎』……」

溫柔的詠唱在室內響起。能以「根源母胎」魔法產生的複製根源，以現時點來說是一萬零二十二人。儘管本來有著一倍以上的容許量，但她已經生下一萬人的潔西雅。仿真根源可說是不完整的複製根源。比方說，如果是只有魔力的仿真根源，所需要的魔力量就是三分之一。心與軀殼也是一樣。

所以，她現在能產生的仿真根源是三萬零六十六個。淡淡的光球從聖水球裡絡繹不絕地溢出，在室內裡飄盪起來。不久後，無數的仿真根源充斥著那棟建築物內部。艾蓮歐諾露就以這個狀態暫時待命。在墮胎守護神們追著潔西雅離開這座城市之前，不能將仿真根源放出去。

眼看黑色怪鳥移動離開，從城市裡漸漸消失。同時，這也是潔西雅與安妮斯歐娜被大量的守護神們追逐的證明。艾蓮歐諾露帶著擔心的表情，一心相信著女兒並忍耐著。

『好了。放出去。』

我發出信號。艾蓮歐諾露在舉起手後，門窗就被滿溢而出的魔力撞開了。淡淡發光的仿真根源從那裡溜出去，輕飄飄地飛在芽宮神都裡。朝著沒有屋頂的宅邸、沒有門的店鋪、沒有墓碑的墓地飛去——

仿真根源的移動速度不快也不慢。就連在這麼做的時候，潔西雅也正不斷地被逼入絕境吧，但沒辦法讓仿真根源瞬間就抵達目的地。

「……比想像中還要多喔……？」

大半的仿真根源已經抵達了沒有屋頂的宅邸與沒有門的店鋪。但儘管如此，也還只調查了城市的一半。也許沒有心的人偶與沒有魔力的容器，要比艾蓮歐諾露所能產生的仿真根源上限三萬零六十六個還要多。要是這樣的話，湊齊全部的時間就會比預期得還要久吧。而相對地，也會讓潔西雅陷入危機。

隨著仿真根源在整座城市裡擴散開來，艾蓮歐諾露開始感到焦急。在布滿城市的七成地區後，竟然需要七成的仿真根源。足夠嗎？還是不夠？數量是真的很吃緊吧。要是只有一個地區分布著大量沒有門的店舖，情況就會非常嚴厲。隨著像在祈禱一般的時間經過，那些光球分布到了城市的各個角落。

「……這些，就是全部了嗎……？」

『看來是這樣。』

艾蓮歐諾露這才鬆了一口氣。

「太好了……數量真的很吃緊喔……居然跟我能產生的仿真根源數量剛剛好，真是太幸運了！」

沒有心的人偶、沒有魔力的容器、沒有身體的魂魄，其總數竟然是三萬零六十六個。在讓這三樣合而為一後，所能誕生的白鸛數量是一萬零二十二隻。數量相當多。就算操縱仿真根源，以最短距離讓這三樣聚集在同一個地方上，要讓所有的蛋孵化也需要一點時間。

「潔西雅，要再努力一下喔。我現在就把安妮妹妹生下來。」

§ 41 【小小的部下】

福斯羅納魯利夫的市郊。潔西雅與安妮斯歐娜手牽著手，一個勁地在蒼鬱的森林裡奔跑著。在緊貼著平穩起伏的天空海面之處，飄著一片黑雲。黑色怪鳥群——墮胎守護神威尼・劫・拉維爾們追逐著兩人，想將她們包圍起來。

「嘰——嘰——！」

「嘰——呀——！」

「嘎——嚇啊啊——！」

令人毛骨悚然的叫聲層層疊起，在空中迴盪開來。多虧了潔西雅一直誇張地揮舞著光之聖劍，所以一如預期，幾乎所有的守護神都朝著她們聚集過去了。

艾蓮歐諾露所產生的仿真根源，分布到福斯羅納魯利夫的市區各處，將為了讓安妮斯歐娜出生所需要的三樣東西——沒有心的人偶、沒有魔力的容器、沒有身體的魂魄，通通引誘到宅邸、墓地、店舖的外頭。仿真根源會讓這三樣東西會合，孵化白鸛的蛋。在這之前，潔西雅她們就只要爭取時間就好。

「……烤雞串……！」

光之聖劍焉哈雷發揮出真正實力，增加成無數把，並在潔西雅的周圍浮現出來。她把劍刺出後，怪鳥就被一一串起。

『潔姊姊，背後！』

「交給……我……！」

刺出尖銳鳥嘴，有如箭矢般飛來的墮胎守護神，被她以光之聖劍斬落地面。威尼・劫・拉維爾是為了守護墮胎的秩序的守護神。其職責是要讓尚未出生的生命結束。

因此個體的力量，只要足以毀滅根源胎兒安妮斯歐娜就好。相較於時間守護神與破壞守護神的確力量不足。只不過，祂們的數量非比尋常，想要越過森林的潔西雅她們一下子就被包圍了。注意到這件事的她停下腳步。無數發光的眼睛，宛如要刺穿安妮斯歐娜似的緊盯過來。她的身體顫了一下。

「放心……吧……」

為了保護安妮斯歐娜，潔西雅擋在祂們的視線之前。

「……有潔西雅……在……」

她施展「複製魔法鏡」的魔法，將焉哈雷倒映在上頭。於是，鏡中的聖劍就像實體化一樣，讓飄浮在潔西雅周圍的焉哈雷劍刃再度增加。

在將手上的聖劍往前揮出後，合計超過一千把的劍刃一起發射出去。怪鳥們一面尖銳大叫，一面散開躲過這些劍刃。大量的光之劍刃刺在地面上。

「『聖劍結界光籠(teiasu deiara)』。」

光線從刺在地面的焉哈雷上畫出，將聖劍與聖劍連接起來。緊接著，這次是聖劍朝著天空不斷伸長，光線就像要形成蓋子一樣劃出。

「……是……鳥籠……！」

原來是有如籠子一般的結界。被關在內側的守護神們就算想衝出籠外，也會被焉哈雷的劍刃擋下，就只是「啪嗒啪嗒」地摔落地面。

「全部……關起來……！」

潔西雅將以「複製魔法鏡」複製的焉哈雷，接二連三地朝著周圍胡亂射出，構築起「聖劍結界光籠」。結界的強度雖然不高，但範圍很廣，最適合用來將墮胎守護神一網打盡。以構築在森林裡的好幾個「聖劍結界光籠」為遮蔽物，她一面躲藏起來，一面以焉哈雷將害鳥接二連三地消滅掉。就在這時──

『呵！』

響起令人不快的聲音。

『呵、呵、呵……！呵、呵、呵…………！』

從周圍一帶傳來的那道聲音充滿瘋狂。飄在森林上空的紅線聚集在那裡，形成魔眼的形狀。是位在宮殿的墮胎神安德路克在遠距離操控吧。

『沒用的……沒用的……！妳們是逃不了的……妳們的命運是墮胎啊！』

伴隨著安德路克的聲音，紅線有如雨點般從天而降。這些紅線纏繞在墮胎守護神上，形成攻防一體的鎧甲。

『去死吧──！』

纏上紅線的怪鳥，絡繹不絕地從空中衝來。守護神們無視受到「四屬結界封」保護的安妮斯歐娜，全員瞄準著潔西雅。

「不會……輸的……！」

潔西雅施展「複製魔法鏡」，以複製出無數把的焉哈雷迎擊怪鳥。千把光刃與千隻怪鳥拉鋸不下，然後，有一隻穿過了潔西雅的劍擊。

『姊姊……！』

巨大鳥嘴刺進了潔西雅的腹部。反魔法與魔法屏障被突破，幼小身軀滴下紅血。

『以為妾身會攻擊胎兒嗎？只要毀滅妳，安妮斯歐娜就無力抵抗啊。再來就只需慢慢啄著結界，將她墮胎掉就好。』

「呵、呵、呵！」刺耳笑聲在那裡響徹開來。

『吃吧──威尼．劫．拉維爾！』

「「「嘰──呀────！」」」

墮胎守護神朝著跪下的潔西雅飛降下來，就像聚集在飼料旁的害鳥一樣，以鳥嘴不斷啄著。魔力粒子與黑色羽毛飛舞，鮮血飛濺開來。

『……姊姊！潔姊姊……！』

安妮斯歐娜揮淚大喊，衝向墮胎守護神。她一面讓圍在身體周圍的「四屬結界封」消滅掉好幾層，一面將威尼．劫．拉維爾壓碎。在這瞬間，怪鳥們不再攻擊潔西雅，轉頭瞪著安妮斯歐娜。

「「「嘰────呀────！」」」

在叫聲響起的瞬間，閃過好幾重的光之斬擊，將墮胎守護神們全部斬斷了。

「不准……對安妮……出手……！」

潔西雅鞭策著負傷的身體，以焉哈雷將周圍的守護神一掃而空。

『潔姊姊……』

牽起安妮斯歐娜的手，潔西雅拖著傷痕累累的身體跑了起來。

「安妮……就快了……！」

互相緊握著小手，兩人奔跑在森林之中。即使墮胎守護神接二連三襲來，潔西雅也以光之聖劍擊退了祂們。只不過，幼小身體達到體力的極限。無法擋住怪鳥所有的攻擊，讓她的傷勢隨著時間經過越來越嚴重。

『……姊姊……』

「放心……吧……」

為了給擔心地探頭看來的安妮斯歐娜帶來勇氣，潔西雅對她微笑。

「潔西雅……很強……因為是……姊姊……」

『呵、呵、呵，是時候了。逞強就到這裡為止了啊。』

安德路克的聲音響徹開來，能看到墮胎守護神不斷往上空聚集而去。怪鳥們群聚起來，排成類似鳥的隊列。紅線朝著那裡纏繞過去。在紅線覆蓋住所有的守護神後，那裡就出現了一隻巨鳥。

『毀滅吧，安妮斯歐娜。墮胎啊！』

以頭朝下的巨大紅鳥，瞄準著潔西雅與安妮斯歐娜垂直俯衝下來。

「『複製魔法鏡』。」

潔西雅緊盯著衝來的巨鳥，在前方做出兩面「複製魔法鏡」。

「無限鏡……！」

朝著那裡筆直刺出焉哈雷後，經由相對的兩面鏡子無限增幅的光就射穿了墮胎守護神。

但儘管被耀眼的閃光撕裂，那隻紅鳥也依然繼續飛下。

「……不會……輸的……！」

在將焉哈雷使勁劈下後，紅鳥就被劈成兩半了。潔西雅才剛鬆了口氣，被劈成兩半的紅鳥就這樣衝過來，撞擊在森林的地面上。

「轟隆隆隆──！」地面盛大地炸開，墮胎守護神朝著四面八方飛散開來。被這場爆炸波及，潔西雅與安妮斯歐娜彈飛到數公尺之外，猛烈地摔在地面上。

「……啊……呃…………」

滾動了好幾圈，潔西雅趴倒在地上。等注意到時，紅線之雨已在芽宮神都裡形成了好幾個水坑。那些彷彿深切傷痕一樣的水坑，是墮胎神的秩序所具體化出來的。就連受到「四屬結界封」保護的安妮斯歐娜也開始遭到侵蝕了。

『……潔姊……姊……』

安妮斯歐娜以全身施力想要爬起。卻沒辦法站穩，令她倒在那裡。

『……對不起……安妮斯歐娜……已經……動不了……』

潔西雅搖搖晃晃地站起，朝著安妮斯歐娜走去。

『……快逃。就算只有姊姊也……』

安妮斯歐娜將視線看向天空。墮胎守護神們再度往那裡聚集了。方才的爆炸讓施展「聖劍結界光籠」的「複製魔法鏡」大半碎裂，使得原本關住的怪鳥們被釋放出來了。

『……我很想成為姊姊的妹妹喔……』

「……安妮……」

『……對不起……』

潔西雅把聖劍插在地面上，蹲在安妮斯歐娜的面前。

『姊姊……？』

「……放心……潔西雅揹妳……」

『這……不行啊。會逃不了的……！』

於是，潔西雅一臉得意地握起拳頭，向她展現著軟綿綿的上臂。

「潔西雅……是大力士……！因為是姊姊……！」

把手繞到安妮斯歐娜的身上，潔西雅使出全身的力量把她扶起。然後一把人揹到背上，就用嘴巴咬起了焉哈雷。

「修消給……我哈……！」

一面揹著安妮斯歐娜，潔西雅一面沉重地跑了起來。就算墮胎守護神出現在眼前，也以

浮現在周圍的光之劍刃將其斬殺。

『……不行啦……姊姊……』

上空就跟方才一樣，怪鳥群排出了鳥的隊列。隨著紅線纏上，變化成一隻巨鳥。

『……要是揹著安妮斯歐娜的話，會逃不了的……』

她緊緊縮起頭上的翅膀。潔西雅死也不肯將她放下，一個勁地奔馳在森林之中。

「請……扎好我……！」

一跑到障礙物稀少的地方，潔西雅就以「飛行」魔法在那裡低空飛行。

『呵、呵、呵。沒用的、沒用的。妳們所仰賴的魔王正在阻擋妾身，無法前來救妳們的。』

以這句話為信號，巨大紅鳥就朝著潔西雅她們俯衝下來。

『吞噬吧——！』

潔西雅轉過身，一邊以「飛行」面向後方飛著，一邊將光之聖劍焉哈雷拿到手上。將那把劍，朝向了紅鳥。

「安妮……姊姊……就教妳一件事……」

潔西雅以相對的兩面「複製魔法鏡」，就跟方才一樣讓焉哈雷增加，然後集中起來形成一把巨大的光之聖劍。

「魔王的部下……是不會輸的……！」

朝著正要衝來的巨大威尼・劫・拉維爾，有如光之洪水的聖劍光輝襲擊而去。

『同一招是打算試幾次？妳們的宿命是不會變的。不被期望的生命——』

被劈成兩半的紅鳥果然就跟方才一樣，頭朝下地撞來。

『——要墮胎啊！』

「……絕對……不會輸的……！」

竭盡最後之力，潔西雅將劈成兩半的紅色怪鳥，再度劈成兩半了。

『妾身說要墮胎了吧！』

被劈成四半的鳥也依舊襲向潔西雅。

「……就說……絕對不會輸了……！」

使勁地揮出焉哈雷，潔西雅這次是把鳥斬成八塊了。

「……烤雞串……之刑……！」

讓集中成一把的焉哈雷分裂成八把，潔西雅以伸長的那八把劍將被劈開的怪鳥串起。

「『聖劍結界光籠』。」

發動結界魔法，將墮胎守護神漸漸關進光籠之中。

『姊姊……這邊……！』

安妮斯歐娜大叫起來。筆直瞄準著她，一隻墮胎守護神從後方將鳥嘴宛如長槍般刺過來。

「……別想……得逞……！」

潔西雅以焉哈雷斬斷了那隻鳥，下一瞬間——

『是誘餌啊。』

響起鏡子碎裂的聲音。趁著這一瞬間的破綻，另一隻怪鳥衝過去撞碎讓焉哈雷增加的「複製魔法鏡」。無限鏡消失，增加的焉哈雷跟著不見，讓「聖劍結界光籠」消散了。

『呵、呵、呵。居然被這麼顯而易見的手法騙到，妳這樣也算是魔王的部下嗎？』

被劈成八塊的紅鳥筆直逼近。就算斬斷，也已經擋不下來了。衝向兩人的那隻怪鳥，會跟方才一樣盛大地炸開吧。

『終究是小孩子呢。零分啊。』

像是被逃走的潔西雅引導過去般逼近的鳥——卻在那之前戛然而止。

『…………什、麼……？』

那是「四屬結界封」。地、水、火、風的魔法結界在那裡重新展開，將被劈成八塊的紅鳥撞擊通通擋下來了。

「『聖域熾光砲』。」

八道光之砲彈將紅鳥吞沒，消滅殆盡。

「很了不起喔，潔西雅。一百分滿分。」

從空中飛來的，是展開魔法文字與聖水球的艾蓮歐諾露。在她背後，能看到超過一萬隻的白鸛身影。她豎起食指，帶著笑容說道：

「魔王的部下，要以該保護的人為第一優先喔！」

§ 42 【無法誕生的秩序】

在芽宮神都福斯羅納魯利夫的上空——緊貼著天空之海的位置上飛著一群白鸛。藉由讓所有的蛋孵化出來，從雛鳥成長為成鳥的白鸛們張開鳥嘴，吃起墮胎神的秩序——那些作為其象徵的紅線。眼看降下的紅線之雨消失無蹤，宛如傷痕般積起的水坑也消失在白鸛的胃裡。

「再來一次！這次會射很多喔！『聖域熾光砲』！」

艾蓮歐諾露一大聲喊道，附在白鸛上的仿真根源上頭就畫出魔法陣，朝著四面八方射出光之砲彈。殘存的墮胎守護神們無處可逃，在「聖域熾光砲」之前被一網打盡，連屍體也沒留下地消滅了。

同時，艾蓮歐諾露所施展的「總魔完全治癒（eishiearu）」，持續治療著潔西雅的傷勢。

『……啊……』

將敵人一掃而空後，不可思議的事情發生了。一萬零二十二隻的白鸛一起朝著安妮斯歐娜伸出閃亮的絲線。她被圓形的光殼包覆起來，宛如被絲線吊起般浮上空中。

『過來，跟安妮斯歐娜一起。』

『我知道了喔！』

潔西雅與艾蓮歐諾露以「飛行」浮上空中，飛在安妮斯歐娜的身旁。

「……安妮……能生下來嗎……？」

『雖然不清楚……但大概……還差一點……安妮斯歐娜，感覺就要明白安妮斯歐娜的事情了……』

三人在上空猛烈地飛行。就連在宮殿的我也能以肉眼確認她們的身影。

「唔，還真是遺憾呢，墮胎神。祢要是再弱一點，明明就能先毀滅。」

我將視線移到腳下。被我踩住的巨大雙頭蛇，一副像是要瀕臨毀滅的樣子，陷在裂開的地面裡。

「阿諾斯弟弟——」

傳來艾蓮歐諾露的聲音。她們緩緩降落在我所在的場所。

「這次果然也是我們魔王軍的大勝利喔！」

「是……潔西雅的……功勞！」

潔西雅一面降落，一面「欸嘿」地挺起胸膛。

「是啊是啊，很了不起很了不起！不愧是我的女兒，很可愛又很厲害喔！」

艾蓮歐諾露一稱讚她，潔西雅就再度露出了得意洋洋的表情。

「再來就只要等安妮妹妹生下來就好了嗎？」

吊在鳥群底下，被閃耀的光殼包覆起來的安妮斯歐娜，讓頭上的翅膀「啪嗒啪嗒」地拍打起來。

「這個……要怎麼辦……？」

潔西雅直直瞪著埋在地面下的安德路克。

「啊──對耶。雖然不能毀滅，但是要怎麼處置啊？」

「墮胎神是墮胎的秩序。這份力量與權能對誕生前的生命有著強大的效果。會對我產生反應，也是因為這座神域──芽宮神都福斯羅納魯利夫可說是擔任了子宮的角色吧。」

所以祂才會說我來到這裡是氣數已盡了。也就是在芽宮神都裡的人，會被視為是誕生之前的生命。

「……潔西雅……明白了……！」

潔西雅得意洋洋地點了點頭說道。

「嗯──？潔西雅聽方才的說明就懂了？是什麼意思啊？」

「明白了……是很複雜的事……！」

艾蓮歐諾露一臉無力地「嘻嘻」笑著。

「也就是說，只要安妮斯歐娜生下來，就已經無法墮胎了。她要是誕生了，也能夠控制芽宮神都吧。安德路克會失去墮胎的對象，使得祂的秩序減弱，傾向誕生。」

「啊──是這樣啊。祂是為了將安妮妹妹墮胎才跑出來的，所以就算不用毀滅，也會因此變回溫澤爾！」

艾蓮歐諾露理解似的叫道。

「…………的啊……」

漏出微弱的聲音。雙頭蛇轉動著大眼朝我瞪來。

「你說了什麼嗎，安德路克？」

「……妾身說了，沒用的啊……」

「喔。」

「生不下來的……安妮斯歐娜是絕對生不下來的……就算將沒有心的人偶、沒有魔力的容器、沒有身體的魂魄……全部湊齊，讓雛鳥孵化……根源的總數也早就決定了……」

我以餘光看著安妮斯歐娜。在被光殼包起之後，看不出特別的變化。

「……芽宮神都是世界的縮圖啊。是吧，安妮斯歐娜？妳差不多要想起來了吧？」

彷彿在詛咒似的，安德路克發出令人毛骨悚然的聲音。

「想起那個絕對不會誕生的，自己的秩序。」

被大眼看著，安妮斯歐娜在殼中嚇得縮起身子。潔西雅拔出焉哈雷，「啪咚」地敲向那個大眼。

「……呀……！」

「不准……欺負……安妮……！」

潔西雅帶著不高興的表情，擋在雙頭蛇的前方。

『……魔王阿諾斯……』

安妮斯歐娜抱起自己的身體，讓頭上的翅膀縮起。

「怎麼了嗎？」

『芽宮神都的生命上限，是一萬零二十二個。』

就像回想起自己的秩序一樣，安妮斯歐娜說道。

『安妮斯歐娜是第一萬零二十三個出生的生命。要是不奪走某人的生命，就沒有位置能讓安妮斯歐娜出生；但要是奪走某人的生命，就不會輪到安妮斯歐娜的順序。』

「也就是生出一萬零二十二隻的白鸛，是讓安妮斯歐娜出生的條件，但是芽宮神都的容許量就只有一萬零二十二個啊。」

『……嗯……我終於明白了。安妮斯歐娜是絕對不會出生的，第一萬零二十三個的生命。這就是我所背負的秩序。』

「……呵……呵、呵、呵…………！瞧，看到了吧。不適任者，這場戰鬥確實是你贏了啊。只不過，只要不讓安妮斯歐娜生下來，妾身就不會翻轉成誕生神……」

那是道虛弱的聲音。然而祂的深淵裡，隱藏著幽暗的瘋狂。

「明白了嗎？妾身的毀滅是不會停止的……只要妾身毀滅的話，作為互為表裡的姊姊神也會毀滅……這樣一來，安妮斯歐娜就會連即將出生的秩序也無法維持而毀滅消失。」

「呵、呵、呵、呵。」她再度笑起。就像是無懼於自身的毀滅一樣。

「墮胎啊，墮胎。沒有人能逃離秩序的。即使是你，儘管從妾身的手中逃過一劫，但遲早會被這個巨大的世界常理吞沒消去。就只是早晚的差別啊。」

「啊……！」

艾蓮歐諾露驚訝似的將魔眼朝向墮胎神。眼看形成雙頭蛇的紅線鬆脫開來，並且漸漸消失。

「要、要消失了喔！」

就算她施展「復活」，但魔法瞬間就被墮胎了。安德路克儘管瀕臨毀滅，但也因此讓祂所擁有的墮胎的秩序變得更加強大。

「不行喔！要是就這樣毀滅的話，溫澤爾與安妮妹妹都會無法得救啊！」

「……阿諾斯……！請救救……安妮……！」

艾蓮歐諾露與潔西雅求助般的看著我。

「沒用的、沒用的。就算想了也不懂嗎？已經太遲了啊。是吧，不適任者啊。你很擅長毀滅吧。是連秩序也能毀滅的，世界的異物啊。只不過，你就只能毀滅世界，絕對沒辦法拯救的。不論是秩序還是生命，都只會被你毀滅啊。」

蛇的嘴角咧起笑容。才剛笑起，紅線就鬆開，崩塌下來。

「……啊啊，還真是可惜呢。無法看到接下來的情況，還真是讓人氣憤啊……」

隨著祂每次開口，雙頭蛇的身體逐漸變成紅線。

「真想看到你和姊姊被絕望打垮的表情啊。」

「唔，那就讓祢看吧？」

瞬間陷入沉默。安德路克露出疑惑的表情。

「………什麼…………？」

我一把抓起鬆開的紅線，接著將一條深紅鎖鍊綁了上去。那是跟韋茲內拉借來的緊縛神之鎖鍊。

「祢的表情被絕望打垮了啊。」

我以緊縛神的鎖鍊將鬆開的紅線綁住，當場一圈一圈地捆起來。

「還以為你要做什麼，沒用的沒用的。就只是在拖時間啊。」

「安妮斯歐娜是米里狄亞想要創造的溫柔秩序。即使因為祢們神族的妨礙，就連她自己也忘了那是怎樣的秩序，但我總算是明白了。」

我窺看著被包覆在光殼之中的安妮斯歐娜的深淵。

「為何安妮斯歐娜就只能讓艾蓮歐諾露與潔西雅作夢？為何沒有魔力的容器與沒有心的人偶，會對『根源母胎』的仿真根源做出反應？為何芽宮神都的白鸛數量，跟『根源母胎』所能產生的複製根源的數量相同？」

我在眼前畫出魔法陣，然後瞪向安德路克。

「我本來以為是為了讓安妮斯歐娜出生，米里狄亞將必要的東西留給了我，但本質稍微有點不同。安妮斯歐娜是即將誕生的秩序。是天父神諾司加里亞所創出，再由米里狄亞重新創造的，某個魔法律——」

「……所以……？」

「呀……」

我在經由魔法線送出魔力後，艾蓮歐諾露的周圍就飄起魔法文字。

聖水溢出，形成球體，讓她在那裡浮了起來。

「為了讓『根源母胎』魔法運作的魔法秩序，這就是安妮斯歐娜的真實身分。」

在那個時候，米里狄亞從天父神手中奪走了祂創造的新魔法秩序。而祂所重新創造出的就是安妮斯歐娜。祂將作為魔法秩序的安妮斯歐娜送到這個地方。因為安妮斯歐娜的秩序即將誕生，所以讓「根源母胎」的魔法術式開始運作，使得作為人形魔法的她在勇者學院誕生了。

「為了讓安妮斯歐娜出生所必要的東西，分別是沒有心的人偶、沒有魔力的容器、沒有身體的魂魄。而安妮斯歐娜自身也是其中之一——沒有身體的魂魄。」

在沒有屋頂的宅邸，當我們要離開沒有心的人偶所在的房間時，安妮斯歐娜跌倒了。只不過，儘管她還待在房間裡頭，沒有心的人偶卻開始復原了。此為她就是心的證據，是沒有身體的魂魄之證明。

「第一萬零二十三個的生命會無法誕生，是因為這座芽宮神都本來就無法產出為了誕生的仿真根源。那是能跟安妮斯歐娜湊成一組的，沒有魔力的容器與沒有心的人偶呢。」

本來要湊成一組的沒有魔力的容器與沒有心的人偶，應該只要湊齊一萬零二十二隻白鸛就能生出來。但這超過了芽宮神都的生命容許量，所以沒辦法生出來。

「不過在這裡，有著以跟芽宮神都完全相同的秩序在運作的魔法。」

我構築起術式，操控「根源母胎」的魔法。白鸛伸出的光線從安妮斯歐娜身上脫落，集中到覆蓋住艾蓮歐諾露的聖水球上。

「…………不被期望的魔法啊，墮胎吧……！」

即使安德路克這麼喊，「根源母胎」的魔法也沒有停止。

「這座芽宮神都是安妮斯歐娜的神域，以她的魔法秩序運作的『根源母胎』是無法輕易消除的。不然的話，祢早就將安妮斯歐娜毀滅了。」

最後，白鸖發出的光線通通集中到艾蓮歐諾露的胎內。從她的腹部筆直伸出了一條魔法線。跟從安妮斯歐娜的肚臍伸出的魔法線一模一樣，這兩條魔法線就像握手一樣，靜靜地連結起來。我以「根源母胎」的魔法造出仿真根源——也就是沒有魔力的容器與沒有心的人偶，將這兩樣經由這條臍帶送過去。

「她為何會是潔西雅的妹妹？然後，為何會說我是父親？這還真是個相當有趣的謎題啊。」

覆蓋住安妮斯歐娜的光殼閃耀起來，遮蔽住她的身影。

「這就是答案了。」

「……這種事……？怎麼可能……以魔法秩序運作的魔法，居然發揮出超越那個魔法秩序的力量……」

「咯哈哈，祢在說什麼啊，安德路克。難道忘了嗎？」

看著即將要誕生下來的安妮斯歐娜，紅色雙頭蛇的臉色慘白起來。彷彿被絕望打垮了似的。

「能顛覆秩序的——」

「可是魔王大人的魔法喔！」

像要搶走我的台詞一般，艾蓮歐諾露洋洋得意地說道。

§43 【不完全的誕生】

「……可惡……啊…………！」

雙頭蛇發出了遺憾的嘆息。紅線從被鎖鍊綁住的身體鬆脫開來，眼看就要升上天際。

「……絕不原諒……該死的不適任者……！居然想破壞這個世界的秩序……妾身是絕不會原諒你的……！」

「別這麼擔心，我也沒有想要祢原諒我。」

我以「滅紫魔眼」眺望虛弱到就要消失的墮胎神的秩序。

「……你的敵人不只有妾身。所有的神，此世的一切秩序，全都不會原諒你的行為……在這個世界上，我們就是秩序……不論你再怎麼反抗，得到的下場就只有一個啊。除了服從之外別無他法……！」

「咯哈哈。」

我一笑置之，低頭看著安德路克。

「夢話是等睡著之後說的啊。」

在我的魔眼滅紫色地閃起後，緊縛神的鎖鍊就「鏘」地落在地板上。形成雙頭蛇身體的紅線在這瞬間鬆開，並且消滅了。

「毀、毀滅掉了喔！」

「別擔心，就只是秩序翻轉了而已。」

在安德路克消失之處的數公尺旁，聚集起淡淡光芒。那道光形成人形，顯現出了誕生神溫澤爾。

「感覺如何啊，溫澤爾？」

祂點了點頭，露出平穩的表情。

「謝謝你，魔王阿諾斯。儘管難以置信，但墮胎的秩序衰退，誕生隆盛至極。只要不被期望的生命沒有要再度出生，安德路克就不會自然地現身吧。」

「那個，祂不會在翻轉的時候毀滅吧？」

對於艾蓮歐諾露的提問，溫澤爾答道：

「墮胎的秩序會為了下一次的機會做準備，讓力量恢復吧。既然我顯現出來，祂的意志就無法對這副神體與秩序造成影響。」

誕生神溫澤爾溫柔注視著艾蓮歐諾露，注視著她的臉，以及如同魔法線的臍帶。在沿著臍帶往前看去後，有如蛋一樣的光殼正在閃閃發光。

「如今，安妮斯歐娜就要在此誕生了。」

誕生神溫澤爾莊嚴地舉起雙手。祂所畫出的魔法陣，像要祝福安妮斯歐娜一樣將她圍繞起來。然後，光殼出現了裂痕。那道裂痕一面擴大，一面「啪啪」地響起悅耳的音色。

「……安妮……加油……！加油……！」

彷彿在聲援她的誕生，潔西雅一面大聲喊道，一面大動作地揮著手。像是在回應她一般，光殼碎裂，無數的羽毛從中猛烈地溢出。「啪」地響起一道更大的聲響。

光殼完全裂開，羽毛高高地飛上天際，然後翩翩地飄落下來。從艾蓮歐諾露的肚臍伸出的魔法線，職責已盡似的輕輕斷開，回到了她的胎內。

「……初次見面，你們好……只要這麼說就好了嗎……？」

她害羞地笑了。站在那裡的，依舊是個小女孩。

「溫澤爾、魔王阿諾斯、艾蓮歐諾露、潔姊姊……謝謝你們……」

除了背後長出兩片小翅膀之外，跟還是根源胎兒時的安妮斯歐娜幾乎毫無改變。但只要窺看深淵，就會發現從她的根源發出了確實的魔力。

「……安妮……！」

潔西雅一張開雙手，安妮斯歐娜就跑過去抱住了她。

「安妮……生下來了……！」

「嗯！安妮斯歐娜生下來了喔。作為潔姊姊的妹妹，生下來了！」

「……大……功勞……！」

兩人開心地對視，彼此露出了笑容。

「……那個呢，時間所剩不多了。」

安妮斯歐娜這麼說完，就換上了認真的表情。

「……安妮……？妳是……要去哪裡嗎……？」

她緩緩地左右搖著頭。

「安妮斯歐娜想起來了。根源降世的魔法秩序，這就是安妮斯歐娜。」

這個秩序的一部分力量，也就是「根源母胎」吧。

「那個，降世是什麼意思啊？」

艾蓮歐諾露歪頭困惑，在臉上浮現疑問。聞言，溫澤爾說道：

「偉人、聖人，或是偉大之王誕生在這個世界上，就叫做降世。」

「哇喔！那也就是說，安妮妹妹會生下很厲害的生命啊？」

安妮斯歐娜讓頭上的翅膀「啪嗒啪嗒」地拍打起來。

「雖然不知道厲不厲害，但安妮斯歐娜是為了生下偏離秩序架構的新生命而誕生的。要生下新的人類。」

「嗯～？那個……也就是說，安妮妹妹是降世的神，要生下有別於人類與魔族的其他生命嗎？」

她邊說邊「啪嗒啪嗒」地動著頭上的翅膀。

「安妮斯歐娜稍微有點特別。雖是秩序卻不是神，是名為安妮斯歐娜的一個魔法秩序。是米里狄亞所創造出來，為了讓神的秩序所支配的這個世界變得溫柔，為了魔王而存在的魔法。」

安妮斯歐娜轉身走來。

「但是，這是不行的。」

「意思是？」

安妮斯歐娜邊說邊緩緩走著。

「安妮斯歐娜並不溫柔。我總算知道，把大家叫到這裡來的理由了。安妮斯歐娜等不下去了。必須趕快生下安妮斯歐娜。」

她正好在本來囚禁著溫澤爾的魔法監牢旁停下來。米夏與莎夏就倒在地上。由於安德路克消失了，所以祂的魔法效果馬上就會消失，兩人也就能站起來了吧。

安妮斯歐娜悲傷地注視著兩人後，把視線移到粉碎塌下的壁畫上。

「看。」

在畫著各種圖案與圖畫的壁畫之中，她所看向的那個位置上刻著某個魔法陣。

「那個，是愛情傘魔法陣喔？」

「……是溫澤爾……和安德路克……」

艾蓮歐諾露與潔西雅說道。

「在地上是叫做愛情傘魔法陣啊。」

兩人轉向溫澤爾。

「在神界不是嗎？」

「這是表示互為表裡姊妹神的記號。」

艾蓮歐諾露恍然大悟，將視線移向安妮斯歐娜。

「我想大家應該都有看過了。因為阿貝魯猊攸有畫在德魯佐蓋多上。」

確實有刻上——用米里狄亞與阿貝魯猊攸的名字。

「我記得米里狄亞有說過，祂無法和阿貝魯猊攸見面啊。因為祂們就跟溫澤爾與安德路克一樣，其實是互為表裡的姊妹神嗎？」

在以「分離融合轉生」將莎夏的根源分成兩個人時，其中一方會帶有米夏這個人格的理由，就是這個啊。因為她們本來就是兩個人。一個身體，有兩個意識。不對，有點不同啊。

要是這麼想的話——

「呀……！」

就像要打斷思考一樣，芽宮神都激烈地震動起來。

「……是……地震……………！」

「不對——」

在上空感到強大的魔力，在仰望過去後，發現天空之海分開了。那裡飄浮著一座城堡。就跟德魯佐蓋多一樣，是立體魔法陣的城堡。

「……咦…………是艾貝拉斯特安傑塔喔……！」

艾蓮歐諾露指著飄浮在遙遠上空的那座城堡大叫起來。那是本來應該要在地底的神代學府——艾貝拉斯特安傑塔。

「……米里狄亞……」

安妮斯歐娜一臉哀傷地說道：

「魔王阿諾斯，那是米里狄亞喔。是以安妮斯歐娜的秩序誕生為契機啟動了。再不快一點的話——」

宛如在佐證她的發言般，從艾貝拉斯特安傑塔上頭翩翩飄下了無數的雪月花。城堡上畫出魔法陣，白銀光芒灑落下來。那道光將倒在地板上的米夏，溫柔地籠罩起來。

閃耀的蒼白之星——創星艾里亞魯沿著白銀光芒，融入她的體內。米夏靜靜地站起身來，雙眼閃耀著蒼白光輝。

「安妮斯歐娜。」

米夏輕輕地說道。就像平時一樣平淡。但是跟平時有點不同，聲音裡充滿神聖的靜謐感。

「我明明說過，要在一切結束之前保密的。」

「……可是……安妮斯歐娜是……」

「果然，我的創造很差勁。」

米夏這麼說完，便看著我。她緩緩地朝我走來，我也向前走去。

「唔，還真是波瀾起伏的命運啊。也不是一切都有按照預定發展。」

她眨了眨眼，靜靜地點了點頭。

「想起來了嗎，米里狄亞？」

「兩千年不見了。」

她淡淡地說道。

「我有很多想要問祢的話喔？」

「我知道。」

她這麼說完，以想要詢問我的眼神望了過來。

「我能先問嗎？」

「無妨。」

「重要的是秩序，還是人？」

這是刻在艾貝拉斯特安傑塔上的問題。

「人為了要活下去，秩序是必要的。反之則不是。」

在我當場回答之後，小小的神就淺淺微笑。

「我一直在等著你與這一天。」

§ 44 【創造之神所希望的世界】

天空之海依舊分開，神代學府艾貝拉斯特安傑塔就飄浮在那裡。看不到月亮。儘管如此，白銀月光卻溫柔照耀著芽宮神都。

「——祢說的這一天，是指安妮斯歐娜的誕生之日嗎？」

我的詢問，讓米夏點了點頭。

「自從我創造世界以來，經過了七億年。」

她以靜謐的聲音說道：

「我一直在看著這個世界。跟阿貝魯猊攸兩個人一起。破壞、創造，世界的生命循環。在鬥爭不斷的日子裡，根源眼花撩亂地輪迴著。即使是在悲劇的命運之下出生的生命，說不定也總有一天能掌握到幸福。我最初是這麼想的。」

「我不覺得這是錯的。就連我的父親，現在也在身旁過著和平的生活。」

米夏一臉悲傷地微笑著。

「這是事實。然而，不全都是這樣。」

淡淡的聲音，平靜並沉重地響徹開來。

「根源會輪迴，生命會循環。但我注意到了，這並不是永久的。每當瀕臨毀滅，根源就會強烈地閃耀。就算今世充滿悲傷，要是來世會更加洋溢著喜悅的話，幸與不幸就能取得平衡。」

米夏筆直注視著我的眼睛說道：

「如果不會以悲傷結束的話……要是能不斷重複，將希望寄託到來世的話，這個世界就還有救贖。」

米夏暫時沉默下來，把頭低下。然後，她發出痛澈心脾的聲音：

「這個世界的潛在魔力總量，一直在持續下降。」

唔，總量嗎？

「是指魔族與人類、魔法具與魔劍，還有聖劍等等，帶有魔力的一切事物的魔力合計值嗎？」

米夏靜靜地點了點頭。

「魔力沒有完全地進入循環。持續輪迴的生命之中，有一些在途中脫落，最後消失不見。」

要是世界的魔力總量持續在下降的話，認為有著無法輪迴或轉生的生命是很合理的推測。也有像我的父親——賽里斯・波魯迪戈烏多那樣失去魔力的人吧。而要是連能失去的魔力都沒有的話，根源本身遲早會消失。

「阿諾斯。」

她悲傷地叫著我的名字。

「世界一點也不溫柔。這個世界正在一點一滴地奪走人們的幸福。」

她就像在說這是自己的罪過一樣自白著。

「這就是秩序。」

「只要顛覆就好。」

我這麼說完，她淺淺微笑起來。

「很像阿諾斯呢。」

這句話不像出自米里狄亞，而是米夏說的樣子。

「為了讓世界變得和平，為了讓悲傷從世界上減少，你奪走了破壞神的秩序。在密德海

斯建起魔王城德魯佐蓋多，讓世間萬物遠離了毀滅。然而，卻留下了一些問題。」

「其中之一就是選定審判嗎？」

「是的。破壞神的秩序消失，世界傾向了創造。為了維持秩序的一致，選定審判召開，反覆進行著將神與人捲入進來的鬥爭。」

米里狄亞成為亞露卡娜的選定神，在地底發生的選定審判之中戰鬥了。

「除此之外？」

「在你所遺忘的記憶之中。創造神與破壞神是秩序的表與裡，互為表裡的姊妹神。我們的根源兩個為一個，一個為兩個，是兩神一體的秩序。」

記得在莎夏想起的記憶裡，我說了將某種問題往後推延了啊。就是指這件事嗎？

「也就是這麼一回事啊。要是失去破壞神的秩序，作為創造神的祢也無法久活。」

米夏點了點頭。因為我將破壞神化為德魯佐蓋多，所以作為互為表裡的姊妹神的米里狄亞失去了裡側的秩序，使得祂的壽命受到了限制。

「阿貝魯猊攸也一樣。祂的根源是神族。就算轉生成魔族，也並非完全切斷了與秩序的連結。」

「也就是如果讓破壞神一直作為德魯佐蓋多的話，創造神就會毀滅。要是創造神毀滅的話，那麼莎夏也會消失嗎？」

「……是的。」

「並不是毫無對策吧？」

點了點頭，米夏答道：

「我為了阻止選定審判，捨棄了創造神的秩序。就跟你使用過的魔法一樣，將那副神體連同調整神艾洛拉利艾姆的秩序一起，化為神代學府艾貝拉斯特安傑塔。」

這樣一來，創造神與調整神，這兩個秩序就同時消失了。因為創造與破壞的平衡保住，調整的秩序顯著弱化，所以讓選定審判與這一類的秩序變得無法運作吧。

「我的根源，是阿貝魯猊攸根源的裡，同時也是表。因為祂當時還在轉生途中，所以我也能一起轉生。」

「在以前作過的夢中，祢曾說將自己的一切全都讓給了妹妹啊？」

米夏點了點頭。

「與秩序分離的神無法久活。但只要切斷破壞神與創造神的聯繫，完全轉生成魔族的話，阿貝魯猊攸就能活下去。兩個秩序分別成為了德魯佐蓋多與艾貝拉斯特安傑塔。還剩下的些許聯繫，就是我們一個人為兩人。」

「也就是只要完全成為一個人的話，就能切斷與破壞神的聯繫，讓莎夏能作為普通的魔族轉生了。」

「這樣她就能留在這個世上，讓我最後的心願得以實現才對。」

沒能實現的理由很清楚——有人在妨礙米里狄亞。

「是格雷哈姆啊。」

「是的。他憑藉著亞露卡娜與萬雷劍高多迪門，還有狂亂神亞甘佐之力，意圖要貶低

我。這個心願沒能實現，讓我以不期望的形式轉生了。」

「祢的根源與莎夏合而為一，但預定消失的意識卻留下了。」

米夏點了點頭。

「我們本來應該會以一個根源裡有著兩個意識的扭曲形式出生。」

簡單來講，就是會變成像凱希萊姆與姬斯緹那樣的狀態吧。

「這種情況卻因為『分離融合轉生』，讓妳們偶然分成了兩個人嗎？」

只不過，搞不清楚格雷哈姆到底想做什麼呢。畢竟是那個男人，也能認為就只是在找人麻煩，但真的只是這樣嗎？

「偶然。不過，這說不定是命運。」

「……唔。這麼說，是雷伊做了什麼嗎？」

「他是被靈神人劍選上的勇者。說不定是能斬斷宿命的那把聖劍，在不知不覺間回應了他的意念。」

因為「分離融合轉生」讓應該不會存在的米夏出生，造成不幸的勇者加隆——實際上卻是拯救了她們啊。伊凡斯瑪那當時應該不在雷伊的手邊。儘管如此，也一樣能做好讓我能拯救米夏與莎夏的準備，那還真是有著相當驚人的力量。

說到底，那是能毀滅我的聖劍。據說是由人類的名匠所鍛造，附有精靈，並受到神的祝福，卻無人知道這三者是誰。就算有著不明的力量也不足為奇啊。

要是轉生後我遇到的米夏與莎夏是處於一個根源有著兩個意識的狀態，至少應該會判斷沒必要改變過去拯救她們。

「被分成兩個人的我們，讓破壞神與創造神之間的聯繫減弱了。因為『創造之月』與『破滅太陽』是不會同時升上天空。」

換言之，她們是無限接近魔族的神啊。

「意思是說，要是祢們繼續是兩人為一人的話，破壞神與創造神的聯繫就會一樣強烈，與秩序分離的祢們就會毀滅嗎？」

「是的。以偶然來說實在太過幸運了。我們因為勇者的力量，而得到了十五年的緩衝期間。」

的確，認為是有某種力量在運作會比較自然吧。還真是波瀾起伏的命運啊。

「然後十五年後，你來了。」

要是「分離融合轉生」完成，讓她們恢復成一個人的話，兩人應該還是會面臨死亡的命運。我在不知情之下拯救了這個命運。

「讓我又能再多活了一段時間。」

米夏以平穩的表情說道。

「有阿諾斯、有莎夏，還有我。」

彷彿在說她接下來就要毀滅這些一樣。

「這是我們所作的泡影之夢。」

白銀光輝灑落在米夏身上，讓她輕盈地浮起。

「就算轉生，成為魔族，變成了兩個人，神還是神，秩序還是秩序。失去秩序的神無法久活。不過……」

米夏溫柔地微笑著。

「你給了我好幾個奇蹟。以牆壁隔開世界，讓我看見了和平。使『破滅太陽』殞落，讓我看見了神的戀愛。還讓我看到了阿貝魯猊攸轉生成魔族的樣子。」

高高地、高高地，就像是被神代學府吸引過去一樣，米夏升上天空。

「全都是一直注視著世界的我，所不曾看過的景色。」

她背對著艾貝拉斯特安傑塔。

「世界變得難以置信的和平。阿諾斯，最後的奇蹟是──我會溫柔地重新創造這個世界。」

我仰望著她，問道：

「祢打算做什麼？」

「你知道世界與我，是哪一方先誕生的嗎？」

在我送去「不知道」的眼神後，米夏說道：

「先有世界。在我之前也有創造神。當舊世界達到極限後，創造神就會毀滅，在那個時候，瀕臨毀滅的根源會進行最後的創造。創造出下一任的創造神，讓那個新秩序去創造新的世界。」

艾貝拉斯特安傑塔被白銀光芒籠罩，閃耀起來。

「原來如此。也就是說，當魔力的總量一直減少到最後時，當代的創造神就會重新創造世界啊。」

「不過，創造神就到我為止了。我要對只會不斷重複的世界的秩序進行反抗。」

眨了一下眼，神代學府的光芒被奪走，米夏的眼睛染成了白銀。是她作為創造神的本來力量注入到了那裡。

「你已經告訴了我戰鬥的方式。」

第二次眨眼，米夏的眼睛化為「創造之月」亞蒂艾路托諾亞。她的視線一望向神代學府艾貝拉斯特安傑塔，城堡的立體魔法陣就啟動了。

一面散落著雪月花，艾貝拉斯特安傑塔一面變化成「創造之月」。然而，和平時不同。那個月亮上投射著些許的影子——是月蝕。

「毀滅之時，我的月亮會漸漸缺損。亞蒂艾路托諾亞的月全蝕。這是被稱為『源創月蝕』的最後的創造。創世之光會將這個世界重新創造。」

她帶著決心說道：

「成為沒有神的、溫柔的世界。」

「你要從這個世界上奪走所有秩序嗎？」

米夏點了點頭。

「一切都早已注定的冰冷秩序會消失，世界會變成無法確定的曖昧存在。看不見未來的時代來臨，未知與不安蔓延。然而那熾熱的混沌，人們一定會稱為希望吧。而且——」

米夏筆直朝著我說道：

「那個世界會有你。世界在重新創造之後，請以你的魔法生下新世界的人們。經由『根源降世（安妮斯歐娜）』誕生的人們，不會被神的秩序所束縛。魔力的總量不會再一直減少，不論被推入怎樣絕望的深淵，也一直會在某處留下希望。」

以神在維持的這個世界的秩序，會不停地消耗生命。所以，米里狄亞才想要創造安妮斯歐娜。代替消失的神，以偏離秩序架構的不適任者——我的魔法產生生命，創造新的世界。

「在秩序消失之後，神會被剝奪資格，祂們也會作為一個新生命活下去。被迫背負秩序的悲傷之神將不復存在。就像阿貝魯猊攸一樣。」

「唔，似乎比現在的世界好上許多啊。」

「那個……請等一下……太過急轉直下了，我的腦袋跟不上喔……」

艾蓮歐諾露說道，「嗯～」地專心沉思起來。

「……新的世界，雖然感覺起來好像很不錯……但照祢方才所說的，為了重新創造世界，米夏妹妹會毀滅不是嗎……？」

「沒什麼，只要克服毀滅就好。我來幫祢吧。」

米夏微笑起來，靜靜地搖了搖頭。

「我不會毀滅。因為我會轉生成這個世界。」

「咦……？」

艾蓮歐諾露滿臉驚訝。

「米夏……會變成……世界……？」

潔西雅一臉擔心地這樣問道：

「是的。」

「還能……再見面嗎……？」

儘管有點悲傷，但是她笑了。

「隨時都能見面。我會一直看著大家的。成為這個世界，溫柔地一直守護著大家。就只是我的意識會消失，沒辦法說話而已。」

「不行啊，米里狄亞！」

安妮斯歐娜喊道：

「不行啊……這樣子……因為，這樣的話，大家之中就沒有包括米里狄亞……」

米夏困擾似的微笑，左右搖了搖頭。

「妳跟神不同，是為了新世界的魔王的秩序，所以很溫柔。妳那有如人一般的溫柔，我非常高興。」

就像在勸說小孩子一樣，米夏柔和地說道。

「就只是職責不同。」

安妮斯歐娜一臉快哭出來的表情。她是想要阻止米里狄亞吧。所以那朦朧的記憶、微弱的意念，才會像這樣把我叫到這裡來。

「我一直在看著。從世界誕生以來的七億年間，我一直在看守著。這一直、一直都是我

的心願。如果不是創造世界，而是成為這個世界的話，這樣一來，我就能更加貼近地，一直溫柔地看守著大家了。」

她一舉起雙手，「創造之月」亞蒂艾路托諾亞就不斷缺損。月蝕開始進行了。

「阿諾斯、艾蓮歐諾露、潔西雅、安妮斯歐娜、溫澤爾。」

少女嫣然一笑地說道：

「對不起。謝謝你們。我很快樂。」

「創造之月」的月全蝕眼看著進行下去，那道白銀光芒帶著紅色。

「幫我向阿貝魯猊攸問好。」

「至少告別的招呼，祢就自己去說吧。」

「祂一定會生氣的。」

露出有點困擾的表情，米夏緩緩地左右搖了搖頭。

「再見。」

亞蒂艾路托諾亞完全缺損，月全蝕到來。那顆月亮以淡淡的銀紅光芒照亮了芽宮神都。

眨了兩下眼，米夏眼中的月亮變成銀紅色——

「——才不是……」

「創造之月」搖晃，銀紅光芒微微減弱。強烈的視線魔力，砸在了亞蒂艾路托諾亞上頭。

「再見吧！笨蛋！」

一道人影讓眼睛浮現魔法陣，從地上朝著米夏衝過去。那會是誰，不用看也早就知道——倒在地上的莎夏跳起來了。

「咯哈哈，還真是遺憾啊，米里狄亞。祢讓人生氣了喔。」

「你在咯哈哈什麼啦，為什麼要在那邊默默聽著啊。趕快阻止祂啊！艾蓮歐諾露、潔西雅也是，這麼愚蠢的事，是不可能接受的吧！」

莎夏一面露出犬齒瞪著「創造之月」，一面這樣向我們說道。

「哎呀哎呀。抱歉了，米里狄亞。一同追求和平的夥伴心願，我無法置之不理，但我的部下吵得讓人受不了啊。」

我一飛上天空，就在上空畫起巨大魔法陣。

「『魔王城召喚（德魯佐蓋多）』。」

巨大的城堡之影晃動，就像反轉一樣變成德魯佐蓋多。創造神米里狄亞的亞蒂艾路托諾亞，無法以半吊子的力量阻止。所以，要用同等的力量對抗。

「哎，別這麼急著下結論。祢也還有很多話想說吧。」

我讓德魯佐蓋多朝著「創造之月」撞去。魔王城升起的漆黑粒子與銀紅光芒互相拉鋸，火花激烈地捲起漩渦。「咚、咚、咚，嘎、嘎嘎嘎——！」魔王城儘管外牆半毀，也還是撞進了「創造之月」當中。

於是，月蝕停止，那顆月亮漸漸恢復成神代學府艾貝拉斯特安傑塔。我就這樣將魔王城猛烈地壓進去，封住了「創造之月」的力量。莎夏趁這個機會再度飛上來。米夏溫柔地注視

著前來制止自己的妹妹。

「對不起，阿貝魯猊攸。我想為祢留下溫柔的世界。」

「還真是抱歉呢。聽好了喔，米里狄亞。沒有祢的世界，不論再怎麼溫柔、再怎麼和平……」

往上飛的莎夏，把手伸向停在空中的米夏。

「都絕對不會笑的！這種世界，我一點也不想要啊！」

§45 【答案】

米夏的上方畫出魔法陣，在那裡構築起仿真的魔王城德魯佐蓋多。她將「創造魔眼」溫柔地朝向逼近而來的莎夏。剎那間——

「『獄炎殲滅砲』。」

我將漆黑太陽胡亂射出，讓浮在空中的仿真魔王城燃燒起來。我越過米夏，讓右手染上黑炎。

「『焦死燒滅燦火焚炎』。」

我一直線地飛向仿真魔王城，從城堡的最下層一口氣貫穿到了最上層。被閃耀的黑炎吞沒，創造出來的城堡眼看著變成灰燼。

「別說任性話了！我們約好了吧。下次要三人一起見面。明明總算見到了。明明總算想起來了！」

米夏的「創造魔眼」注視起莎夏，讓她的身體被冰覆蓋起來。

「我的心願，就只有這些。」

莎夏伸出的手凍結，往上方衝去的她靜止下來。

「剩下的全部給祢，所以就去實現祢的願望吧。」

眨眼間，莎夏的身體凍住了。就連勉強沒事的頸部以上，也漸漸地被重新創造成冰。這層冰到最後會融化吧。等到一切都結束之後。

「去戀愛，變得幸福吧。阿貝魯猊攸。我會在成為這個世界之後，每天溫柔地看守著祢的表情。」

莎夏的臉完全凍住了。在這瞬間，她的眼睛上畫出魔法陣。「破滅魔眼」一瞪向這塊空域，冰就「啪嚓」地粉碎四散，將莎夏的身體解放開來。

「這也太蠢了吧！我才不要什麼戀愛！願望就算無法實現也無所謂！」

一面用「破滅魔眼」抵消「創造魔眼」，莎夏以「飛行」再度往上飛去。

然後，她的右手抓住米夏的左手，她的左手抓住米夏的右手。

「就算全都無法實現也無所謂。我都放棄了，所以米里狄亞也放棄吧。只要能在一起，我什麼都不要了。因為，我……」

讓「破滅魔眼」染成紅色，莎夏一面潸然落淚，一面在米夏身旁向她說道：

「米里狄亞，我已經很幸福了喔。」

「阿貝魯猊攸。」

米夏溫柔地說道：

「只要我們還是兩個人，創造神與破壞神的命運就不會消失。祢就仍然無法完全成為魔族。就只是失去秩序而已，失去秩序的神會邁向毀滅。」

米夏輕輕回握著莎夏的手。

「最後能見上一面，太好了。」

「……別開玩笑了。命運這種東西，我會為祢毀滅的……不論幾次……」

莎夏儘管顫著聲音，卻毅然地說道：

「就跟那個時候一樣不是嗎？就算我還不是魔族，就算創造神與破壞神的命運要毀滅我們，就算這是世界的秩序，這種事我會為祢通通破壞掉的啊！」

強大地、強大地，「破滅魔眼」遠比至今以來還要強大地閃耀起來了。

「唔，說得好。這樣才是我的部下。」

將仿真魔王城燒毀的我降落下來，站在米夏的背後。

「轉生不完全的阿貝魯猊攸，最終將會毀滅。總之先解決這個往後推延的問題後，米里狄亞，只要不讓祢犧牲，並將世界導向真正的和平，祢就沒意見了吧？」

語罷，米夏淺淺微笑，把左手伸向了我。我讓身體微微移動，握住她的小手。

「這不是犧牲，是心願。」

她淡淡地說道：

「我一直祈求著，一直希望著。這個冰冷的世界，我就只能看守著。然後，經過了七億年。現在，我的心願總算要實現了。所以，請不要悲傷。」

米夏溫柔地握住我與莎夏的手。

「請笑吧。」

莎夏哭著左右搖了搖頭，金髮悲傷地晃起。

「自我誕生以來，這是我第一次能做到符合創造神的行為——就連一次也不值得被稱為創世之神的我。」

她直直注視著莎夏。

「阿貝魯猊攸，我希望祢能將坦率地愛著世界的我，當成是個讓人傷腦筋的姊姊，送我離開。」

接著，米夏注視著我。

「阿諾斯。我希望你能作為這個世界的王，自豪地看守著走在神之正道上的我。」

她用那雙手，溫柔地抱住我與莎夏的背。

「我絕對沒有不幸。因為能在成為這個世界後，一直溫柔地看守著我最喜歡的人們，一直、一直……看著輪迴轉世的你們。」

米夏笑了。為了消除我們的擔憂，柔和地笑著。

「悲傷的別離，哪裡都不存在。我只是要一直作為神而已。」

「就算是這樣……」

莎夏聲音顫抖地說道：

「……就算這是米里狄亞的心願，我也不要！我是絕對不會送祢離開的喔。絕對！因為，是這樣對吧？就算我在笑，就算阿諾斯在笑，米里狄亞也不會笑。不論是要說話，還是像這樣牽手都做不到。就只是看著。這樣就只會寂寞不是嗎！」

米夏眨了眨眼說道：

「不會寂寞。」

「就算米里狄亞不會，我也會寂寞啊！我會哭一輩子喔。會一直喊著米里狄亞的名字。這樣一來，祢一定會後悔的！因為我絕對、絕對會讓祢後悔的！」

帶著傷腦筋的表情，米夏注視著莎夏。

「我不會放開祢。」

莎夏緊緊地抱著米夏說道：

「我絕對不會放手喔。哪怕世界末日到來也一樣。」

「謝謝祢。」

莎夏眨了一下眼。她的眼睛染成白銀色，在第二次眨眼時變成了「創造之月」。是「源創神眼」。在這瞬間——周圍染成了純白一片。

「我會看著祢的。我最喜歡的妹妹。」

一無所有的純白空間裡，冰雲被創造出來。接著是冰之大地被構築出來，長出了花草樹木。冰山隆起，出現大海。

『冰世界。』

米夏的聲音以「意念通訊」響起。我們已經置身在她所創造出來的冰世界裡頭了。下方能夠看到似乎不知所措的艾蓮歐諾露。連潔西雅、安妮斯歐娜、溫澤爾、韋茲內拉也被吞進來了。

「放我出去，米里狄亞！快放我出去！」

『請待在那裡。時間所剩不多了。』

莎夏將「破滅魔眼」朝向冰世界。就算眼前的冰全部粉碎，世界本身也是文風不動。

『破壞與創造的力量保持著一致。但不論何時，一直都是破壞要多上一點。這就是現在這個世界的秩序。為了創造，就只能破壞。但是破壞神消失，至今未被破壞的生命在等待著這個順序。』

溫柔的聲音，在冰世界響徹開來。

『這讓軍神誕生了。世界產生裂縫，神門漸漸開啟。秩序的士兵們會一起湧來。』

「這種東西，我會通通打垮啊！」

『不需要戰鬥。敵人與自己人，其實哪裡都不存在。因為鬥爭已經太多了，世界要溫柔地重生。』

「祢是笨蛋嗎！笨蛋！笨蛋——！快放我出去！不放我出去，我就全部破壞掉喔！」

「破滅魔眼」破壞天空、分開大海。她緊盯著自己的根源，以那份力量接近毀滅，使魔

力增強起來。她一分一秒地接近毀滅，那份力量正無限地逼近過去的破壞神。只不過，莎夏失去了神體。再這樣下去身體會撐不住的。

「就到此為止了。」

我用手遮住莎夏的魔眼，讓力量停止。她就像斷了線的人偶一樣突然無力倒下。

莎夏不斷大口喘氣，夢囈似的叫著姊姊的名字。我一面施展著恢復魔法，一面說道：

「米里狄亞，即使是創造之神所創造的世界，祢難道以為就能一直關住我嗎？」

『你的毀滅，我會溫柔地承受下來。』

米夏說道：

『來吧。我新創造的世界是絕對不會毀滅的。這就是這件事的證明。這次我會創造出你能盡全力到處奔跑的世界。』

那道聲音，溫柔地微笑著。

『讓你能像個孩子一樣跑著的世界。』

還是一樣值得讚賞啊。新的世界，我無須擔心會不小心毀滅人事物。我能毫無顧慮地沽下去——是想這麼說吧。

笨蛋。大笨蛋。妳還是一樣，不論有沒有記憶，都還是這麼地只為他人著想，充滿慈愛。

「米里狄亞，祢很溫柔。祢接下來想要重新創造的世界，確實很溫柔吧。」

我朝著在冰世界外側的米夏說道：

「不過，這是溫柔的謊言。」

米夏默默傾聽著我的話語。

「謊言即使溫柔，也很脆弱。照這樣子來看，就算祢重新創造了世界，最後也會毀壞。不對——」

我明確地斷言。

「是連我所創造的世界都比不上的，紙糊的粗糙世界。」

經過些許的沉默，她說道：

『相信我。』

「那就跟我比一場吧。」

我當場畫起魔法陣。

「比看誰能創造出更好的世界。要是知道我能創造出比祢還要好的世界，那祢就改變主意吧？」

『要跟我比創造魔法？』

相對於聽起來像是嚇了一跳的那道聲音，我向她輕輕笑了。

「要是我能將這個冰世界重新創造的話，就是我贏了。」

米夏沉思起來。如果要比創造世界的話，她會非常有利。

而憑著會輸給我的創造魔法，也怎樣都不可能溫柔地將世界重新創造。

她所無法理解的，也就是我為何會特意提出這種不可能取勝的比賽吧。

『「契約」？』

這話讓我笑了。

「我們嗎？」

『我知道了。魔王阿諾斯，我要向你挑戰。』

我把手伸向畫出的魔法陣，將魔力注入進去。魔法陣眼看著巨大地膨脹開來。

遠比德魯佐蓋多還要巨大的立體魔法陣，漸漸覆蓋起這個冰世界。

「布滿綠意吧。」

我以「創造建築」的魔法，要讓冰之大地布滿綠意。當漆黑粒子聚集在那裡後，便長出樹木，構築出肥沃的土壤。

『冰與雪。』

眨眼間，我創造出的綠意大地就被重新創造成冰了。

「唔，不愧是創造神的力量。」

『你的力量偏離了世界的架構。但如果是創造魔法就比得上。』

「還很難說喔？這是要重新創造世界的比賽。很遺憾地，我的創造可不像祢那麼溫柔喔。」

我把手伸向眼前，畫起多重魔法陣。將魔法陣有如砲塔般的層層疊起，朝著天空瞄準。漆黑粒子激烈地捲起漩渦，纏繞在魔法陣的砲台上。強力的魔法餘波讓空氣震動，冰黏稠地融化了。

為了保護莎夏，我將她的身體擁入懷中。溫澤爾與艾蓮歐諾露她們飛上天空，全員一起構築起了魔法結界。漆黑粒子以砲塔為中心畫出七重螺旋。就像要將冰之大地與天空分成四塊一樣，龜裂出一道深深的裂縫。

「『極獄界滅灰燼魔砲』。」

魔法陣的砲塔，發射出終末之火。畫出七重螺旋的那道黑暗火焰，伴隨著會讓人感到末日的轟鳴飛向天空，蹂躪一切地直線前進。這是向兩千年前的創造神米里狄亞、破壞神阿貝魯猊攸與魔王阿諾斯・波魯迪戈烏多借用魔力的起源魔法。儘管對米里狄亞本身無效，但祂所創造的世界就另當別論了。

終末之火達到天空的盡頭，然後世界的一切就燃燒起來了。冰雲燃燒、無垠的天空燃燒、大地與群山燃燒，萬物漸漸化為黑色灰燼。然後，世界被染成了黑白兩色。只是，世界的結構本身依舊建在。證據就是，我們沒有回到芽宮神都。

「就連『極獄界滅灰燼魔砲』也破壞不了，還真是個相當了不起的世界啊。祢說會承受我的毀滅，看來並不是謊言啊。」

『我不會說謊。』

「不──」

我緩緩地放下右手，朝著天空張開手掌。影劍出現在了那裡。就像要侵入冰世界一樣，魔王城德魯佐蓋多出現在空中。在握起右手後，影子就像反轉一樣化為闇色長劍納入我的手中。

「祢在說謊。我現在就來揭穿祢的謊言吧。」

我將理滅劍貝努茲多諾亞舉向天空。從劍上投射出去的影子，在黑白的世界上投射出各式各樣的影像。城堡與城市、群山與森林、沙漠、湖泊，還有居住在那裡的人們，宛如立體的剪影般出現了。數億的剪影創造起新的世界。只不過——

『你應該是知道的。』

一道剪影凍住了。

『理滅劍是破壞神的力量，是你比誰都還要優秀的毀滅魔法。就算讓毀滅與毀滅相疊成為創造之力，也無法將創造神的世界重新創造。』

剪影的世界像是被塗改一樣，大地再度凍結起來。

『我很高興。』

她說道：

『我不會忘記的。』

宛如告別的話語。

『你直到最後，都沒有毀滅我所創造的世界——即便是在這種時候。』

瞬間的寂靜，懷中的莎夏顫抖起來。

『擅長毀滅魔法的暴虐魔王，為了挽留我而提出的挑戰是要比賽創造世界。這對我來說是最好的餞別禮。』

米夏淡淡的聲音傳來，儘管如此卻還是知道她正在笑著。

『謝謝你。』

白銀一口氣覆蓋起世界。

『我一直看著這個世界。一直看守著，一直思考著。請不要悲傷。我希望你們笑著。這是我在七億年間思考，不斷思考所想出來的正確答案。所以——』

話語突然中斷。在看過去後，發現白銀之冰在將世界覆蓋到一半的地方停住了。

「……祢說我給了祢奇蹟啊，米里狄亞……」

白銀世界一半，剪影的世界一半。應該能在瞬間讓世界被塗改的創造神，卻無法消除掉那道剪影。

「說我以牆壁隔開世界，讓祢看見了和平。讓『破滅太陽』殞落，讓祢看見了神的戀愛。讓祢看到了阿貝魯猊攸轉生成魔族的樣子。」

白銀世界再度被影子覆蓋過去了。剪影的數量緩慢但確實地增加了。

「祢在說謊。我讓祢看見的奇蹟，才不是這種東西。」

創造魔法與創造魔法的相爭對我不利。儘管如此，剪影的世界卻沒有再度凍結。

「轉生後的我們，在這個時代第一次成為朋友。」

遙遠的視線另一端，浮現在那裡的剪影是我和米夏在密德海斯相遇的景象。

「因為『分離融合轉生』一事與莎夏失和的妳，和我一起追逐著她，與她和好了。」

再度在其他地方浮現的剪影，是德魯佐蓋多的地城。那裡有著緊緊抱住米夏的莎夏身影。

「我給了妳生日的戒指。」

我家的剪影浮現。在那裡的米夏戴上「蓮葉冰戒指」，露出滿面笑容。這些事情，她確實覺得是奇蹟。

「在以前的魔劍大會上，妳有說過啊。說我不是暴虐魔王，而是同班同學的朋友。說我轉生了，現在是一名學生。說要我好好去玩——妳不是看著過去的魔王，而是看著現在的我。看著轉生之後的我。」

她的話語，讓我切身感受到所追求的和平。

「這句話我就原封不動還給妳吧。妳已經不是創造神了。就只是一名學生，我的朋友。不只是我喔。還有不在這裡的同學們，妳一句話也沒對他們說就消失了，妳覺得他們能露出笑容嗎？」

米夏注視著冰世界的神眼裡，應該是映入了無數的剪影吧。那是雷伊與米夏、辛與蕾諾、粉絲社的少女們與艾米莉亞、耶魯多梅朵、爸爸與媽媽，還有魔王學院的學生們的身影。

「與妳相遇之後經過半年，已經七個月了啊。妳將這些記憶與意念疏遠了吧。為了不讓覺悟動搖，以創造之力重新創造，隱藏在內心的深處裡。這就是妳的謊言。不過，就讓妳知道吧。神的秩序，是絕對敵不過愛與溫柔的。」

就像要強迫別開目光的她正視一樣，我創造了剪影的世界。

「米夏。」

我叫著她的名字。曾經覺得不會有人叫喚而悲傷度日的，她的名字。不是創造神，而是作為一名魔族轉生的，她的名字。

「蠢話就適可而止吧。我絕不可能失去妳。」

「沒錯喔，米夏妹妹！」

飛在空中的艾蓮歐諾露大聲喊道：

「魔王軍是全戰全勝，一個人也不會少，這次也要一起回去喔！然後大家要一塊兒喝酒啊。米夏妹妹要是不在的話，誰來阻止發酒瘋的莎夏妹妹啊！」

「米夏……對潔西雅很溫柔……！」

潔西雅也不甘示弱地大聲喊道：

「米夏要是不在了……誰來幫潔西雅……偷偷地把草吃掉啊！」

潔西雅握緊雙拳，朝著在這個世界外側的她強力訴求。

「潔西雅……不能變成……草食動物……！」

「……米夏……」

在我懷中，莎夏發出聲音。

「……喂，米夏。我知道這是妳的心願，但真的這樣就好了嗎……？」

非常溫柔地、非常悲傷地，莎夏朝著她說道：

「我們一直都是兩個人喔。跟什麼創造神、什麼破壞神的沒有關係。那個時候也是這樣啊。就算知道不是一個人就活不下去，但我就是辦不到啊！因為……」

淚水從「破滅魔眼」中滑落。

「……因為……」

莎夏繼續說下去。

「……因為，我們如果不是兩個人的話就活不下去！如果妳要成為世界，那我也要成為世界。就算我們不再是創造神與破壞神，這份聯繫也絕對不會斷的……如果妳無論如何都要轉生成為世界的話，我就要跟妳一起去啊！」

她朝著不在這裡的米夏，緩緩伸出顫抖的手。

「我雖然是妳的妹妹，但卻是妳的姊姊啊……！我不會比妳晚死，也不會比妳早死。如果不是一起的話是不行的！喂，我說得沒錯吧，米夏！」

帶著強烈的意志，莎夏喊道。朝著過去的姊姊，朝著無可取代的妹妹。朝著絕對不能失去的，自己的另一半。

「兩千年前的話，答案說不定會不同。但妳已經作為一名魔族活著了。」

我停頓了一下，朝著周圍注視過去。

「早就無法成為溫柔的世界了喔。會讓這麼多人悲傷的世界，是不可能溫柔的。」

我朝著心地善良的朋友笑了。大大地張開手後，剪影的世界在我背後舞動。

「如果妳說不是的話，現在就在這裡重新創造給我看啊——將我們一同走過的這七個月的世界。」

我的創造魔法，讓影子在世界上擴散開來。浮現的無數剪影，不論是哪一道，全都向她展示出我們一同度過的這七個月。就算創造神的秩序能將這些剪影重新創造，她的心也無法消除掉這些剪影。

無法消除掉她所珍愛的回憶。她絕對沒有毀滅的必要。因為我們一同走過的這些日子，無法以謊言或魔法重新創造，是比什麼都還重要的奇蹟。

「喂，米夏。」

我放開理滅劍。不需要劍，也不需要魔法，只要有這顆心就夠了。

「獨自一人煩惱了不過七億年所想出的答案，妳難道以為敵得過我們所共度的七個月嗎？」

無聲無息，眼前飛舞著無數碎片。那是世界的碎片。倒映在玻璃上的無數回憶，就像在翩翩起舞一樣旋轉，讓剪影的世界逐漸遠去。

這七個月的日子有如走馬燈般流過，等注意到時，眼前已是芽宮神都的天空了。

淚眼汪汪的米夏就在那裡。

「……啊……」

在她要說些什麼之前，莎夏就緊緊抱住了她的身體。

「歡迎回來，米夏。我不會再放手了喔。」

淚水沿著臉頰滑落。

她以快沙啞的聲音說道：

「……我回來了……」

§ 終章　【～魔王的聖杯～】

芽宮神都的天空上，飄浮著互相擁抱的姊妹。在她們上方激起浪花分開的大海，正要漸漸地恢復成原本的模樣。

「莎夏。」

米夏溫柔地拍著莎夏的肩膀。但她還是不肯放手，緊緊地抱著妹妹。

「已經沒事了。」

就算米夏這麼說，莎夏也還是搖著頭死命地抱著她不放，一直把臉埋在她的肩膀裡。彷彿在說要是放手的話，米夏就會再度跑到不知道哪裡去。米夏傷腦筋似的朝我看了過來。

「咯哈哈，這是妳自己造的因，就只能自己想辦法解決了。」

「……傷腦筋……」

見莎夏摟著自己不放，米夏溫柔地摸著她的頭。

「時間所剩不多了。」

她一這麼說，莎夏就把臉抬起。

「與秩序分離的神族無法久活。以魔族來說的話，就像是以『分離融合轉生』分成兩個人一樣。」

莎夏拭去眼淚的魔眼裡，能看到強烈的意志。

「妳方才說了，只要我與米夏還是兩個人的話，破壞神與創造神的聯繫就不會切斷吧？」

米夏點了點頭。

「只要莎夏與我，其中一方消失，變成一個根源、一個意識的話，應該就能完全地作為魔族轉生了。不過現在，還稍微有一點仍然是神族。」

換句話說，就是照這樣下去的話，兩個人都會毀滅。

「要怎麼做？」

這個詢問，米夏答不出來。想讓自己成為這個世界來拯救莎夏的她，沒有除此之外的方法吧。

「唔，雖然只要取回破壞神與創造神的秩序，就不用擔心會毀滅了吧。」

也就是說，破壞的秩序會再度回到世界上。不會死去之人將會死去，不會毀滅之人將會毀滅。跟兩千年前不同，如今的魔族與人類，都讓自身的魔力與魔法退化了。要是讓破壞神阿貝魯猊攸在這個時代復活的話，將會成為眾多毀滅的元凶吧。

「如果能重新創造成沒有秩序的世界的話。」

米夏說道：

「以『源創月蝕』。」

「……可是，那就只有在米夏毀滅的時候才能使用吧？」

面對莎夏的詢問，她點了點頭。

「只能在創造神迎來毀滅的時候使用。就算克服了毀滅，也無法無中生有地產生世界。獻上瀕臨毀滅，閃耀得最為強烈的我的根源，是重新創造世界的條件。」

米夏將視線朝向我說道：

「肯定還有其他方法。」

「不需要什麼都全部重新創造。能用的部分就保留下來，只把不利的部分重新創造的話，就能以最少的勞力結束了。」

就算不使用創世的權能，應該也能讓米夏與莎夏活下來，讓這個世界變得更加美好。

「只要窺看世界的深淵，就能做到這種事。」

魔力總量不斷減少的世界。在破壞神消失之後，輪迴的生命仍然一點一滴地消失。難道不是在哪裡，有著讓這個世界毀滅的元凶嗎？只要找出這個元凶的話，就能幫助兩人，將世界導向應有的模樣吧。

「我一直在看著這個世界。世界的秩序錯綜複雜地互相影響，正確地運作著。只要一個秩序崩潰——」

米夏在這瞬間露出嚇了一跳的表情。

「怎麼了嗎？」

就在莎夏這麼問時，我也察覺到異變了。

「……停下來……」

米夏所望去的方向上，有著神代學府艾貝拉斯特安傑塔。那座巨大的城堡，一面撒著白銀光芒，一面筆直地往上方升去。而魔王城德魯佐蓋多位於它行進的方向上。

「唔，這邊也失去控制了啊。」

我儘管注入魔力要移動魔王城，卻不聽指揮。能抵抗我控制的人，應該頂多只有阿貝魯猊攸，但她的意識目前正在眼前的莎夏體內。

「冰世界。」

米夏眨了兩下眼。「源創神眼」在艾貝拉斯特安傑塔與德魯佐蓋多之間，創造出了一顆小型玻璃球。那是將兩座城堡隔開的牆壁，是個雖然小，卻有著超乎常理距離的世界。但突然間，她所創造出來的玻璃球消失了。

灑落在她身上的白銀月光消失，讓她眼裡的「創造之月」消散了。

「……奇怪……是誰……？」

米夏轉生成了魔族。創造神的力量與記憶其實是留在艾貝拉斯特安傑塔上的。這個供給被某人切斷了。然而，到處都感受不到敵人的氣息。

「……不行……要撞上了……！」

震耳欲聾的轟鳴響徹開來，艾貝拉斯特安傑塔與德魯佐蓋多相撞。即使撞在一起，基於創造神與破壞神所建造的城堡也不會有事，但就像是被頂上去一樣，那兩座城堡沉進了天空之海。

「沙沙、沙——」腦中閃過了令人不快的雜訊。

『……我應該……說過了……』

莎夏與米夏朝我看來。比之前更加大聲的，令人毛骨悚然的聲音從我的根源溢出。

『……要是不來到這裡的話，祂就不會知道了。創造神會在不知不覺間毀滅，讓世界重新創造，安妮斯歐娜的魔法秩序將會成為新生命的泉源吧……』

「那是你搞的鬼嗎？」

我瞪向沉入天空之海裡的兩座城堡。

「你無法一直躲藏下去，是時候報上名來了，如何？」

『在這七億年間，祂所一直祈求的希望，就在現在這一瞬間破滅了。錯過最後的希望，創造與破壞的姊妹神，將懷著後悔迎向毀滅。』

這傢伙還是一樣不理會我的話語，自顧自地說下去。

『世界並不溫柔，也沒有在笑。』

天空之海捲起漩渦。能在漩渦的中心看到光，艾貝拉斯特安傑塔與德魯佐蓋多逐漸被吸進去。

「是神界之門喔。」

莎夏一開口，米夏就接著說道：

「被關起來了。」

只要窺看漩渦的中心，窺看那個深淵的話，就會發現那裡確實有著一道莊嚴的門。那道門被緩緩關上，就要消失了。門後是眾神的蒼穹，也就是作為神的根據地的神界。要是門被

關上的話，就無法這麼輕易地回來。

「『森羅萬掌』。」

我以蒼白的雙手用力抓住神界之門。但在下一瞬間，抓住的門就開始一塊一塊地崩塌。是從內側被破壞了。照這樣下去，通往神界的道路會被完全切斷。

離開地上就某種意思上來講是場豪賭，但艾貝拉斯特安傑塔與德魯佐蓋多是米夏與莎夏的半身。要讓她們活下去，就不能失去那兩座城堡。

「要追上了。」

我以「飛行」猛烈地飛向上空。莎夏與米夏也立刻追在我後面。

「我們也要去喔！」

「……要……幫助……米夏與莎夏……！」

艾蓮歐諾露、潔西雅、安妮斯歐娜與溫澤爾，跟在我們的後面。韋茲內拉稍微有點遠，看來趕不上。我衝進空中的漩渦裡，緊盯著瀕臨毀滅的神界之門。在那道門後，次元在晃動，掀起激烈的波濤。在門半毀的影響之下，連接這裡與神界的魔法術式亂掉了。或許能夠過去吧，但沒辦法平穩地抵達。

「把手牽起。要是放開的話，會被各自傳送到不同的地方吧。」

米夏與莎夏牽起我的手。在後方，艾蓮歐諾露她們也互相把手牽起。全員聚在一起會比較安全，但似乎也沒有這種餘裕了。只要稍微慢一點就會趕不上。

「艾蓮歐諾露，若是順利進入眾神的蒼穹，就跟溫澤爾商量，謹慎行動吧。假如沒辦法，就退回地上，把這件事傳達給辛。」

「我知道了喔！」

穿過漩渦後，眼前就被染成純白一片。進到神界之門裡了。魔力就像亂流一樣洶湧，緊握著兩隻小手，我們朝著前方前進。

「為什麼德魯佐蓋多與艾貝拉斯特安傑塔會變得不聽控制……？」

莎夏吐出這種疑問。

「……我不知道……」

米夏的眼神凝重起來，注視著前方。

「那道聲音——」

帶著充滿憂慮的表情，米夏喃喃說道：

「……說我會後悔……」

知道的話就會後悔。在根源響起的聲音說過，只要來到這裡，她就會再度知道現實。米夏的手微微顫抖著。她很不安吧。這點莎夏也是一樣啊。為了隱藏焦躁，她用力握著我的手。

「唔，還真是懷念啊。」

我這麼說完，兩人的表情就充滿疑問。

「妳們無法兩個人一起活下去。要是想兩個人一起活下去的話，世界的和平就會崩潰。還真是相同到猶如為妳們量身打造的狀況。就只是在莎夏與米夏妳們的生命之外，再額外加

上世界的和平罷了。好啦，到底是要用何種方法去救哪一邊才是正確的？」

我一面筆直地往前飛去，一面將視線朝向兩人。

「還記得嗎？我的答案。」

米夏的手停止顫抖，莎夏呵呵笑了起來。兩人同時說道：

「「三方一起救。」」

「咯哈哈。」我笑了起來。

「無須請求、無須祈禱，只要走在我背後。」

眼前能看到光。馬上就要穿過空間夾縫，抵達眾神的蒼穹。事情還沒有結束。就只是這樣。什麼都沒有改變。就像要表示我當時的話毫無虛假一樣，我重新說道：

「阻擋在妳們面前的一切不講理，會由我來毀滅殆盡。」

後記

隨著魔王學院的動畫結束，工作總算到一段落了。曾聽說過一旦動畫化，原作者就會變得相當繁忙的傳聞，而我也不出例外地度過了一段繁忙的日子。

此外，不知道是工作久坐的關係，還是忙完後鬆懈下來了，導致我身體有點不太舒服，腦袋昏昏沉沉地持續了兩個禮拜左右。儘管很擔心，不過在經過休養，重新審視會對身體造成負擔的工作內容後，最近總算恢復健康了。

由於整天工作果然會對身體不好，所以說不定每週休息一天，或是至少休息半天會比較好。但我一直沒辦法好好調整作息，老是一不小心就工作起來。實際上，我以前都把處理小說工作的時間當成休息時間，但看來身體有在逐步累積疲勞的樣子，而我現在注意到了。

只不過，或許要說我無論如何都會感到心急，明明想寫的內容很多，但實際寫出來的就只有其中一部分，要是身體也跟不上的話，就會感到十分焦急。話雖如此，要是把身體搞壞就得不償失了，所以為了能以萬全的狀態執筆，必須要努力把休息也當成工作的一部分。我會注意暫時不要太過勉強自己的。

好了，這次也承蒙吉岡責任編輯關照，非常謝謝。此外，這次也由擔任插畫的しずまよしのり老師畫了不論看幾次都覺得十分出色的插畫。米里狄亞與阿貝魯猊攸成為了插圖，還

真是讓人感慨。

在最後，我要由衷感謝陪伴這漫長故事的各位讀者。

魔王學院的故事，接下來即將要逼近世界的深淵了。第十章說不定會分成上下兩集，但由於滿載著我想寫的故事，所以我會努力讓各位讀者能看得開心。

二〇二一年二月一日　秋

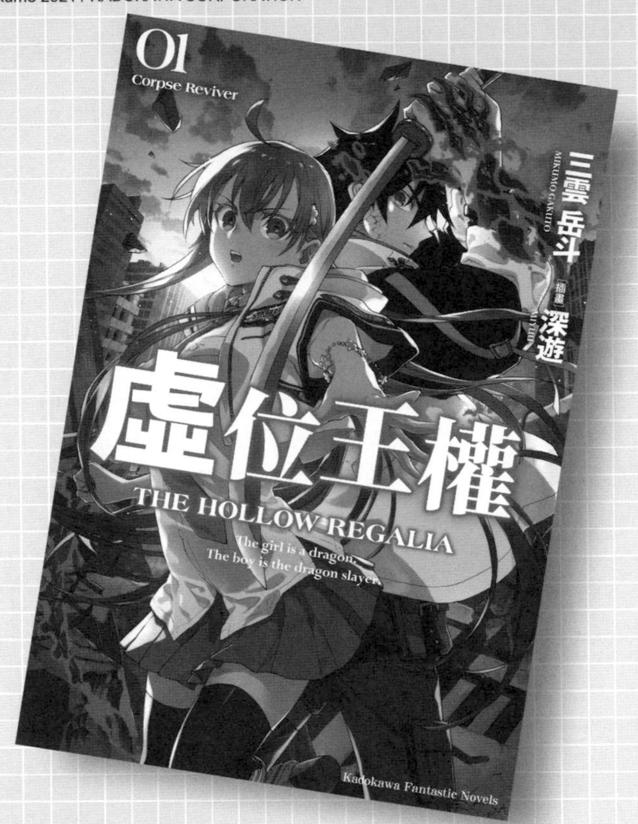

虛位王權 1 待續

作者：三雲岳斗　插畫：深遊

龍與弒龍者；少女與少年——
日本的倖存者在廢墟都市「二十三區」相遇。

那天，巨龍現身在東京上空，被稱作魍獸的怪物大舉出現，加上「大殺戮」導致日本人滅絕。八尋是倖存的日本人。淋到龍血的他獲得了不死之軀，在化作廢墟的東京以搬運藝品為業。自稱藝品商的雙胞胎少女委託他回收有能力統領魍獸的櫛名田——

各 **NT$240/HK$80**

菜鳥鍊金術師開店營業中 1 待續

作者：いつきみずほ　插畫：ふーみ

日本於2022年10月起TV動畫好評播放中!!
菜鳥鍊金術師意外展開鄉村店舖經營生活

取得鍊金術師的國家資格，夢想迎接優雅生活的珊樂莎，收到了來自師父的禮物——也就是一間店，卻是位在比想像中更鄉下的地方!?悠閒的店舖經營生活就此展開，在怡然自得中，目標是成為獨當一面的國家級鍊金術師!!

NT$250/HK$83

國家圖書館出版品預行編目資料

魔王學院的不適任者 : 史上最強的魔王始祖,轉生就讀子孫們的學校 / 秋作 ; 薛智恆譯. -- 初版. -- 臺北市 : 臺灣角川股份有限公司, 2022.11-
冊 ; 公分. -- (Kadokawa fantastic novels)

譯自 : 魔王学院の不適合者 : 史上最強の魔王の始祖、転生して子孫たちの学校へ通う
ISBN 978-626-321-964-9(第9冊 : 平裝)

861.57 111014882

Kadokawa Fantastic Novels

魔王學院的不適任者～史上最強的魔王始祖，轉生就讀子孫們的學校～ 9

（原著名：魔王学院の不適合者～史上最強の魔王の始祖、転生して子孫たちの学校へ通う～9）

2022年11月9日　初版第1刷發行

作　者：秋
插　畫：しずまよしのり
譯　者：薛智恆

發 行 人：岩崎剛人
總 編 輯：蔡佩芬
編　　輯：黃如雁
美術設計：吳佳昫
印　　務：李明修（主任）、張加恩（主任）、張凱棋

發 行 所：台灣角川股份有限公司
地　　址：104台北市中山區松江路223號3樓
電　　話：（02）2515-3000
傳　　真：（02）2515-0033
網　　址：www.kadokawa.com.tw
劃撥帳戶：台灣角川股份有限公司
劃撥帳號：19487412
法律顧問：有澤法律事務所
製　　版：尚騰印刷事業有限公司
ＩＳＢＮ：978-626-321-964-9

MAOH GAKUIN NO FUTEKIGOUSHA Vol.9
~SHIJOSAIKYO NO MAOH NO SHISO, TENSEISHITE SHISONTACHI NO GAKKO HE KAYOU~

Edited by 電撃文庫
First published in Japan in 2021 by KADOKAWA CORPORATION, Tokyo.
Complex Chinese translation rights arranged with KADOKAWA CORPORATION, Tokyo.